Der Autor

Matthias Soeder, geboren am 6. März 1962 in Schweinfurt, war Verkehrspilot und steuerte Flugzeuge bei East West Airlines und bei Lufthansa Cityline. In seinen letzten 19 Berufsjahren flog er als Kapitän bei der Frachtairline ‚Cargolux' mit dem Jumbo kreuz und quer durch die Welt. Den Job als Pilot hat er vor Kurzem an den Nagel gehängt, um sich voll und ganz seiner Leidenschaft, dem Schreiben von Thrillern, zu widmen.

Veröffentlichungen: „Herzschlag der Gewalt" (Thriller, 2017).

Matthias Soeder

Herzschlag des Bösen

Thriller

mainbook

ISBN 978-3-948987-07-7

Covergestaltung: Mascha Vassena
Covermotiv:
© depositphotos/@ vverve (Skyline)
© depositphotos/@ ArenaCreative (Auge)

Auf der Verlagshomepage finden Sie weitere spannende Bücher: www.mainbook.de

Prolog

Australien, Dienstag, 14. Dezember 2013

Wie immer kurz vor dem Finale war Igor Poljakow berauscht von diesem archaischen Trieb des Tötens. Seine Hände zitterten vor Erregung, als er die App auf dem Smartphone öffnete. Der rot blinkende Punkt des GPS-Trackers bewegte sich zügig auf ihn zu, sie mussten jeden Augenblick auftauchen. Igor spähte hinter dem Eukalyptusbaum nach vorne auf den Costal Drive. Mit der offenen Handfläche schirmte er seine zusammengekniffenen Augen gegen die tiefstehende Sonne ab und erkannte in der Ferne das Wohnmobil mit der Zielperson.

Als sie kurz vor der Abzweigung abbremsten, drückte Igor sich eng an den Baum. Er spürte die glatte Rinde an seiner Stirn, roch den schwachen Duft des Holzes. Die feuchtwarme Luft seines Atems prallte zurück in sein Gesicht.

Das Wohnmobil bog keine 20 Meter vor ihm auf den Buschweg ab. Als es beschleunigte, zog es eine rote Staubfahne hinter sich her.

In einem Kilometer Entfernung endete die Sackgasse auf dem verlassenen Parkplatz in der Nähe des Ufers. Dort war der wilde Übernachtungsplatz, und genau dort wollte Igor sie haben.

Grace Parker, Abgeordnete aus dem britischen Unterhaus, und ihre achtzehnjährige Tochter Emily waren in die Falle gegangen.

Der Auftrag bezog sich nur auf die Mutter, die Göre war Beifang. Doch Igor würde auch den Schmerz der Tochter bis zu ihrem letzten Atemzug auskosten.

Sobald sie außer Sichtweite waren, stellte er die beiden gelben Schilder an der Abzweigung auf. *Road Closed* stand auf den Schildern. Niemand sollte sie stören.

Der Pick-up Truck war keine 50 Meter entfernt hinter Büschen versteckt. Auf die beiden Seitentüren hatte Igor die großen runden Folien geklebt. *Rangerpatrol* stand im unteren Halbrund darauf, ein Koala dominierte die Mitte des Logos.

Igor tauschte sein verschwitztes T-Shirt gegen das khakifarbene Hemd. Ein Rangerabzeichen zierte die Außenseiten der Kurzärmel, auf dem Namensschild über der linken Brusttasche stand *Clark Hunter*.

Von einem tiefhängenden Ast rupfte er ein Eukalyptus-Blatt ab, zerrieb es und leckte seine Finger ab, sie schmeckten bitter. Ganz anders als der Geschmack von Blut.

Aus dem roten Rucksack zog er die 9 Millimeter Mark 3 Pistole hervor, lud sie durch und steckte sie wieder zurück ins Frontfach. Die Waffe brauchte er nur für den unwahrscheinlichen Fall, dass die Highway Patrol auftauchen sollte. Für die beiden Opfer reichten einfache Werkzeuge, die er im Baumarkt in Melbourne gekauft hatte. Ein scharfes Teppichmesser mit Ersatzklingen, eine Kombizange, eine kräftige Astschere für die Knochen, Schraubendreher, ein 300 Gramm schwerer Hammer und Draht zum Fesseln. Das silbergraue, reißfeste Klebeband und die kleingeschnittenen Putzlappen würden als Knebel dienen. Auf der Ladefläche war ein 20-Liter-Kanister mit Brandbeschleuniger festgezurrt. Wenn morgen früh die Sonne aufging, würde auch der Wohnwagen in Flammen aufgehen. Weder DNA noch sonstige Spuren würden zurückbleiben.

Mit langsamer Geschwindigkeit fuhr er los und wenige Minuten später tauchte das Wohnmobil mutterseelenallein zwischen den Bäumen auf. Im Hintergrund glitzerte das Meer, die Sonne war fast vollständig abgetaucht. Vereinzelte Bäume warfen lange Schatten.

Ein schöner Platz zum Sterben.

Igor parkte neben dem Wohnmobil, stieg aus und schwang den Rucksack lässig über die Schulter. Das rhythmische Meeresrauschen erinnerte ihn an den Applaus für ein beginnendes Theaterstück. Eine Möwe flog kreischend über die Fahrzeuge. Wollte sie die Opfer warnen? Was für ein belustigender Gedanke.

Fröhliches Lachen erklang aus dem Wohnmobil. Das erregte Zittern seiner Hände hatte aufgehört. Igor wurde ganz ruhig – wie der Jäger, bevor er abdrückte.

Er klopfte an die Tür.
„Ja?“
„Rangerpatrol.“
Die Tür schwang auf.
Grace war nicht schön. Zu groß für eine Frau und zu dick, aber sie hatte ein weiches Gesicht. Igor überlegte, wo er nachher das Teppichmesser ansetzten sollte.
„Sorry, Madam“, sagte Igor lächelnd. „Mein Name ist Clark Hunter, ich bin Ranger und werde gleich wieder weg sein.“
„Wie kann ich Ihnen helfen?“ Grace lächelte zurück.
„Wollen Sie hier übernachten?“
„Ja. Ich hoffe, das ist kein Problem.“
„Überhaupt nicht. Wir Ranger wollen nur wissen, auf welche Besucher wir aufpassen müssen.“
„Das ist sehr nett von Ihnen, Mister Hunter. Meine Tochter und ich sind zum Urlaub in Australien. Wir fahren mit dem Wohnmobil bis nach Sydney.“
„Wie haben Sie diesen schönen Platz gefunden?“
„Wurde uns empfohlen. Wir wollten auf dem Campingplatz vor San Remo übernachten. Doch der ist voll, sagte uns ein Mitarbeiter von *Wind-Camper* vor einer Stunde am Handy. Er hat uns diesen wunderbaren Platz empfohlen.“
Igor nickte. Er war der Anrufer gewesen, hatte Call-ID-Spoofing genutzt. Auf ihrem Handydisplay hatte Grace den Kontakt und die Festnetznummer des Reisemobil-Vermieters gesehen.
Die 18-jährige Tochter stellte sich an die Seite ihrer Mutter. „Hallo Ranger.“
„Hallo junge Dame. Willkommen in meinem Revier.“
„Danke.“
„Ich will nicht lange stören, möchte nur noch gerne Ihre Ausweise sehen. Danach müssen wir immer fragen.“
„Ja natürlich.“ Grace verschwand im Wohnmobil.
„Wollen Sie sich die Tiere bei uns ansehen?“, fragte Igor die junge Frau. Er hatte sich schon vor zwei Wochen in die Computer der beiden eingehackt und wusste, dass die Tochter auf diesem Urlaub unbedingt Koalas und Kängurus sehen wollte.

„Ja“, sagte sie begeistert. „Hier in Victoria sollen die Koalas bis zu 14 Kilogramm schwer werden.“

„Das stimmt. Bei uns gibt es die größten Koalas von ganz Australien. Das feuchte, gemäßigte Klima ist ideal für die Burschen.“

Grace kam mit den Ausweisen zurück und reichte sie Igor. Er schaute sie interessiert an. Wegen der Fingerabdrücke machte er sich keine Sorgen. Das Feuer würde gründliche Arbeit leisten. Igor hätte die beiden schon längst überwältigen können, doch er liebte das Katz- und Mausspiel.

„Frau Parker, ich muss Sie leider noch um eine Gebühr von 20 $ bitten.“

„Ich wusste nicht, dass wir zahlen müssen.“

„Tut mir leid, ist ne neue Regelung. Aber …“, Igor tat so, als würde er überlegen. „… da Sie das ja nicht wussten, brauchen Sie diesmal nicht zu zahlen.“

„Oh. Sie sind sehr nett. Vielen Dank, Herr Hunter.“

Igor winkte ab. „Kein Problem. Wir möchten doch, dass Sie sich bei uns wohlfühlen. Und falls Sie morgen früh die größten Koalas von ganz Australien sehen wollen, habe ich sogar einen Geheimtipp für Sie.“

Mutter und Tochter schauten sich mit freudigem Erstaunen an. „Wir möchten unbedingt die Koalas sehen“, sagte Grace.

Igor nickte zufrieden. „Vor einer Woche haben wir eine neue Gruppe Koalas ausgesetzt. Gar nicht weit weg von hier, keine zehn Minuten zu fahren. Das wäre auch ein guter Platz zum Frühstücken.“

„Das ist ja wunderbar.“

„Kein Tourist weiß bisher davon.“

„Wo?“ Die Tochter konnte es anscheinend kaum erwarten.

Aus der Seitentasche seiner Hose zog Igor lächelnd eine Karte und zeigte umständlich mit dem Finger darauf.

„Hier unten.“ Die Karte knickte weg, so war natürlich nichts zu erkennen, zudem war es inzwischen zu dunkel dazu.

„Kommen Sie doch bitte herein“, sagte Grace. „Auf dem Tisch können Sie die Karte ausbreiten und uns die Stelle genau zeigen.“

„Gerne, Madam."

Sie und ihre Tochter strahlten übers ganze Gesicht. Das würde sich gleich ändern.

Igor stieg die zwei Stufen hoch in das Wohnmobil. Dort setzte er den Rucksack ab, legte die Karte auf den Tisch und klopfte mit dem Zeigefinger auf eine markierte Stelle. Sie beugten sich aufgeregt darüber. Es war schon fast enttäuschend einfach. Igor schlug ihre Köpfe mit Wucht zusammen. Sie torkelten beide, ein unterdrückter Schrei der Tochter. Igor schlug seine Faust auf ihre Schläfe, sie sackte zu Boden. Zeitgleich riss Mama ihr Maul auf, setzte zum Schreien an. Igor knallte seinen Ellenbogen unter ihr Kinn. Auch sie ging zu Boden.

Der Spaß konnte beginnen.

1

Nigeria, 19. Dezember 2013

„Sie sind verrückt." Kobe Ayodele, Chefredakteur der Lagos-Tribune, schüttelte entsetzt seinen Kopf.

„Nein, ich bin Journalistin", sagte Hanna genervt.

„Das ist den Rebellen egal. Auf keinen Fall dürfen Sie jetzt in den Norden fahren."

„Es ist schon entschieden. Wir werden uns noch heute auf den Weg machen."

Ayodele schüttelte den Kopf. „Verschieben Sie die Sache."

„Warum sollte ich das tun?"

Ayodele lehnte sich in seinem Bürostuhl zurück und sprach in wohlwollendem Ton weiter. „Vor einer Woche wurde Saleh Ibrahim, der Anführer von Boko Haram, erschossen."

„Ich bin über die Vorgänge informiert."

„Seine Nachfolge ist nicht geklärt, die Situation ist außer Kontrolle geraten."

„Wann war die Situation jemals unter Kontrolle?"

„Für eine Frau ist es im Moment im Rebellengebiet extrem gefährlich."

„Für eine Frau? Also gut. Dann gehen Sie eben zu den Rebellen und machen die Reportage."

„Ich bin doch nicht wahnsinnig. Die Boko Haram schlagen Köpfe und Hände ab."

„Gerade deswegen muss ich dort hin. Nur so kann ich den unterdrückten Frauen helfen."

Ayodele schüttelte verständnislos den Kopf. „Mit einer Reportage werden Sie die Rebellen nicht aufhalten."

„Ich nicht, aber vielleicht die UN oder die nigerianische Armee. Dazu muss aber zuerst die Öffentlichkeit von dem Problem wissen. Die Welt darf keine Chance haben, wegzuschauen. Mit meinen Beweisen setze ich die Politik unter Druck."

„Sie glauben tatsächlich, Sie können am Schicksal der Frauen etwas ändern."

„Ja. Verdammt nochmal. Ja!" Hanna beugte sich nach vorne. „Oder haben Sie eine bessere Idee?"

„Es nutzt niemandem, wenn auch Sie verscharrt werden."

„Wir stehen unter dem Schutz einer waffenstrotzenden Militäreskorte. Uns wird nichts passieren."

„Das ist ein trügerischer Schutz. Fast täglich wird inzwischen auch das Militär von den Rebellen angegriffen."

Hanna fühlte den klebrigen Schweiß unter ihren Achseln. „Warum schalten Sie die Klimaanlage nicht an?"

„Stromausfall. Schon wieder. Der Generator reicht nur für die Kommunikationsgeräte."

Hanna strich sich die Haare hinters Ohr zurück. „Jedes Jahr werden Hunderte junge Mädchen von den Rebellen verschleppt und zwangsverheiratet. Die Mädchen werden vergewaltigt, zu Terrorsoldaten abgerichtet oder zu Selbstmordattentaten gezwungen. Die Welt muss ..."

„Ich weiß, Miss ..."

„Die Welt muss von den Gräueltaten der islamistischen Extremisten erfahren. Ich muss etwas tun, sofort. Mit meiner Reportage werde ich die Politiker zum Handeln zwingen."

„Ohne Ihren Kopf werden Sie niemanden zwingen."

„Wir sind nicht die Feinde der Rebellen, sie werden kein Interesse an unserem Tod haben."

„Das hier ist nicht Deutschland. In Nigeria herrschen andere Regeln."

„Wir wollen die Rebellen ja nicht angreifen, sondern nur mit ihnen reden." Hanna stieß frustriert die Luft aus.

„Die Boko Haram töten Sie vielleicht trotzdem."

„Ach ja? Und warum sollten sie das tun?"

„Weil sie es können."

Für einen Augenblick war Hanna irritiert. Sie schaute den Chefredakteur ungläubig an. „Blödsinn."

„Oder man verschleppt Sie. Europäer sind beliebte Geiseln. Lösegeld war schon immer eine gute Option."

„Deswegen haben wir die eingenähten GPS-Minisender."

„Die Ihnen aber nur helfen, wenn Sie Ihren Kopf noch auf den Schultern tragen."

Was für ein Feigling. Am liebsten hätte Hanna dem Chefredakteur den Hals umgedreht. „Sie hatten mir am Telefon Ihre Unterstützung zugesagt."

Ayodele fuhr sich mit der Hand über sein krauses Haar. „In einem Monat sieht es bestimmt besser aus. Warten Sie noch ab."

„Das ist unmöglich."

„Warum?"

„Der stellvertretende Innenminister Mister Nwobeabia hat eine Bedingung gestellt."

„Eine Bedingung kann man nur stellen, wenn man im Gegenzug etwas bietet."

„Die Eskorte ist umsonst."

Ayodeles' Kinnlade klappte auf. „Was? Sie sagten mir doch noch vor einem Monat am Telefon, dass die Militäreskorte eine Million US$ kostet."

„Stimmt. Doch mein Chefredakteur hätte dem niemals zugestimmt. Ich habe immer wieder bei Mister Nwobeabia nachgebohrt. Letztendlich hat er eingesehen, dass mein Artikel auch für Nigeria von großem Vorteil sein könnte."

„Was ist die Bedingung?"

„Der Einsatz muss innerhalb von vier Wochen abgeschlossen sein. Von diesem Ultimatum ist schon über eine Woche verstrichen. Ich habe also keine Zeit zu verlieren, wenn ich die Eskorte umsonst haben will."

„Miss Engels. Das stinkt zum Himmel. Hier in Nigeria macht niemand etwas umsonst."

„Sie glauben doch nicht im Ernst, dass ein hochrangiger Politiker oder das Militär uns den Rebellen ausliefern werden."

„In Nigeria ist alles möglich."

„Mister Ayodele, stehen Sie zu Ihrem Wort und helfen Sie mir?"

Er lehnte sich zurück, verschränkte die Arme hinter seinem Kopf. Schweißränder waren auf dem weißen Hemd unter seinen Achseln zu sehen. Er musterte sie kritisch und schien zu überlegen.

Das Tischtelefon klingelte.

„Augenblick." Ayodele nahm den Hörer ab und sprach in seiner Landessprache.

Hanna lief zum Fenster, stieß es weit auf. Der heiße Wind wehte ihr ins Gesicht. Monatelang hatte sie für ihren Plan gekämpft. Ihr Chefredakteur zu Hause in Frankfurt war strikt dagegen gewesen. Viel zu gefährlich, viel zu teuer, hatte er immer wieder gesagt. Doch Hanna hatte ihren Willen durchgesetzt. Nichts und niemand konnte sie noch aufhalten. Wenn nötig, würde sie die Sache eben ohne die Hilfe von Kobe Ayodele durchziehen. Zum Teufel mit ihm.

Der Straßenlärm weckte Hannas Neugier. Aus dem fünften Stock hatte sie einen guten Überblick. Hupende Autos kämpften sich in Schrittgeschwindigkeit durch die verstopften Straßen, ein empörter Fahrer machte seinem Ärger lautstark Luft. Überall lag Müll. In einem Graben war eine Leitung aufgebrochen. Wasser sprudelte, Kinder spielten in dem Schlammloch. Zwischen den schreienden Straßenhändlern, den schimpfenden Passanten und den bettelnden Kindern sah Hanna Frauen in schönen bunten Kleidern. Es stank nach süßlicher Fäulnis, die Stimmung war chaotisch und aggressiv. Doch von der Bedrohung durch die Rebellen war hier in Lagos nichts zu spüren.

Drei Militärfahrzeuge kamen angefahren und stoppten vor dem Gebäude. Robert stieg aus dem mittleren Jeep. Hanna pfiff laut durch die Finger. Er schaute zu ihr hoch, lächelte, winkte und klopfte auf seine Uhr. Bestimmt ging es den Soldaten zu langsam. Hanna nickte und zeigte den Daumen.

Sie hatte ihren alten Schulfreund Robert Schäfer zu dieser Reise überredet. Er war selbstständiger Fotograf und hoffte, durch die Story seinen Bekanntheitsgrad zu steigern.

Als Ayodele das Telefongespräch beendet hatte, ging Hanna mit zügigen Schritten zum Schreibtisch zurück und stützte ihre Hände in die Hüften.

„Mister Ayodele, wenn Sie mir Ihre zugesagte Unterstützung verweigern, wird es umso gefährlicher für mich und meinen Kameramann. Aber ich lasse mich weder umstimmen noch aufhalten. Nun frage ich Sie ein letztes Mal. Werden Sie zu Ihrem Wort stehen?"

Er schaute sie mit großen Augen an. „Ja", sagte er schließlich. „Ich stehe dazu. Meine Redaktion ist 24/7 besetzt und damit wird auch der GPS-Empfänger und das Satellitentelefon rund um die Uhr überwacht."

Hanna nickte zufrieden. „Danke."

„Vertrauen Sie nicht dem Militär", warnte Ayodele. „Einige Offiziere sind korrupt."

„Ich weiß. Deswegen ist es mir ja wichtig, der Presse die Überwachung zu überlassen. Wie wir schon besprochen hatten, melden wir uns jeden Abend um 18 Uhr über Satellitentelefon."

„Und wenn wir nichts von Ihnen hören, informieren wir den Oberst, den stellvertretenden Innenminister und die deutsche Botschaft."

„Genau." Erleichtert zog Hanna das GPS-Empfängergerät und das Satellitentelefon aus dem Rucksack und gab die Sachen dem Chefredakteur. „Wie Sie sehen, sind wir gut vorbereitet."

„Miss Engels, Sie haben keine Ahnung von Nigeria."

*

Kurz darauf traf sich Hanna in der Eingangshalle mit Robert.

„Hat alles geklappt?“, fragte sie.

„Ja. Die Soldaten haben mich vom Hotel abgeholt. Ausrüstung und Gepäck sind eingeladen.“

„Nur drei Autos? Soll das die ganze Eskorte sein?“

„Nein. Der Rest des Konvois wartet in der Kaserne. Der Major ist stinksauer, sagen die Soldaten. Der Umweg über die Zeitungsredaktion war nicht eingeplant gewesen.“

Hanna zuckte mit den Schultern. „Es ging nun mal nicht anders. Der Chefredakteur hatte erst jetzt Zeit für mich.“

„Überwacht er die GPS-Sender und das Telefon?“

„Ja.“

Ein Soldat kam zu ihnen geeilt. „Hurry up.“

Hanna und Robert folgten ihm nach draußen. In ihrer Buschkleidung unterschieden sie sich nicht allzu sehr von den Soldaten. Beide trugen sie beigefarbene Cargohosen und tarnfarbene langärmlige Hemden.

„Es war eine bescheuerte Idee von mir, die Kampfstiefel heute schon anzuziehen.“ Hanna fühlte den Schweiß an ihren Füßen. „Auf Schlangen werden wir in Lagos kaum treffen.“

„Wahrscheinlich nicht.“ Robert grinste. Ihm schien die Hitze nichts auszumachen.

„Bei dem Verkehr werden wir lange brauchen, bis wir aus dem Zentrum raus sind“, sagte Hanna, als sie auf die verstopfte Straße blickte.

„Warte ab, du wirst gleich dein blaues Wunder erleben.“

Plötzlich blinkte eine gelbe Warnlampe auf dem Dach des vorderen Fahrzeugs. Als der Tross anfuhr, heulte eine Sirene auf. Die Menschen sprangen zur Seite, Autos wichen aus und fuhren an den Straßenrand. Der kleine Trupp schlängelte sich rücksichtslos durch den Verkehr, die Fahrer scheuten sich nicht, auch auf die Gehwege zu fahren. Passanten schreckten empört zurück.

„Mist. Keine Klimaanlage“, beschwerte sich Hanna. „Ich hoffe, das hier ist nicht unser Fahrzeug für die nächsten zwei Wochen.“

„Leider doch. Wir werden viel schwitzen.“

„Und das zu Weihnachten."

„Sei froh", sagte Robert grinsend. „Wir haben nur 85% Luftfeuchte. In der Regenzeit kommen die hier locker auf 100%."

Hanna drehte die Seitenscheibe herunter und steckte den Kopf aus dem Fenster. Der Jeep vor ihr hielt direkt auf einen Bettler zu. Im letzten Augenblick konnte sich der alte Mann mit den kaputten Beinen in Sicherheit rollen. Er und einige der Männer, die zufällig dabeistanden, beschimpften den vorbeifahrenden Konvoi.

„Die Soldaten fahren wie rücksichtslose Idioten", schimpfte sie.

Robert nickte. Beißender Rauch zog Hanna in die Nase. Sie hustete und drehte die Seitenscheibe wieder hoch.

„Hier stinkt es wie auf einer Müllhalde."

„Lagos ist eine Müllhalde."

„Die wir bald hinter uns lassen."

Für einige Minuten sagte keiner ein Wort. Hanna hing ihren Gedanken nach.

„Du siehst besorgt aus", bemerkte Robert. „Gibt es Probleme?"

„Der Chefredakteur der Lagos-Tribune wollte mich davon überzeugen, die Reise zu verschieben."

„Warum?"

„Der Waschlappen behauptet, dass es momentan zu gefährlich sei."

„Kann es sein, dass der Waschlappen recht hat?"

„Quatsch! Es war von Anfang an klar, dass es kein Spaziergang wird. Nur Feiglinge bleiben zu Hause."

Robert schaute sie lächelnd an. „Genauso kenn ich dich."

Hanna erkannte Roberts gespielte Heiterkeit. Er war nervös. Hanna wollte es nicht zugeben, doch das traf auch auf sie zu.

Sie kamen in der Kaserne an, stiegen vor einem flachen Gebäude aus. Soldaten lungerten im Schatten einer Fahrzeugkolonne.

„Wait", befahl der Mann, der den Land Cruiser gefahren hatte. Er verschwand in dem Gebäude. Auch Hanna und Robert stiegen aus.

„Soll das unsere Eskorte sein?", fragte Robert und zeigte auf die gepanzerten und bedrohlich wirkenden Fahrzeuge, die neben den Jeeps standen.

„Wir werden es gleich erfahren."

Mit energischen Schritten kam ein Offizier herangeeilt. Er war groß, breitschultrig und wirkte bedrohlich. Direkt vor Hanna blieb er stehen, faltete seine Hände auf dem Rücken und musterte sie herablassend von oben bis unten. Hanna konnte seine Körperausdünstungen riechen. Sie wartete ab, während die Sonne unerträglich heiß auf ihren Kopf brannte.

„Hanna Engels und Robert Schäfer von der Frankfurter Presseschau?"

„Richtig. Wir freuen uns, dass …"

„Sie sind spät dran." Seine Stimme war laut und aggressiv.

„Entschuldigung. Es ging nicht ..."

„Ich bin Major Tayo Okete, Ihr Kindermädchen für die nächsten Wochen."

„Guten Tag, Major Okete. Ich danke Ihnen sehr für Ihre wertvolle Mitarbeit."

„Mitarbeit? Sie täuschen sich. Was Sie machen, interessiert mich einen Dreck. Mein Befehl lautet, Sie zu beschützen und wenn möglich, Kontakt zu den Rebellen herzustellen. Nicht weniger und auch nicht mehr werde ich tun. Haben wir uns verstanden?"

Hanna und Robert nickten.

„Wie sieht der Schutz aus?", fragte Robert. Er lächelte wie so oft, schien von der bedrohlichen Gestalt des Majors nicht beeindruckt zu sein.

Der Offizier starrte Robert an, überlegte anscheinend, ob er sich zu einer Antwort herablassen sollte. „Wir gehören zur 7. Division der nigerianischen Armee. Diese Division wurde erst vor Kurzem zum Kampf gegen die Rebellen aufgestellt und wir haben enorm starke Feuerkraft."

„Dann kann uns ja nichts passieren", sagte Hanna.

Der Major schüttelte verächtlich den Kopf. „Sie scheinen ja völlig ahnungslos zu sein. Passieren kann immer etwas. Vor allem hier in Nigeria. Vor allem, wenn wir zu den Rebellen fahren. Vor allem aber, wenn eine weiße Frau dabei ist."

Der Schweiß lief nun in Strömen über ihr Gesicht. Na klasse. Das würde ein Vergnügen mit diesem Typen werden.

Der Major rief ein Kommando in seiner Landessprache. Die Soldaten sprangen auf, stellten sich vor den Fahrzeugen in einer Reihe hin.

„Das ist Ihre Eskorte. Fünfzehn Soldaten mit Kalaschnikows. Und das da", er zeigte auf die Fahrzeuge, „sind die beiden Mannschaftstransporter Ottokar Cobra, jeweils mit einem Maschinengewehr ausgestattet. Auf dem Laster da hinten sind Munition, Diesel und die Ausrüstung fürs Camp. Der ERC-90 Sagaie Panzerwagen mit einer 90-mm-Kanone und den zwei Maschinengewehren ist unsere stärkste Waffe. Jedes Fahrzeug ist zusätzlich mit einem Granatwerfer ausgerüstet."

Der Chefredakteur der Lagos-Tribune hatte Hanna vor einer Stunde zum Zweifeln gebracht. Doch nun, da sie die Bewaffnung sah, fühlte sie sich sicher. Wer würde schon so bescheuert sein, solch eine wehrhafte Einheit anzugreifen?

„Aufsitzen!", brüllte der Major. Die Soldaten rannten zu ihren Fahrzeugen.

„Sie werden mit mir in dem Land Cruiser fahren." Major Okete zeigte auf das Fahrzeug, mit dem sie hierhergekommen waren. Der Fahrer des Land Cruiser setzte sich ans Steuer, der Major auf den Beifahrersitz.

„Wie weit fahren wir heute?", fragte Hanna.

Der Major schien die Frage nicht gehört zu haben.

„Wie weit fahren …?"

„Bis nach Owo. Dort übernachten wir in der Kaserne."

„Wie weit ist das?", fragte nun Robert.

„Dreihundert Kilometer. Dafür brauchen wir sechs Stunden."

„Und morgen?"

„Morgen schaffen wir es bis Abuja. Dort wird unsere zweite und vorläufig letzte Nacht in einer Kaserne sein."

Hanna nickte ihrem Freund zu, signalisierte ihm, weiter zu sprechen. Es hatte den Anschein, dass der Major eher bereit war, sich mit Robert zu unterhalten.

„Wo übernachten wir ab dann?", fragte Robert.

„Im Busch, weil im Norden kaum noch Kasernen sind."

„Wann kommen wir in Rebellengebiet?"

„Wir fahren nach Maiduguri, das liegt mittendrin. Bis dahin sind es 1700 Kilometer. Wir werden aber schon in den Städten davor versuchen, Kontakt zu den Rebellen aufzunehmen."

„Woher wissen die Rebellen, dass wir in friedlicher Absicht kommen?"

„Wir werden Aufkleber mit dem Wort *PRESSE* an den Fahrzeugen anbringen. Außerdem wird sich unsere Anwesenheit schnell rumsprechen. Wir werden die Informationen in den Cafés und auf den Plätzen der Orte verteilen. Wenn die Rebellen interessiert sind, werden sie sich zeigen."

„Und wenn nicht?"

„Dann fahren wir wieder zurück."

Der Konvoi setzte sich in Bewegung. Nach Norden zu den Boko Haram, in das Gebiet des menschenverachtenden Irrsinns.

*

Das Wetter und die Umgebung änderten sich täglich. Die Luft war nicht mehr so feucht, die Bäume nicht mehr so hoch. Der Tropenwald wich ausgedehnter Savannenlandschaft.

Am vierten Tag fuhren sie von der befestigten Straße herunter. Auf dem trockenen Savannenweg zogen sie eine dichte Staubwolke hinter sich her.

„Hier könnten überall Rebellen sein", sagte Robert.

„Ja, wir werden bestimmt bald auf sie treffen."

„Hast du Angst?"

„Nein", log Hanna. „Ich zähle auf unseren Pressestatus. Der garantiert uns Immunität."

30 Kilometer östlich der Ortschaft Biriri bauten die Soldaten am Abend das Camp auf. Es war ihre vierte Nacht außerhalb von Lagos und ihre zweite im Busch.

Das Zelt für Hanna und Robert war geräumig und groß. Sechs Personen hätten darin bequem schlafen können. Drei Feldbetten dienten als Schlafgemach. Zwei für die Menschen, eines für die Kameraausrüstung und die beiden Reisetaschen. Über allen Betten hingen Moskitonetze. Eine schwere Zeltplane diente als Fußboden, auf dem nichts liegen durfte. Zu viele Schlangen, Skorpione und sonstiges giftiges Getier.

Zum Abendessen trafen sie sich mit dem Major im Küchenzelt. Die Seitenwände waren hochgerollt, es roch nach exotischen Gewürzen. Der Major saß bereits auf einem der drei Klappstühle, die um den Blechtisch aufgestellt waren. Die Soldaten verteilten sich auf die beiden anderen Tische. Drei von ihnen waren immer als Wachposten eingeteilt.

„Was ist das?", fragte Hanna den Koch, als sie mit ihrem Blechnapf an der Essenausgabe stand.

„Suya. Grillspieß mit Leber und Rindfleisch. Dazu gibt es Yamswurzeln, Tomaten und Mais."

Sie setzten sich zu dem laut schmatzenden Offizier an den Tisch. Vorsichtig probierte Hanna von dem Essen. Sie wusste inzwischen, dass die Nigerianer scharf würzten.

„Wann werden wir auf die …?"

„Sie wissen längst, dass wir hier sind", sagte der Major mit vollem Mund.

„Woher?", fragte Robert.

Der Major würgte das Essen hinunter und schaute ihn kopfschüttelnd an. „Wir sind nicht zu übersehen. Morgen fahren wir nach Biriri. Vielleicht treffen wir sie dort."

Wie immer nach dem Essen räumte ein blutjunger Soldat in Windeseile den Tisch ab. Er lächelte Hanna scheu an. Der Junge – sie schätzte ihn auf 16 Jahre – wurde oft von den anderen gehänselt. Er tat ihr leid.

Nach dem Abendessen verabschiedeten sich Hanna und Robert. Einer der Wachsoldaten nickte ihnen dämlich grinsend zu, als sie in ihr Militärzelt verschwanden. Als Hanna ihr Safarihemd auszog, roch sie den Schweiß daran.

„Wir stinken wie die Schweine“, sagte sie.

„Kein Wunder. Seit zwei Tagen konnten wir nicht duschen und die Schüssel reicht nur für eine Katzenwäsche.“

Sie zogen ihre Stiefel aus und hängten sie an den Seilen an das Zeltgestänge. Nur so konnten sie einigermaßen sicher sein, dass kein giftiges Getier das Schuhwerk als Zuhause entdeckte. Ihre Kleidung packten sie in Plastiktüten auf das Feldbett mit der Ausrüstung. In kurzer Hose und T-Shirt legten sie sich auf die knarrenden Feldbetten. Hanna achtete darauf, dass ihr Moskitonetz lückenfrei auf dem Boden auflag.

Schon nach wenigen Minuten hörte sie Roberts leises, inzwischen vertrautes Schnarchen.

Obwohl Hanna müde war, wälzte sie sich lange auf dem schmalen Feldbett hin und her. Warum war sie so unruhig? Hanna konzentrierte sich auf die Geräusche der Nacht. Zwei Soldaten flüsterten vor dem Zelt. Ein Vogelschwarm flog schreiend weg, in der Nähe kreischten einige Affen. Irgendwann schlief sie ein.

Am nächsten Morgen, dem 24. Dezember, zum Fest der Liebe, sollte der Wahnsinn Einzug halten.

2

Anflug New York, 23. Dezember 2013

70 Minuten bis zur Landung

„TRAFFIC TRAFFIC“, plärrte die Computerstimme. Alarmiert beugte sich Kapitän Jens Bachmann nach vorne, sah das gelbe Symbol auf dem Display schnell näherkommen. Wenn sich die Annäherungsvektoren nicht änderten, war in etwa 30 Sekunden eine Kollision zu erwarten. Da für ein schnelles Ausweichmanöver der Autopilot zu langsam war, legte Jens die rechte Hand auf die vier Gashebel, fasste mit der Linken an das Steuerhorn. Sein Daumen schwebte über den Knopf, der den Autopiloten abschalten würde. Jens war bereit, die Flugsteuerung manuell zu übernehmen.

Das Symbol änderte sich vom gelben Kreis zu einer weißen Raute. Der Gegenverkehr stieg durch ihre Höhe auf die darüberliegende Flugfläche. Jens atmete auf, die Gefahr war vorbei. Er schaute nach draußen, versuchte, das Flugzeug zu erkennen. Obwohl er eine Sonnenbrille trug, musste er seine zusammengekniffenen Augen mit der offenen Handfläche abschirmen.

„Ein Airbus 340", erkannte Jens, als das Flugzeug 300 Meter über ihnen vorbeiflog.

„Der Penner ist zu langsam gestiegen. Deswegen wurde die Warnung ausgelöst", sagte Dirk Schilling. Jens nickte.

Im Cockpit kehrte wieder Ruhe ein.

Vor über sieben Stunden waren sie in Accra, Westafrika, gestartet. Im Rumpf des Frachtflugzeuges hatten sie 90 Tonnen Ananas für den US-Markt.

Auf dem *Upper Deck*, dem Höcker der Boeing 747-8F, gab es sechs komfortable Passagiersitze, doch auf diesem Flug war außer den beiden Piloten niemand an Bord.

„Hast du Pläne in New York?", fragte Dirk.

„Ich besuche einen alten Freund", log Jens Bachmann.

„Und ich werde Bewerbungen schreiben. Hab die Nase voll von Worldcargo."

„Warum?"

„Das liegt doch auf der Hand", sagte Dirk empört. „Bei uns bewegt sich nichts. Keine Expansion, keine Beförderungen zum Kapitän."

„Du musst doch eine Top-Seniorität bei den Copiloten haben."

„Ich bin die Nummer eins, doch das nutzt mir gar nichts."

Jens zuckte mit den Schultern. „Sobald einer von uns Kapitänen in Rente geht, bist du dran."

„Und wann soll das sein? Ich habe die Geburtsjahre geprüft. Von euch hört in den nächsten Jahren keiner auf."

„Tja, du musst eben Geduld haben."

„Geduld? Nee. Meine Geduld ist am Ende. Fühl mich wie ein hungriger Köter an der gestrafften Leine, dem ne Wurst vor die Nase gehalten wird. Ganz nah dran, doch unerreichbar weit weg."

„Du wirst die Wurst schon noch kriegen."

„Du hast leicht reden. Bist schließlich schon lange Kapitän."

„Ich war auch mal Copilot."

„Wie tröstend. Ich hoffe nur, dass es bald einen von euch erwischt."

„Wie meinst du das?"

„Na ja, Unfall vielleicht, oder Krankheit. So ne medizinische Flugtauglichkeit kann ruckzuck verloren gehen. Dann wäre der Weg frei für meine Beförderung."

„Du wünschst einem deiner Kollegen Krankheit oder Verletzung?"

„Kann ja schnell mal passieren, nicht wahr?"

„Dirk, du bist ein Arschloch."

Der Fluglotse gab eine neue Anweisung: „Worldcargo 752, turn left Heading 290, descend Flightlevel 320."

Dirk war auf diesem Flug der *Pilot Monitoring.* Zu seinen Aufgaben gehörte es, den Funkverkehr zu führen. Er bestätigte die Anweisung und Jens leitete das Manöver ein.

Es wurde Zeit, den Anflug vorzubereiten. Mit ACARS, einem Kommunikationssystem für Flugzeuge, forderte Jens das aktuelle Wetter an. Eine Minute später erschien der Text auf dem Display in der Mittelkonsole.

„Das sieht nicht gut aus", erkannte Jens.

„Scheiße." Hektisch kramte Dirk in den Flugunterlagen, die sie von Dispatch in Accra bekommen hatten.

„Sieh dir das an." Er klopfte auf das Blatt mit den Wettervorhersagen. „Nur frischer Wind in JFK vorhergesagt. Erst drei Stunden nach unserer Ankunft sollte das Wetter schlecht werden."

Jens zuckte mit den Schultern. „Die Kaltfront hat sich schneller nach Osten bewegt, als die Meteorologen angenommen hatten."

„Scheiß Wetterfrösche", schimpfte Dirk.

„Die Sturmfront hat inzwischen die ganze Ostküste erreicht. Alle Airports sind betroffen. So wie ich die Sache sehe, sind die Bedingungen für uns in New York am besten."

„Wie sieht's mit unserem Enroute-Alternate aus?"

„Bermuda haben wir bereits weit hinter uns gelassen, aber ich prüfe es."

Eine halbe Minute später zeigte der Bordcomputer das Ergebnis an.

„Ich hab's befürchtet!", sagte Jens. „Nach Bermuda schaffen wir es nicht mehr. JFK ist unsere beste Option."

50 Minuten bis zur Landung

Jens briefte den Anflug für JFK: „Landebahn 31L ist über 3000 Meter lang. Der Wind kommt mit 40 Knoten von links. Damit sind wir gerade noch im Seitenwindlimit für die Landung. Die Böen könnten uns aber zu schaffen machen, deswegen lande ich mit Klappen 25. Durch die Geschwindigkeitsaufschläge für den Wind werden wir sehr schnell sein, deswegen brauchen wir Autobrake 4."

„So ne starke Bremsstufe sollten wir nur wählen, wenn wir sie wirklich brauchen."

„Wir brauchen sie wirklich."

30 Minuten bis zur Landung

Der Fluglotse gab ihnen die Freigabe zum weiteren Sinkflug. Jens drehte die neue Flughöhe ein. Wie von Geisterhand bewegten sich die vier Schubhebel automatisch zurück. Der 340 Tonnen schwere Jumbo senkte gemächlich seine Nase. Die Sonne verschwand endgültig hinter dem Horizont und das Flugzeug tauchte ein in die Dämmerung. Dirk griff nach dem Klemmbrett mit dem Flugplan und machte einen letzten Sprit-Check. „Zwei Tonnen im Plus."

Für ein Flugzeug, das zehn Tonnen Sprit pro Stunde im Reiseflug schluckte, war das nicht viel. Gerade genug für einmal Durchstarten und einen neuen Anflug. Spätestens dann mussten sie landen, oder nach einem erneuten Durchstarten direkt zum Ausweichflughafen fliegen.

Es fing an zu wackeln und zu scheppern. Sie tauchten in die ersten Turbulenzen ein. Jens zog seinen Anschnallgurt straff.

20 Minuten bis zur Landung

„Der Sturm wird an allen Flughäfen stärker", sagte Dirk, der die neueste Wettermeldung gelesen hatte.

„Damit bleiben wir bei der Entscheidung und landen in JFK."

„Geht nicht, unser erlaubtes Seitenwindlimit wird in den Böen überschritten", sagte Dirk.

„An den anderen Airports aber auch. Eine Landung in JFK ist jetzt unsere beste Option."

„Ich bin damit nicht einverstanden."

„Und was ist dein Vorschlag?"

Dirk zuckte mit den Schultern.

„Schluss mit der Diskussion", bestimme Jens. „Wir landen in JFK."

Im Funk hörten sie, dass eine Maschine von Air France wegen einer Windscherung in JFK durchstartete. Ein Flugzeug der Lufthansa, das kurz darauf im Endanflug war, konnte landen. Eine Windscherung war tückisch. So schnell, wie sie auftauchte, war sie auch wieder weg.

3 Minuten bis zur Landung

Heftige Turbulenzen zerrten nun am Flugzeug. Jens wurde in die Gurte gedrückt. Der Tower-Lotse gab die Freigabe für den Endanflug: „Worldcargo 752, wind 280 with 35 knots, gusting up to 45. Cleared to land Runway 31L. Expect severe windshear."

Wind in Böen bis zu über 80 km/h begrüßte sie zum Landeanflug.

Weil die automatische Landung bei dem starken Seitenwind nicht mehr verlässlich arbeitete, schaltete Jens in 1000 Fuß

Höhe Autopilot und Autothrottle ab. Normalerweise hätten sie den Anflug bei den zu erwartenden Windscherungen nicht einleiten dürfen. Doch die geringe Spritmenge und die schlechte Wettersituation an den Ausweichflughäfen zwangen sie zu dieser Entscheidung.

Die Turbulenzen wurden heftiger. Es wackelte so stark, dass Jens die Anzeigen auf den Displays kaum noch ablesen konnte. Der Sturm heulte, Hagel prasselte auf die Cockpitscheiben. Selbst der Aktiv-Noise-Kopfhörer konnte diesen Lärm nicht vollständig dämpfen.

30 Sekunden bis zur Landung

Wegen des starken Regens war die Landebahn immer noch nicht zu sehen. Hochkonzentriert wechselte Jens immer wieder den Blick von den Instrumenten nach draußen und zurück. Es war einer dieser Momente, in denen kein Fehler gemacht werden durfte.

Plötzlich packte eine vertikale Windböe den Jumbo. Es fühlte sich an wie in einem Achterbahnwaggon, der fast senkrecht in die Tiefe stürzte. Noch während Jens die vier Gashebel nach vorne rammte, warnte die energische Computerstimme:

„WINDSHEAR … WINDSHEAR … WINDSHEAR“

Die Triebwerke brüllten auf, Jens zog die Flugzeugnase hoch. Ein Vibrieren am Steuerhorn, begleitet von einem giftigen Rasseln, signalisierte einen drohenden Strömungsabriss. Der Albtraum eines jeden Piloten, wenn man wie jetzt in Bodennähe flog.

„Descending“, rief Dirk hektisch.

„Checked“, antwortete Jens. Er schaffte es, den unkontrollierten Sinkflug zu stoppen.

„Positive Rate“, sagte Dirk einen Augenblick später. Sie hatten die Scherwinde hinter sich gelassen. Der Jumbo gewann wieder an Höhe und Geschwindigkeit.

„Gear up, left Autopilot on“, kommandierte Jens. Dirk führte die Anweisungen aus und informierte den Lotsen über das Durchstartmanöver.

„Und jetzt?“, fragte Dirk nervös.

„Wie besprochen. Sag dem Lotsen, wir machen einen weiteren Anflug.“

Sie bekamen Kursanweisungen und erneut eine Landefreigabe:

„Worldcargo 752, wind 300 with 30 knots, gusting up to 40 Knots. Cleared to land Runway 31L.“

Nach wie vor wurde der Jumbo heftig durchgeschüttelt. Jens durfte auf keinen Fall zu langsam fliegen, aber auch nicht zu schnell, die Länge der Runway würde sonst nicht für die Landung ausreichen. Es war ein Tanz auf Messers Schneide.

Die Computerstimme plärrte:

„Fifty – forty – thirty – twenty – ten“

Jens setzte das Flugzeug hart auf die Runway. Wieder brüllten die Triebwerke auf, doch diesmal, um den Jumbo mit dem Rückstrahl abzubremsen.

Stehendes Wasser auf der Runway. Aquaplaning! Die pulsierende Anti-Rutsch-Funktion war zu spüren.

3000 Meter zum Abbremsen konnten verdammt kurz sein, wenn man mit einem 340 Tonnen schweren Flugzeug bei einer Geschwindigkeit von 330 Stundenkilometer auf einer regenüberfluteten Landebahn aufsetzte. Der Sturm zerrte heftig am Flugzeug, versuchte, es nach rechts von der Landebahn zu schieben. Jens drückte das Steuerhorn nach vorne und nach links, stabilisierte damit den Jumbo.

Das Ende der Runway kam in Sicht.

„900“, rief die Computerstimme. 900 Meter bis zum Bahnende. Jens trat mit den Fußspitzen kräftig in die Ruderpedale, die auch gleichzeitig Bremspedale waren. Zwar wurde damit die automatische Bremse deaktiviert, doch die manuelle Bremswirkung war noch effektiver. Jens spürte die pulsierende Anti-Skid-Funktion nun in den Füßen.

„600.“ Laut Berechnung musste es reichen, doch der Jumbo schien noch viel zu schnell zu sein. Jens hatte den Eindruck, als landeten sie auf Schmierseife.

„300.“ Jens hielt den Atem an. Das Ende des Asphalts kam viel zu schnell näher. Aus den Augenwinkeln sah er Büsche, die vom fast horizontalen Regen gepeitscht wurden.

„50.“ Endlich war die Boeing auf Schrittgeschwindigkeit abgebremst. Jens atmete tief durch und rollte den Jumbo von der Bahn. Es war geschafft.

Wenige Minuten später hatte er das Flugzeug auf dem Vorfeld geparkt. Die letzte Checkliste wurde gelesen, Jens füllte das Bordbuch aus. Der Stationsleiter von Worldcargo kam ins Cockpit.

„Willkommen in JFK, Kapitän Bachmann. Wir sind froh, dass sie es bei dem Wetter geschafft haben, hier zu landen.“

„Wir auch. Steht der Crewbus schon bereit, um uns zu Immigration zu bringen?“

„Heute wird es etwas anders ablaufen. Die Zollpolizei kommt gleich, um das Flugzeug auf Drogen zu überprüfen. Der Immigration-Officer kommt mit dem Zoll und schaut hier an Bord Ihre Pässe und Visa an.“

Jens überlegte, wie er mit dieser unerwarteten Situation am besten umgehen sollte. „Haben Sie das *SECURITY-SUITCASE* schon ausgeladen?“, fragte er den Stationsleiter.

„Diesmal nicht, Kapitän. Wegen des Drogenchecks darf nichts abgeladen werden, auch nicht die Pilotenkoffer.“

„Dieser Koffer gehört aber zur Flugzeugausrüstung und unterliegt somit nicht der üblichen Sicherheitskontrolle“, sagte Jens. Vor zwei Jahren hatte er die Idee mit dem *SECURITY-SUITCASE* gehabt. Das Wort *Sicherheit* war ein Zauberwort in der Luftfahrt und konnte viele Türen öffnen. Mit dem *SECURITY-SUITCASE* hatte Jens das Zauberwort geschickt für seine Zwecke eingesetzt. Bisher wurde der Spezialkoffer noch nie überprüft. Er war als Teil der Flugzeugausrüstung deklariert und wurde deshalb vom Bodenpersonal immer auf direktem Weg aufs Flugzeug oder eben vom Flugzeug zum Crewtransporter gebracht. Dadurch konnte Jens den Sicherheitscheck bisher immer auf legale Art umgehen. Doch diesmal würde das nicht funktionieren. Bei einem Drogencheck herrschten andere

Regeln. Zum Glück war Jens auch für solch einen Fall vorbereitet.

Der Sturm wurde schwächer, der Regen ließ nach.

Stimmen, Hundegebell.

„Good evening, Gentlemen", grüßte der Immigration-Officer, nachdem er die steile Klapptreppe ins *Upper Deck* hochgestiegen war. Er setzte sich auf einen der Passagiersitze und öffnete seinen Aktenkoffer. Jens und Dirk gaben dem Beamten ihre Reisepässe.

Zwei Männer in schwarzer Polizeiuniform kamen mit einem Hund die Treppe hoch. Für den Hund musste es mühsam sein, so eine steile Treppe hochzuklettern.

„Zollfahndung", sagte einer von ihnen knapp. „Wir werden uns mal umschauen."

„Lassen Sie mich wissen, ob ich Ihnen behilflich sein kann", erwiderte Jens freundlich. Er sah, wie unten auf dem Hauptdeck weitere Polizisten ihre Hunde an der Ladung schnüffeln ließen.

Plötzlich bellte einer der Hunde wie verrückt und kratzte an Dirks Koffer, der zusammen mit dem *SECURITY-SUITCASE* neben der Treppe zum *Upper Deck* festgezurrt war.

„Kommen Sie runter. Öffnen Sie Ihre Koffer", befahl einer der Zollbeamten auf dem Hauptdeck. Dirk und Jens stiegen hinab. Jens beobachtete, wie sein Copilot schwitzend den Spanngurt löste, mit dem das Crewgepäck festgezurrt war. Mit zittrigen Fingern öffnete er seinen Koffer. Hatte der Idiot etwa Drogen dabei?

„Zurücktreten", befahl der Zollpolizist. Inzwischen standen vier Beamte neben den beiden Piloten. Zwei der Polizisten öffneten den Verschluss ihrer Waffenholster.

Der Hund schnüffelte aufgeregt und schwanzwedelnd im Inhalt von Dirks Koffer. Kleidung, Unterwäsche, eine Flasche Whisky.

Einer der Polizisten nahm den kompletten Inhalt heraus, der Hund beschnüffelte alles. Nach wenigen Minuten war klar, dass keine Drogen im Koffer waren.

„Hatten Sie schon mal Drogen damit transportiert?", fragte der Beamte.

Dirk schüttelte energisch den Kopf. „Nein, nein. Noch nie. Wie kann das nur sein?"

„Irgendwelche Drogenreste scheinen an ihren Klamotten zu hängen."

„Was bedeutet das für mich?"

„Nichts. Wir haben ja keine Drogen in ihrem Koffer gefunden."

Dirk schnaufte hörbar aus.

Der Beamte drehte sich zu Jens und zeigte auf das *SECURITY-SUITCASE*. „Ihr Koffer?"

Jens nickte.

„Warum ist der so groß?"

„Weil ich darin flugrelevante Sicherheitsausrüstung transportiere."

„Öffnen", befahl der Drogenpolizist.

Jens öffnete die vier Zahlenschlösser und klappte den Koffer auf.

Der Hund schnüffelte freudig an der Kleidung, bellte aber nicht. An der Schaumstoffschutzhülle mit dem elektrochemischen Instrument schnupperte er länger. Der Beamte, zu dem anscheinend der Hund gehörte, ging in die Knie, betrachtete das Gerät, das so groß war wie zwei Schuhkartons.

„Was ist das?", fragte er und zog es aus der Schutzhülle.

„Ein neu entwickelter Sprengstoffdetektor", erklärte Jens. „Damit können kleinste molekulare und biomolekulare Stoffe aufgespürt werden."

„Habt ihr schon mal so was gesehen?", fragte der Beamte seine Kollegen. Sie schüttelten ihre Köpfe.

„Wieso führen Sie das mit sich?"

„Ich bin Sicherheitsexperte von Worldcargo und der Sprengstoffdetektor ist ein Prototyp", erklärte Jens. „Eine Erfindung aus Israel und noch nicht offiziell auf dem Markt. Deswegen können Sie das Gerät nicht kennen."

Zur Bestätigung hielt Jens seine Airline-ID-Karte, die er an einem Lanyard um den Hals trug, den Beamten entgegen. Neben dem Foto und einigen Daten zu seiner Person stand:

Captain Jens Bachmann, Head of Security

„Ich bin Sicherheitsbeauftragter meiner Airline. Vor zwei Jahren habe ich von einer israelischen Firma für Flugsicherheit das Gerät für einen Langzeitcheck bekommen. Ich führe während der Flüge Tests durch."

„Wieso während der Flüge?"

„Weil im fliegenden Flugzeug die Luft trockener ist. Die Partialdrücke sind geringer und die Luft wird ständig ausgetauscht. Das ist eine große Herausforderung für die Sensoren. Um Serienreife zu erreichen, müssen deshalb alle möglichen Situationen überprüft werden."

„Und wie funktioniert das Gerät?", fragte einer der Zollpolizisten. Der anfängliche Argwohn schlug in Neugier um. Jens lächelte, hielt seine Hand auffordernd dem knienden Zollbeamten hin, der ihm das Gerät reichte.

„Auf der Basis von Mikroelektronik werden in einem elektrochemischen Vorgang winzige Moleküle mithilfe von 160 Feldeffekttransistoren gemessen." Jens zeigte auf die benannten Bauteile. „Ein Bündel Silizium-Nanodrähte, die mit Bor und verschiedenen chemischen Verbindungen angereichert sind, vergleicht die Moleküle von Feststoffen mit bekannten Sprengstoffmustern."

„Müssten Sie für die Tests nicht auch Sprengstoff dabei haben?", fragte einer der Beamten erstaunt.

Jens nickte anerkennend. „Fast richtig. Schauen Sie mal." Er zog eine kleine Tasche aus dem Koffer und öffnete sie.

„Ungefährliche Sprengstoffproben. Die benutze ich für die Tests. Und hier …" Jens bückte sich, zog einen dünnen Ordner aus dem Koffer. „Hier sind die Protokolle der letzten Tests."

Einer der Beamten nahm den Ordner, blätterte darin und nickte beeindruckt. „Sie können nun gehen. Vielen Dank für Ihre Kooperation", sagte der Beamte, der anscheinend der Boss war.

Jens und Dirk holten ihre Pilotentaschen aus dem Cockpit, verabschiedeten sich vom Immigration-Officer, dem Stationsmanager und den Zollbeamten und stiegen in den bereitstehenden Crewbus. Die beiden Koffer der Piloten waren inzwischen eingeladen worden.

*

Eine Stunde später standen die Piloten am Check-In Schalter des Grand Hyatt Hotel und bekamen die Schlüsselkarten für ihre Zimmer.

Ihre Koffer und die Pilotentaschen hinter sich herziehend, liefen die beiden zu den Aufzügen.

„Treffen wir uns noch zu nem Bier in der Hotelbar?", fragte Dirk.

„Ich bin zu müde, gehe gleich ins Bett", schwindelte Jens. Normalerweise trafen sich die Piloten nach einem Flug noch auf nen Drink oder zum Dinner. Doch Jens hatte keine Lust, mehr Zeit als nötig mit dem ewig nörgelnden Copiloten zu verbringen.

Dirk zuckte mit den Schultern. „Vielleicht sehen wir uns ja beim Frühstück."

In seinem Zimmer angekommen, hängte Jens das *No Disturb*-Schild von außen an den Türgriff, schloss ab und legte die Sperrkette vor. Den wuchtigen Spezialkoffer hob er auf das Doppelbett. Die Kofferschale bestand aus einer Titanlegierung, die mit herkömmlichen Werkzeugen unmöglich aufzubrechen war. Jens öffnete den Koffer und klappte ihn auf. Den Detektor in der Schutzhülle legte er aufs Bett, die große Kofferhälfte räumte er komplett aus. Kleidung, Schuhe, Toilettentasche und andere persönliche Gegenstände platzierte er sorgfältig neben das Gerät auf die Bettdecke.

Vorsichtig drückte Jens nun an den richtigen Stellen gegen die Seitenwände der leeren Kofferschale, die sich daraufhin löste. Es war eine Innenwanne, die nahtlos mit dem äußeren Koffergehäuse verbunden war. Selbst bei genauem Hinschauen wäre der doppelte Boden nicht erkennbar gewesen. Jens legte die Innenwanne auf die Kleider. Der Zwischenraum der zweiteiligen Kofferschale war groß genug für die eigentliche Fracht. Sein Job als Sicherheitsbeauftragter, das *SECURITY-SUITCASE* und der Sprengstoffdetektor waren nur Tarnung. Heute hatte sich die Tarnung als wirkungsvoll erwiesen.

Jens war zufrieden. Drei Tage Aufenthalt würden ihm genug Zeit geben.

3

Nigeria, 24. Dezember 2013

„Robert, irgendwas stimmt nicht“, sagte Hanna, die nach der morgendlichen Katzenwäsche gerade ihr beigefarbenes Safarihemd angezogen hatte. Das Zirpen der Grillen hatte aufgehört, die Vögel sangen nicht mehr, kein Laut war zu hören. Hannas Hände zitterten, kalter Schweiß stand ihr auf der Stirn, sie fühlte eine Bedrohung.

Plötzlich schallten hektische Kommandos durch das Soldatenlager.

„Augenblick, ich schaue nach.“ Robert wollte gerade zum Zelt hinaus, da erschütterten ohrenbetäubende Explosionen die Erde.

„Runter!“, schrie er. Sie warfen sich auf den Boden. Maschinengewehre ratterten, dazwischen einzelne Schüsse, weitere Explosionen.

Robert kroch zu dem Feldbett mit der Ausrüstung und zog die Kamera zu sich. Er schrie etwas zu Hanna, doch sie konnte ihn nicht verstehen. Das Stakkato der Maschinengewehre schien ihr direkt ins Herz zu hämmern. Immer wieder erzitterte der Boden unter ihr.

Ein lautes Pfeifen in ihren Ohren. Sie drückte ihre Handflächen darauf, doch das Pfeifen blieb. Immer mehr Löcher in der Zeltwand. Sie wackelte, als zerrte ein wütender Sturm daran.

Mehrere scharfkantige Metallteile, einige faustgroß, schlugen vor ihrem Gesicht ein. Plötzlich spürte sie einen brennenden Schmerz auf ihrer Stirn. Es wurde heiß auf ihrem Kopf. Heftig schüttelte sie sich, wischte mit der Hand durch ihre Haare, verbrannte sich die Finger. Ein glühendes Metallteil fiel auf die Bodenplane. Ein Granatsplitter hatte sie gestreift.

Der Gestank von verbranntem Haar zog in ihre Nase. Die olivfarbene Bodenplane wurde an mehreren Stellen von den Granatsplittern aufgerissen. Es kokelte, dünne Rauchfäden kräuselten hoch. Hanna fasste sich an die Stirn, fühlte klebriges Blut. Sie erkannte, dass ein Hagel von Granatsplittern über ihr heruntergeprasselt war.

Irgendwann flaute das tosende Feuergefecht ab. Nur noch vereinzelte Schüsse waren zu hören. Befehle in einer fremden Sprache und Schmerzensschreie hallten durch das Lager.

„Ist es vorbei?", fragte Hanna. Sie konnte ihre eigenen Worte kaum hören. Das Pfeifen hing noch immer in ihren Ohren. Sie war wie taub.

Robert sagte etwas, sie verstand nichts.

„Ich schau mal nach", brüllte er.

In dem Moment, als Robert aufstehen wollte, wurde die Zeltplane zur Seite gerissen. Mehrere fremde Männer drängten herein. Sie hatten schmutzige Militärjacken an und hielten Gewehre im Anschlag. Einige trugen einen Turban, andere Stirnbänder.

Hanna wurde angespuckt, einer der Fremden trat Robert in den Bauch und riss ihm die Kamera aus den Händen.

„Aufstehen!" Der schneidende Befehl kam in englischer Sprache.

Sie rappelten sich hoch. Alles an Hannas Körper schmerzte, doch immerhin wurde das laute Pfeifen schwächer. Instinktiv hoben sie ihre Hände über den Kopf. Grob wurden sie aus dem Zelt gestoßen. Der Gestank von verbranntem Fleisch und von Pulvergeruch stach in ihre Nase.

„Allahu Akbar", riefen die Rebellen und schossen in die Luft. Hanna zuckte bei den Gewehrsalven zusammen. Es wimmelte von schwer bewaffneten Männern.

„Ruhig bleiben, Hanna", flüsterte Robert. „Sie werden uns nichts tun."

Die meisten Zelte waren zerfetzt, ein Zelthaufen glühte, Rauch stieg auf. Die Bänke, Stühle und Tische im Küchenzelt waren umgeworfen, ein Soldat lag reglos dazwischen. Dunkelroter dickschleimiger Brei hing an seinem Bauch. Das Frühstück? Oder etwas anderes?

Regierungssoldaten lagen verstreut im Lager. Einige bewegten sich, Schmerzensschreie hallten durch das Camp. Auch der Major lag im Staub neben dem Küchenzelt. Seine Beine zitterten, er japste nach Luft. Schaumiges Blut quoll aus seinem Mund.

Mehrere der Angreifer hatten wuchtige Messer in den Händen und liefen zu den Regierungssoldaten.

Oh mein Gott. Sie werden doch nicht ...?

Einer der Rebellen beugte sich über den Soldaten, der direkt neben Hanna auf dem Boden lag. Es war der blutjunge, schüchterne Soldat, der von den anderen immer gehänselt wurde.

Der Rebell drückte mit einer Hand den Kopf des wimmernden Jungen in den Dreck. Der Verletzte schrie auf, wand sich, strampelte, wollte sich wegdrücken. Robert packte Hanna, drehte sie weg und drückte sie an sich, versuchte die Sicht zu blockieren. Doch einer der Rebellen schlug ihm ins Gesicht und Robert taumelte zurück.

Dem verletzten Soldaten wurde das Kampfmesser in den Hals gerammt. Blut spritze in einer pumpenden Fontäne ins Gesicht des Mörders, der grauenhaft lachte.

Hannas Beine drohten einzuknicken. Ein starker Brechreiz brachte sie zum Würgen. Ein Röcheln und Schmatzen drang in ihre Ohren, vermischte sich mit den Todesschreien. Hanna sehnte das laute Pfeifen zurück. Entsetzt presste sie die Hände wieder auf ihre Ohren, drückte ihre Augen fest zu. Sie hyperventilierte, schmeckte das Salz ihrer Tränen auf der Zunge. Jemand packte ihre Arme und riss sie schmerzhaft nach unten, sie bekam einen Schlag ins Gesicht, ihre Nase knirschte. Vorsichtig öffnete sie die Augen.

„Die hat ja gar keine Titten“, rief einer der Rebellen in gebrochenem Englisch. Abstoßendes Gelächter. „Und dürr wie eine Schlange ist sie. Es macht keinen Spaß, eine Schlange zu ficken.“

Die Rebellen johlten, Hanna hoffte, bewusstlos zu werden.

Ein Mann mit einer dunkelblauen Wollmütze stellte sich vor Hanna und Robert, starrte sie abwechselnd an und hob seine Hand. Die Männer verstummten.

Eine Wollmütze mitten in Afrika, wunderte sich Hanna. Sonderbar, woran man so dachte, wenn man mit dem Leben abgeschlossen hatte.

„Merry Christmas, Hanna Engels und Robert Schäfer."

„Woher ... kennt ihr unsere Namen?", fragte Robert.

„Sind alle deutschen Weiber so dürr?"

Hanna wagte kaum zu atmen. Der Wollmützenmann trat ganz nah an sie heran, beschnupperte sie. Er stank nach Schweiß, sein Mundgeruch drehte ihr den Magen um.

„Tatsächlich. Grüne Augen. Bist du eine Hexe?"

Hanna schüttelte entsetzt den Kopf.

„Weißt du, was man Frauen mit grünen Augen nachsagt?"

Sie schüttelte wieder den Kopf.

„Sie sind Hexen, wird behauptet. Haben magische Kräfte, ficken wie besessen und sind sehr belastbar. Aber dein Körper sieht nicht belastbar aus." Er trat einen Schritt zurück, betrachtete sie wie ein Stück Vieh. „Wir werden es herausfinden."

Die Rebellen grölten.

Hanna schluckte, wollte die Tränen wegwischen, doch ihre Arme wurden brutal nach unten gedrückt. Sie zwang sich, stark zu wirken, fühlte sich aber schwach wie noch nie in ihrem Leben.

„Woher wisst ... wisst ihr von uns?", fragte Robert.

„Halt die Schnauze", brüllte der Rebell. „Siehst du nicht, dass ich mich mit der Hexe unterhalte?"

„Woher wisst ihr von uns?", fragte diesmal Hanna. Sie musste reden, verhandeln. Ihr Leben und das von Robert waren die Ware.

Der Wollmützenmann, er schien der Anführer zu sein, rieb Daumen und Zeigefinger aneinander. „Hanna Engels. In diesem Teil der Welt bekommt man für Geld alles."

„Ich verstehe nicht."

Er zeigte auf die Fahrzeuge der Militäreskorte.

„Panzerwagen, Transporter, Lastwagen, Waffen, Munition und Diesel. Unsere Bestellung."

Hanna starrte ihn mit Unverständnis an.

Der Anführer schüttelte fassungslos den Kopf. „Bist du begriffsstutzig? Wir wissen schon lange, dass du mit der Militäreskorte zu uns wolltest. Einige Politiker und das Militär machen gerne mit uns Geschäfte. Deine Reise war ein guter Vorwand für die Lieferung der Waffen und der Fahrzeuge."

Plötzlich verstand Hanna, warum die Regierung so unerwartet den kostenlosen militärischen Schutz angeboten hatte. „Und die ... toten Soldaten?"

Der Anführer zuckte mit den Schultern. „Der Keim des Todes steckt von Geburt an in jedem von uns. Früher oder später verrecken wir alle."

„Und ..." Hanna holte tief Luft, bevor sie die Frage wagte. „Und wir?"

„Ihr? Verreckt wohl früher."

„Was habt ihr vor?", fragte sie zaghaft.

Ohne Vorwarnung verpasste der Anführer Hanna eine wuchtige Ohrfeige. Sie taumelte, stürzte zu Boden. Robert stellte sich schützend vor sie. „Bitte hören Sie ..."

Der Mann donnerte Robert die Faust ins Gesicht. Er torkelte, stolperte über die am Boden liegende Hanna, blieb aber stehen. Blut floss aus seiner Nase.

Der Anführer lachte mit dunkler Stimme, hatte plötzlich ein wuchtiges Kampfmesser in der Hand.

„Möchtest du leben?"

Robert nickte entsetzt.

„Dann sag einen Gebetstext aus dem Koran auf."

„Das ... das kann ich nicht."

Blitzschnell sprang der Afrikaner nach vorne und rammte das Messer in Roberts Bauch. Er starrte entsetzt auf den Angreifer und sank auf die Knie. Ein Blutfleck breitete sich schnell auf seinem Hemd aus. Schützend legte Robert die Hände auf die Wunde, stürzte zu Boden, atmete schwer.

„Aufhören", schrie Hanna entsetzt. „Aufhören!" Sie kroch zu Robert, wollte ihm helfen. Aber wie?

Der Anführer packte Hanna an den Haaren und zog sie hoch. Sie wollte sich wegdrücken von diesem Monster, doch dessen Kraft hatte sie nichts entgegenzusetzen.

Der Afrikaner donnerte den Knauf des Messers in Hannas Gesicht. Ihre Zähne knirschten.

„Schlag ihr die Zähne aus. Das wird unseren Schwänzen gefallen“, rief der Rebell neben Hanna. Die Männer jubelten. Hanna atmete heftig und prustete dabei Blut auf den Anführer. Er fuhr mit der Hand durch sein Gesicht, leckte die Finger ab.

„Deutsches Blut. Sehr gut. Fesselt die Hure.“ Mit Draht wurden ihre Hände auf dem Rücken gebunden. In ihrer Panik konnte sie kaum klare Gedanken fassen. Entsetzt schaute sie zu Robert, sah die Todesangst in seinen Augen. Er sah wohl ihre. Mit Rebellen hatten diese Männer nichts mehr zu tun. Für Hanna waren es nur noch barbarische und inhumane Terroristen.

Konzentrieren. Nicht an die Toten denken. Nicht an Robert, nicht an mich, nicht an die verdammten Schmerzen. Ich muss reden, verhandeln.

„Was ... was macht ihr mit uns?“, stammelte sie mit schwacher Stimme.

„Was wohl?“

„Wir sind Reporter.“

„Ich weiß.“

„Wir sind gekommen, ... um mit euch ein Interview zu machen. Euch zu fotografieren, wenn ihr ... ihr wollt.“

„Wir wollen nicht.“

„Wir können euch ... eure Botschaft in die Welt tragen.“ Hanna schaffte es, die Schmerzen zu ignorieren.

„Unsere Botschaft? Wir haben keine Botschaft.“

„Aber warum müsst ihr kämpfen?“

„Einen Scheißdreck müssen wir. Wir kämpfen gegen die Regierung, weil wir es wollen und wir holen uns, was wir wollen.“

„Und was ... wollt ihr?“

Hanna musste versuchen, den Terroristen eine Reportage schmackhaft zu machen. Nur so konnten sie gerettet werden. „Hab ich doch schon gesagt. Ich dachte, die Deutschen sind klug. Heute wollten wir einen Panzerwagen, zwei Transporter, einen Lastwagen, Diesel, jede Menge Munition ... und dich."

„Wir können euch in die Schlagzeilen bringen. Muslime auf der ganzen Welt werden von euch hören und sich vielleicht mit euch verbünden."

„Wir brauchen keine Schlagzeilen."

„Überlegen Sie doch ..."

„Du machst einen großen Fehler, Hanna Engels."

Hanna schaute ihn entsetzt an. Fehler?

„Du glaubst, wir denken wie ihr. Du glaubst, wir sind geil darauf, in den Zeitungen der westlichen Welt zu erscheinen. Du hast dich getäuscht."

„Wir ... stehen unter dem Schutz der Regierung."

„Unter dem Schutz der Regierung?" Er lachte laut, hielt seine offene Hand als Sonnenschutz über die Augen und blickte übertrieben angestrengt suchend in alle Richtungen.

„Ich sehe keine Regierung."

Er befahl einem seiner Untergebenen etwas in seiner Sprache. Der packte seine Machete, ging zu einem der toten Regierungssoldaten. Hanna wollte sich wegdrehen, doch ihr Kopf wurde festgehalten.

„Schau zu", schrie der Anführer. Hanna zitterte am ganzen Körper. Der Terrorist trennte dem Toten mit einigen wuchtigen Schlägen den Kopf ab, hob ihn an den Haaren hoch und brachte ihn seinem Boss.

„Ich sehe nur das hier", brüllte der Terrorist. Er hielt den Kopf an den Haaren direkt vor Hannas Gesicht. Ihre Beine knickten ein, sie wurde von zwei Seiten festgehalten. Er schmiss den Kopf verächtlich zur Seite, kam ganz nah an ihr Gesicht. Sein Gestank weckte erneut ihren Brechreiz.

„Hanna Engels, die Regierung wird dich nicht schützen. Niemand wird dich schützen."

„Wir kämpfen doch nicht gegen euch, wollen euch sogar helfen", sagte Hanna verzweifelt.

„Du gehst mir auf die Nerven."

Er packte ihr Safarihemd, zog es nach vorne, hatte plötzlich ein großes Messer in der Hand.

Oh Gott. Hanna schloss die Augen.

Wenn es dich tatsächlich gibt, Gott, dann lass es jetzt schnell gehen.

Ritsch! Ihr Hemd wurde aufgeschnitten. Hanna blinzelte. Der Terrorist hielt das Buschmesser vor ihr Gesicht. Blut tropfte von der Klinge. Es musste das Blut von Robert sein, oder war es ihres? Doch sie hatte keinen Messerstich gespürt.

Mit seiner freien Hand begrapschte der Mann ihre Brüste unter dem weißen BH. Sie wollte sich wehren, seine Hände wegstoßen, riss an den Fesseln. Der Draht schnitt schmerzhaft in ihre Handgelenke, Hanna spürte eine warme, klebrige Flüssigkeit in ihren Handflächen. Ihr Herz raste, ihr wurde schwindelig, Schweiß floss in ihre Augen.

Der Terrorist starrte sie lüstern an, schnaufte erregt, seine Zunge strich über die wulstigen Lippen. Das Messer sauste von oben nach unten, durchschnitt den BH zwischen ihren Brüsten. Der Schnitt drang ins Fleisch bis auf die Knochen. Hanna schrie, sie spürte einen brennenden Schmerz, wollte rückwärts ausweichen, weg von dem Monster. Doch sie war eingekeilt zwischen den Männern, die sie hart festhielten. Ihr Hintern wurde betatscht, sie spürte Finger zwischen ihren Beinen.

„Willkommen in Nigeria", sagte der Anführer. Er riss ihre blonden Haare mit einem kräftigen Ruck nach hinten, ihr Genick krachte. Er leckte das Blut zwischen ihren Brüsten.

„Ahhh, guuut. Wie wohl der Rest von dir schmeckt?"

„Wir stehen ... unter dem Schutz der deutschen Regierung. Ich rate euch ..."

Eine weitere Ohrfeige. Sie wäre gestürzt, wenn die Hände sie nicht festgehalten hätten.

„Du rätst uns?", schrie der. „Du willst mir Ratschläge erteilen? Ich bin Uchenna." Der erzürnte Anführer klopfte sich mit der Faust auf die Brust. Sein Messer hielt er drohend in der anderen Hand. „Niemand wird mir Ratschläge geben. Ich mache, was ich will."

„Was habt ihr vor mit ... uns?"

„Dich deutsche Hure ..." Uchenna beugte sich vor, schnüffelte an ihrem verbrannten Haar. „... Dich benutze ich als Geisel. Ich will mein Geld für die Waffenlieferung zurückhaben."

„Die Regierung wird alles tun, damit wir freikommen."

„Damit ihr freikommt? Nein, Hanna Engels."

Uchenna schaute zu Robert, der zusammengekrümmt im Dreck lag. Er japste leise, presste seine Hände gegen die Bauchwunde.

Uchenna nickte dem Mann zu, der dem Soldaten den Kopf abgehackt hatte. Der Terrorist hatte plötzlich wieder die Machete in der Hand, stellte sich neben Robert.

„Nein!" Hannas Herz drohte, auszusetzen.

Die Machete sauste nieder. Gurgelnde Laute kamen aus Roberts Mund. Sie hörte Schreie. Es waren ihre eigenen. Robert verkrampfte sich, seine Hände zitterten unkontrolliert, er strampelte. Wieder und wieder sauste die Machete hinab. Blutfontänen spritzten aus Roberts Hals, die Hände zuckten immer noch. Hannas Beine gaben nun endgültig nach, sie hing in den Armen der Männer und erbrach sich.

Uchenna packte sie an den Haaren, sprach zu ihr, sie hörte ihn nicht, sah nur, wie sich seine Lippen bewegten. Er verpasste ihr wieder eine Ohrfeige, schrie sie an. Jetzt hörte sie ihn.

„Du Miststück. Hast du mich verstanden?" Mechanisch schüttelte sie den Kopf. Sie konnte nicht mehr denken.

„Willst du von all meinen Männern gefickt werden?"

Hanna schüttelte wieder den Kopf.

„Dann hör auf, wie eine Irre zu schreien und stell dich wieder auf deine Füße."

Hanna versuchte, ihren hechelnden Atem zu beruhigen und nahm all ihre Kraft zusammen, um sich wieder aufzurichten. Ihre Beine fühlten sich wie Gummi an.

„Scheiße. Wusste ich's doch. Grüne Augen hin oder her. Du bist nicht belastbar und wir haben noch nicht mal angefangen."

Es war unerträglich heiß, die Sonne brannte in ihr Gesicht. Sie schmeckte das Salz ihrer Tränen auf ihrer Lippe vermischt mit ihrem Blut. Hanna wollte schnell sterben.

„Du bist meine Geisel", sagte Uchenna so laut, dass jeder es hören konnte. „Bete zu deinem beschissenen Gott, dass die Regierung auf meine Forderung eingeht."

Er hatte plötzlich ein kleineres Messer in der Hand. Damit stichelte er in der frischen Wunde zwischen ihren Brüsten. Hanna zuckte zurück. Doch noch immer wurde sie festgehalten.

„Ein Geschenk aus Nigeria", sagte Uchenna gemein lächelnd und drückte das Messer tief in die Wunde. Tränen schossen wieder in ihre Augen. Hanna stöhnte vor Schmerzen auf. Wurde sie gefoltert?

„Was ... Was ...?" Hanna konnte kaum sprechen.

„Pfeilgift. Es wird aus Pflanzen und Schlangengift gemischt. Du wirst die Wirkung bald spüren."

Uchenna drehte sich um und lief zu den Geländewagen, die inzwischen angefahren kamen. Mit der Hand machte er eine Geste, die signalisierte, dass seine Männer ihm folgen sollten. Die Terroristen zogen Hanna zu einem der Jeeps und hoben sie auf die Rücksitzbank. Eingekeilt saß sie zwischen zwei Terroristen. Die Fesseln wurden ihr nicht abgenommen, der Draht schnitt tief in ihre Handgelenke.

Als sie losfuhren, drehte sie sich zu Robert um. Ihr Herz schien auszusetzen. Zwei Terroristen spießten seinen Kopf auf einen Pfahl. Er war durch ihre Schuld umgekommen.

Nach einiger Zeit setzte die Wirkung des Giftes ein. Arme und Beine wurden schwer. Ihr Kopf sackte immer wieder nach vorne oder zur Seite. Schließlich kippte sie auf den Schoß eines Bewachers. Die Terroristen lachten, sprachen in ihrer Landessprache, begrapschten sie, öffneten ihre Hosen. Hanna verlor die Kontrolle über ihren Körper, aber nicht das Bewusstsein. Ihr Geist wurde träge, als wäre er in Watte gepackt. Hanna dachte an ihren Lebenspartner Vincenzo, der in Deutschland geblieben war. Sonderbar, sie hatte ihn während der ganzen Zeit in Nigeria nicht vermisst.

Der Jeep hielt an, sie sah einige Lehmhütten. Waren sie nur eine halbe Stunde gefahren oder viele Stunden? Männer in Kampfkleidung starrten sie an. Auch ein paar junge Frauen, noch halbe Kinder. Entführte, so wie sie selbst?

Hanna wurde aus dem Wagen gezerrt. Die Männer grölten. Viele Hände auf ihrem Körper. Vor einer der Hütten wurde sie auf den Boden geschmissen. Als ob sie ein totes Tier wäre, wurde sie an den Füßen in eine Hütte gezerrt. Sie schnitten die Drahtfesseln durch, rissen ihr die Kleider vom Leib. Hanna spürte Finger an ihrer Scham und in ihr drin. Sie wollte sich wehren, es ging nicht. Sie konnte riechen, sehen, hören. Aber das Schlimmste von allem: Sie konnte die Schmerzen spüren. Im Gesicht, an den Handgelenken, zwischen den Brüsten, überall. Doch sie konnte sich nicht mehr bewegen. Warum wurde sie nicht bewusstlos? Warum starb sie nicht?

Uchenna stand über ihr. Er wirkte riesig, als sie zu ihm hochblickte.

„Ich habe meinen Männern verboten, dich zu ficken. Wenn die deutsche Regierung auf meine Forderung eingeht, bringen wir dich nach Maiduguri. Dann bist du frei. Wenn nicht, werden wir unseren Spaß mit dir haben, bis du totes Fleisch bist."

Uchenna drehte ihr den Rücken zu, bückte sich, um durch das schmale Eingangsloch aus der Hütte zu kriechen. Er schaute sich noch einmal zu ihr um. „Ich glaube nicht, dass meine Forderungen erfüllt werden."

Hanna spürte ihren rasenden Puls. Als ob sie neben einem tosenden Wasserfall stehen würde, rauschte es in ihren Ohren. Die Angst vor dem Tod strahlte durch ihren Körper, ihr wurde schwindelig, dann wurde es schwarz.

*

Schmerzen im Rücken. War sie bewusstlos gewesen? Hatte sie geschlafen? Ihre Gedanken waren träge. Durch ein paar Löcher in der Lehmwand schnitten Sonnenstrahlen wie Laserlicht. Winzige Staubkörner tanzten träge in der düsteren Luft.

Hoffnung keimte, als Hanna an den GPS-Sender dachte, der in ihrem Hosenbund eingenäht war. So wie das Satellitentelefon war der Sender eine Bedingung ihres Chefs gewesen. Die Terroristen hatten ihre Hose achtlos an die Wand der runden Hütte geworfen. Die Mitarbeiter von Kobe Ayodele hatten den Tracker. Sie wussten, wo Hanna war. Bis spätestens heute

Abend würde Ayodele das Militär informiert haben. Doch die wussten vielleicht schon, was passiert war.

Hanna hatte kein Zeitgefühl mehr. Sie hörte Stimmen, schreiende Affen und Vögel. Manchmal drangen die Geräusche wie durch Watte zu ihr durch, manchmal war einfach nichts. Wurde sie zwischendurch immer wieder bewusstlos?

Einer der Terroristen kam in die Hütte gekrochen, kniete neben Hanna.

Er stellte einen Blechnapf neben ihren Kopf, dessen Inhalt erbärmlich stank. Reis in übersäuerter Milch? Vergammelter Hirsebrei? Ihr Geruchsinn funktionierte. Der Terrorist drückte hart mit den Fingern in ihre Wange. Ihr Unterkiefer klappte auf. Sie wollte den Kopf wegdrehen, doch sie hatte keine Kraft. Mit dem Löffel stopfte er den schleimigen Brei in ihren Mund. Hanna würgte, drohte zu ersticken. Der nächste Löffel. Das meiste davon würgte sie wieder aus. Heftig atmete sie durch die Nase. Er streichelte ihr blondes Haar, öffnete seine Hose, befriedigte sich und spritzte auf sie ab. Irgendwann war er verschwunden, anscheinend auch ihr Bewusstsein. Druck auf ihrer Blase, sie wollte es zurückhalten, doch es ging nicht. Sie spürte die warme Feuchtigkeit zwischen den Beinen.

Das nächste, was sie registrierte, waren brennende Kerzen, die auf dem Boden standen. Außerhalb des Kerzenscheins war es dunkel. Sollten Tiere mit den Kerzen abgehalten werden? Die wichtigste Überlebensregel im Busch von Nigeria lautete: niemals auf dem Boden liegen. Und nun lag Hanna nackt im festgestampften Dreck. Hilflos, verletzt, paralysiert.

Gedanken kreisten: Robert, sein gepfählter Kopf. Ihr Chefredakteur in Frankfurt, der mahnend den Finger hochhielt. Sigrid, ihre beste Freundin, mit der sie auf Inlineskates am Mainufer fuhr. Sie lachten. Vincenzo, ihr Lebenspartner, der ihr galant die Autotür seines Nobelschlittens aufhielt. Warum sehnte sie sich nicht nach ihm?

Rauch zog in Hannas Nase. Mühselig und langsam drehte sie den Kopf zur Seite. Eine der Kerzen war abgebrannt, Rauch kräuselte hoch. Hanna dachte an die Granatsplitter, die neben ihrem Kopf eingeschlagen waren, ihre Stirn gestreift und ihr Haar verbrannt hatten. Ihre Sinne schwanden.

Schwache Lichtstrahlen drückten sich durch die Lehmlöcher. Graute der Morgen? Hanna konnte ihre Finger bewegen, sogar den Kopf leicht anheben. Die Wirkung des Lähmungsgiftes schien nachzulassen. Die Schmerzen wurden dadurch schlimmer. Es war qualvoll, immer in der gleichen Position zu liegen. Pochender Schmerz kam aus der Messerwunde zwischen ihren Brüsten, die mittlerweile eiterte. Der Hunger schmerzte, der Durst. So stellte Hanna sich die Hölle vor.

Zwei Terroristen krochen in die Hütte. Sie hatten einen Blechnapf und einen Wassersack dabei.

Oh nein. Nicht wieder der Napf.

Sie stopften den stinkenden Schleimbrei in ihren Mund. Der Würgereflex funktionierte. Wasser wurde in ihren Mund geträufelt. Das kleine Messer war plötzlich wieder da.

„Ne neue Ladung Pfeilgift", sagte der Mann kichernd. Er ritzte mit dem Messer ihre verkrustete Haut zwischen den Brüsten auf. Stechende Schmerzen, Dunkelheit, nichts.

Hanna wachte wieder auf. Sie war alleine. Anhand der Lichtstrahlen wusste sie, dass es Tag war.

Manchmal waren Männer in der Hütte, begrapschten sie, spritzten auf sie. Hanna spürte, dass ihr Haar zu einem brüchigen Klumpen verklebt war.

Kerzen brannten, es war Nacht. Der Geruch von Rauch vermischte sich mit dem Gestank.

Leises Rascheln. Es kam näher. Etwas piepste neben ihrem Ohr. Hanna schaffte es, ihren Kopf leicht zur Seite zu drehen.

Ratten! Sie machten sich über die Essensreste und das Erbrochene her. Sie hörte die nagenden, schmatzenden Fressgeräusche. Einer der Nager krabbelte auf Hannas Bauch. Sie spürte die scharfen Krallen. Hanna versuchte ihre Arme zu heben, um die Ratte wegzuscheuchen. Vergeblich.

Ihren Kopf konnte Hanna nicht anheben. Doch sie konnte ihre Augen so weit verdrehen, dass sie im flackernden Kerzenschein die Ratte auf ihrem Bauch sah. Das Nagetier schnüffelte an der eitrigen Wunde. Dann begann es zu fressen. Der

Schmerz trieb Hanna die Tränen in die Augen. Ihr Atem stockte. Sie wollte schreien, doch nur ein leises Krächzen entwich ihren aufgeplatzten Lippen. Die Ratte sprang von Hannas Körper, war irgendwann aber wieder da, steckte die Schnauze zurück in die eitrige Wunde. Plötzlich spürte Hanna etwas Kühles, Glattes. Es bewegte sich an ihrer Wange entlang. Hanna hielt die Luft an. Der Angriff kam blitzschnell. Ein hohes, durchdringendes Kreischen. Hanna spürte die scharrenden Krallen auf ihrem Körper und auch den Leib der Schlange. Aggressives Zischen. Galt der nächste Biss ihr?

Die Ratte huschte davon, das Reptil schlängelte sich auf Hannas Bauch. Sie spürte das Gewicht der Schlange, sie musste riesig sein.

Die Ratte piepste jämmerlich, Hannas Sinne schwanden.

Lichtstreifen durchzogen die Hütte, die Kerzen waren aus. Es stank nach Eiter und Erbrochenem. Hanna konnte sich ein wenig bewegen, sie spürte, dass sie in ihrem eigenen Kot lag, pochende Schmerzen.

Sie drehte den Kopf zur Seite, sah den teilweise angetrockneten Schleimbrei.

Lebte das Erbrochene?

Dünne Würmer tummelten sich darin. Kamen die Würmer aus ihrem Bauch? Hanna würgte, ihr Magen schmerzte.

Jemand kroch in die Hütte. Das morgendliche Ritual. Füttern, neue Messerwunde, Männer, Sperma.

Dann war sie wieder alleine, starrte hoch zum Strohdach, wollte tot sein.

Das Stroh bewegte sich. Die Schlange.

Die Kerzen brannten, Dunkelheit. Der Rauch verdünnte den Gestank. Piepsende Ratten in der unmittelbaren Nähe. Schmerzen. Die Schlange war wieder da. Sie drückte sich unter Hannas Nacken hindurch, glitt zu den Beinen, quetschte sich unter der rechten Kniekehle hindurch, züngelte. Hanna spürte leichte Berührungen an ihrem Schamhügel.

Oh Gott. Die Schlangenzunge.

Das Reptil kroch auf den Bauch, zur Brust. Die Zunge tänzelte über ihre Wunde, zu ihrem Gesicht. Hanna konnte die

Luft nicht mehr anhalten, musste tief durchatmen. Ihr Oberkörper bewegte sich.

Die Schlange richtete sich ruckartig auf, spreizte ihren Hals, schaute von oben herab, zischte giftig und wiegte ihren Kopf hin und her. Hanna erkannte, dass es eine Kobra war. Flüssigkeit tropfte aus dem Schlangenmaul in Hannas Gesicht.

Ist das Gift? Sterbe ich jetzt?

Der Kopf der Schlange schoss herunter zu Hannas Gesicht, doch die Kobra biss nicht zu. Sie züngelte, Hanna spürte die gespaltene Zunge zwischen ihren Lippen.

Nicht atmen. Tot stellen.

Oh Gott. Hannas Magen verkrampfte sich, sie musste würgen. Jeden Moment erwartete sie den Schlangenbiss.

Plötzlich passierte etwas Sonderbares. Hannas Körper und Geist entspannten sich. Die Schmerzen waren nur noch für einen Augenblick schwammig zu spüren, verschwanden dann völlig. Ihr Atem wurde flacher, kein Herzrasen mehr. Keine Angst mehr vor der Schlange, vor den Ratten, vor den Terroristen, vor dem Tod. Die Angst war verschwunden, auch der Würgereflex.

Ihr wurde klar, dass der Tod etwas Schönes war, viel schöner als das Leben. Hanna sah sich selbst, wie eine Zuschauerin, auf dem Boden liegen. Auf ihrem nackten Körper lag die Kobra. Es wirkte nicht bedrohlich, sondern friedvoll und schön. Zeit hatte keine Bedeutung mehr, nichts war von Bedeutung.

Dunkelheit, Unendlichkeit. War sie erlöst?

*

Tageslicht strahlte durch die Lehmlöcher. Die Schmerzen waren wieder da, Geist und Körper wieder eins. Hanna wollte weinen, es ging nicht. Sie war enttäuscht, noch zu leben.

Hanna sah die Kobra im Strohdach. Die Terroristen, die ab und zu in die Hütte kamen, sahen die Schlange anscheinend nicht. Es war wieder Nacht. Rascheln, tapsende Rattenfüße. Doch die Kobra war da, wurde zur Beschützerin und hielt die Ratten fern.

An den Lichtstrahlen erkannte sie, dass es Tag war. Uchenna und ein paar seiner Männer krochen in die Hütte.

„Pech gehabt, Hanna Engels. Deine Regierung will verhandeln, den Preis drücken. Wir haben die Gespräche abgebrochen. Jetzt bist du nur noch zu unserem Vergnügen da."

Einer der Terroristen hatte eine Schüssel mit Wasser und Seife dabei. Hanna wurde gewaschen. Die Seife brannte in den Wunden. Das Pfeilgift wirkt nur noch schwach. Kot, Urin, Erbrochenes wurde abgewaschen. Die Männer befingerten ihren Körper.

Kam jetzt endlich der Tod?

Plötzlich knallte es. Gewehrschüsse, hektische Schreie.

„An die Waffen!" Uchennas Befehl drang nur schwach zu ihr durch. Ratternde Maschinengewehre, dumpfe Einschläge. Die Terroristen drängten aus der Hütte. Giftiges Fauchen von Projektilen, zwei Männer brachen schreiend zusammen. Lehmbrocken wurden aus der Wand gerissen, prasselten auf Hannas Körper. Überall Staub. Durch die vielen kleinen Einschusslöcher wurde aus der Hüttenwand ein Sonnensieb. Es war wie im Zelt, als die Terroristen das Lager angegriffen hatten.

Keine Schüsse mehr, fremde Männer kamen in die Hütte.

„Hanna Engels?" Sie versuchte zu nicken. Dann lag Hanna in einem Sanitätswagen. Es roch nach Desinfektionsmittel, ein Soldat stach eine Spritze in ihren Arm. Dunkelheit.

*

Sie lag weich, ihr Kopf auf einem Kissen. Schwestern in weißen Kitteln, Infusion am Arm. Ärzte mit ernsten Gesichtern. Hanna war unendlich müde, wollte nur noch schlafen. Sterben wollte sie nicht mehr. Es ging ihr von Tag zu Tag besser. Sie konnte wieder sprechen, das Schmerzmittel zeigte gute Wirkung.

Die Soldaten hatten sie in ein Krankenhaus nach Abuja, Nigerias Hauptstadt, gebracht.

Ein Offizier stand neben ihrem Bett. „Guten Tag, Frau Engels, ich bin General Olajuanne Egbuna."

Hanna musterte ihn. „Guten Tag, General. Wie wurde ich gerettet?"

„Kobe Ayodele von der Lagos-Tribune hat uns gemeldet, dass der Kontakt zu Ihnen abgebrochen ist. Zeitgleich haben auch wir den Kontakt zu unserer Einheit verloren. Ayodele hat uns den GPS-Empfänger gegeben. Somit war es einfach, die Terroristen zu finden."

„Hat er auch die deutsche Botschaft informiert?"

„Ja."

„Gab es viele Tote bei dem Gefecht?"

Der General nickte. „Die Einheit hatte das Lager beobachtet und auf eine günstige Gelegenheit gewartet. Die kam, als am Morgen vor zwei Tagen ein Teil der Extremisten mit dem Anführer in der Hütte verschwand, in der Sie waren."

„Gefangene?"

Der General schüttelte den Kopf. „Alle tot."

„Uchenna?"

„Auch."

Wieso fühle ich keine Genugtuung?

„Wir haben unsere Aufgabe erfüllt und Sie beschützt", sagte der General stolz.

„Sie haben was gemacht?" Empört richtete Hanna sich im Bett auf.

„Wir haben Ihr Leben gerettet."

„Mein Freund wurde ermordet."

„Auch siebzehn meiner Soldaten und der Major."

„Die Armee macht ..." Hanna stockte. Sie erkannte, dass sie dabei war, etwas Dummes zu sagen.

Der General trat ganz nah ans Bett, beugte sich zu ihr, sprach bedrohlich leise. „Frau Engels, suchen Sie Ärger?"

Hanna spürte, dass sie nicht lebend hier wegkommen würde, wenn sie sich mit dem General anlegte. Sie stellte sich die Nachricht an die deutsche Botschaft vor. *Journalistin Hanna Engels ist an den Folgen der Entführung gestorben.*

„Nein, General. Ärger ist das Letzte, was ich suche."

Der General nickte. „Sehr gut, Frau Engels."

*

Eine Woche später war Hanna zurück in Lagos. Sie erfuhr von Ayodele, dass die deutsche Botschaft Druck auf Nigeria ausgeübt hatte, um sie möglichst schnell nach Deutschland zu bringen.

Nach dem Take-Off auf dem Weg nach Frankfurt sah sie das Land unter den Wolken verschwinden.

Machs gut, Robert. Wir sehen uns wieder. Irgendwann.

4

Nigeria, Maiduguri, 11. Januar 2014

Mit dem Artikel auf der Frontseite hatte die *Lagos-Tribune* den Nerv des Landes getroffen. Innerhalb kürzester Zeit war die Auflage von 150.000 Exemplaren ausverkauft. Überall in Nigeria, wo die Zeitung verfügbar war, wurde der Text zum Tagesgespräch.

In dem Artikel ging es um den Überfall der Boko Haram auf den Armeekonvoi und um die Entführung der deutschen Journalistin Hanna Engels. Vor allem aber ging es um den Vergeltungsschlag des Militärs. Um einen großen Sieg, bei dem Uchenna, einer der populären Rebellenführer, und 32 seiner Männer getötet wurden. Der Titel des Artikels lautete:

Deutsche Journalistin bringt Boko Haram Terroristen zur Strecke.

Vor dem Frühstück in seinem Haus in Maiduguri wusste Sosthene Onwudiwe noch nichts von dem Artikel, ebenso wenig über die Hintergründe, die zu Uchennas Tod geführt hatten.

Sosthene war der neue Oberbefehlshaber der Boko Haram Rebellen und er war gereizt. Das Jahr hatte schlecht für ihn begonnen und er musste an verschiedenen Fronten gleichzeitig kämpfen. Im Sambisa-Wald im Bundesstaat Borno hatten die nigerianischen Streitkräfte in einer Neujahrsoffensive mehrere Boko Haram Lager angegriffen und den Rebellen schwere Verluste zugefügt. Sosthene lag auch im Konflikt mit dem Präsidenten von Kamerun. Im Grenzgebiet unterstützte seine Armee die Nigerianer im Kampf gegen die Boko Haram. Am schlimmsten war für Sosthene aber eine emotionale Niederlage, die er sehr persönlich nahm. Sein Ziehsohn Uchenna war mit seinen Männern in Kampfhandlungen getötet worden. Den schmerzlichen Verlust konnte der Oberbefehlshaber nur schwer ertragen.

Hungrig stieg Sosthene aus dem Bett, zog sich an und ging nach unten in den großen Raum, in dem einige seiner engsten Verbündeten darauf warteten, mit ihm zu frühstücken. Der Rebellenchef musste sich bücken, als er durch die Tür ging. Das Frühstück stand schon bereit. Auf dem Tisch lag die *Lagos-Tribune*. Das war ungewöhnlich und es musste einen Grund dafür geben.

„Was ist mit der Zeitung?", fragte Sosthene.

„Da steht ein interessanter Artikel drin, den du unbedingt lesen solltest", sagte einer seiner Vertrauten.

„Warum?"

„Weil du in dem Artikel erfahren wirst, wer Uchenna auf dem Gewissen hat."

Sosthene hatte plötzlich keinen Hunger mehr. Er nahm die Zeitung vom Tisch, rollte sie zusammen und schlug damit in seine offene Hand. Immer wieder. Er schloss die Augen, keiner sprach ein Wort. Die Antwort seines Vertrauten hing wie eine Endlosschleife in seinen Gedanken.

Weil du in dem Artikel erfahren wirst, wer Uchenna auf dem Gewissen hat.

Sosthene schnaufte mehrmals tief durch. In einer wütenden Bewegung wischte er mit dem Unterarm das Geschirr vom Tisch. Laut scheppernd krachten Teller, Tassen, Besteck, die Karaffe und alles andere auf den Boden.

„Raus! Alle raus!", brüllte Sosthene. Er setzte sich auf seinen Stuhl, legte die Zeitung zurück auf den Tisch und zündete sich eine Zigarre an. Lange starrte er auf die Zeitung.

Er legte die nun halb gerauchte Zigarre an den Tischrand, faltete die Zeitung auf und las den Artikel. Zweimal, dreimal. Er knüllte die Zeitung zusammen, hielt die Zigarre daran und blies in die Glut. Das lose Papierknäuel fing Feuer, Sosthene warf es auf den Boden, starrte in die Flammen.

Eine Frau! Dieser ungeheuerliche Gedanke fraß sich in seine Seele wie das Feuer in die Zeitung. Wut, Schande und Hass drohten ihn zu ersticken. Sosthene sprang auf, brüllte seinen Frust in die Luft, stieß den Tisch um, donnerte die Stühle an die Wand und blieb schwer atmend mitten im Raum stehen.

Schwarz verbrannte Zeitungsfetzen schwebten durch die Luft, der brennende Papierhaufen wurde kleiner, der Rauch dichter. Sosthene musste husten. Er riss das Fenster auf, um frische Luft zu atmen.

Er wollte töten. Irgendjemanden. Am liebsten die verfluchte Journalistin, doch die war inzwischen weit weg, zurück in Deutschland.

Hanna Engels hat Uchenna auf dem Gewissen. Eine Frau. Eine Frau!

5

Frankfurt, 14. März 2014

„Ich fürchte, das ist keine gute Idee", sagte Sigrid besorgt zu Hanna. Die beiden kannten sich schon seit ihrer Schulzeit und waren beste Freundinnen. Sie saßen bei Hanna am Küchentisch und tranken Kaffee.

Hanna schüttelte den Kopf und stellte ihre Tasse zurück auf den Tisch.

„Ach was. Seit zwei Monaten unterhalte ich mich jede Woche mit dem Psychologen über posttraumatische Belastungsstörung. Ich kann das Gerede nicht mehr hören."

„Aber bisher hat dir die Therapie doch gut geholfen. Du sagtest mir erst vor Kurzem, dass du keine Albträume mehr hast."

Hanna nickte. „Natürlich haben mir die Gespräche geholfen. Ich habe auch keine Schlafstörungen mehr, keine Konzentrationsschwäche. Die Trauma-Therapie war ja ne ganz nette Sache, aber mir reicht's jetzt. Ich bin geheilt, am besten ist für mich meine Arbeit als Journalistin."

„Und was sagt der Psychologe dazu?
„Er empfiehlt natürlich, die Therapie weiter zu machen, was ich nachvollziehen kann. Schließlich verdient er ja Geld mit mir. Er behauptet, ich leide unter dem Gefühl von Bedrohung. Er meint, ich sei oft in Alarmbereitschaft und suche meine Umgebung nach Anzeichen von Gefahren ab. So ein Quatsch."
„Er hat also unrecht?"
„Natürlich. Meine Alarmbereitschaft ist nicht höher als die bei jeder anderen Frau."
„Aber er ist ein Spezialist. Du solltest ihm vertrauen."
„Sigrid, ich kann dieses Psycho-Gelaber einfach nicht mehr hören."
„Du glaubst also, dass du das Nigeria-Trauma überwunden hast?"
„Ich weiß es."
„Komm mal mit." Sigrid zog Hanna vom Sofa hoch und führte sie in den Flur vor den Spiegel. „Was siehst du?"
Hanna betrachtete sich, zuckte mit den Schultern. „Eine Frau mit kurzen Haaren."
„Vor vier Monaten hattest du noch wunderschöne lange Haare."
„Verbrannte Haare."
„Ja, aber nur zu einem geringen Teil. Jeder Friseur hätte das wieder hinbekommen. Der Glatzkopf war völlig unnötig gewesen."
Hanna zuckte mit den Schultern.
„Was hättest du getan? Meine Haare waren ein verklebter und brüchiger Klumpen, bestehend aus Sperma, Erbrochenem und Schweiß. Mit mehreren heißen Duschen, viel Shampoo und kräftigem Waschen konnte ich den Dreck zwar ausspülen, doch der Ekel war geblieben. Außerdem wachsen die Haare ja wieder nach. In eineinhalb Jahren sind sie so lang wie vorher."
„Ich meine nicht deine Haare. Was siehst du in deinem Gesicht?", fragte Sigrid.
Hanna beugte sich nach vorne, um sich noch genauer im Spiegel zu betrachten, fasste sich an die Stirnnarbe, die sie dem

glühenden Granatsplitter zu verdanken hatte. „Die Narbe ist nicht schlimm. Macht mich interessant, findest du nicht?“

„Es geht auch nicht um die Narbe. Dein Gesicht wirkt eingefallen, knochig.“

„Ich war schon immer schlank.“

„Und deine Gesichtszüge sind härter geworden. Du siehst bekümmert aus. Ich mache mir Sorgen um dich.“

„Danke, liebe Freundin. Doch ich bin ja dabei, mein Leben wieder in den Griff zu bekommen. Die Therapie brauche ich nicht mehr.“

Sigrid seufzte, nahm Hanna in den Arm. Sigrid war deutlich kleiner und musste sich strecken, um den Arm um Hannas Schulter zu legen.

Sie betrachteten sich im Spiegel und lachten plötzlich beide.

„Es sieht lustig aus, wenn so ein pummeliger Zwerg wie ich den Arm um so eine große Dürre legt.“

Auch Hanna legte nun ihren Arm um Sigrids Schulter. „Wir sind ein tolles Team.“

„Sind wir und ich habe eine gute Idee.“

„Ach ja?“

„Gib die Therapie noch nicht völlig auf. Mach nicht jede Woche einen Termin, sondern alle zwei Wochen. Und in zwei Monaten verlängerst du die Abstände noch weiter.“

Hanna nickte. „Okay. So mache ich es.“

„Außerdem gibt es ja noch Vincenzo.“

„Ach der.“ Hanna löste die Umarmung. „Komm, wir gehen zurück in die Küche.“

Sie setzten sich wieder an den Tisch.

„Was ist los mit euch?“, fragte Sigrid. „Du hattest mir schon vor Wochen gesagt, dass es schlecht läuft.“

„Vincenzo denkt nur an sich.“

„Was redest du da für einen Blödsinn? Er überhäuft dich doch mit Geschenken.“

„Oh ja. Er schenkt mir Schmuck, den ich nicht trage, teure Klamotten, die ich nicht anziehe, und ein Mercedes Cabrio, das ich wieder zurückgegeben habe. Alles Dinge, die mir nicht wichtig sind. Ich habe ihm schon hundertmal gesagt, er soll damit aufhören, doch er denkt, mit teuren Geschenken kann er seine Liebe ausdrücken. Inzwischen weiß ich, dass er gar nicht weiß, was Liebe ist."

„Habt ihr darüber gesprochen?"

„Ich habe es versucht. Doch Vincenzo versteht mich nicht. Für ihn ist es eine perfekte Beziehung. Er braucht keine Zärtlichkeit, keine geistige und körperliche Nähe. Für ihn zählt einzig seine Firma. Und dazu brauchte er eine Frau, die er präsentieren kann."

„Warum hat das so lange gedauert, bis du das festgestellt hast? Ihr seid ja schließlich schon seit fast einem Jahr zusammen."

„Am Anfang hat er mich beeindruckt mit seinen Spenden für wohltätige Zwecke. Ich dachte, er sei ein guter Mensch und gibt aus Überzeugung."

„Und das ist nicht so?"

„Er wollte mir mit den Spenden imponieren, was er ja auch geschafft hat. Ich habe seinen Worten von Liebe und Romantik, von Ethik und Moral geglaubt. Wir haben uns geküsst und liebkost, doch im Laufe der Monate ging er immer weiter auf Distanz. Zudem sehen wir uns kaum, da er ständig beruflich im Ausland unterwegs ist. Nachdem ich aus Nigeria zurückkam, musste er besonders oft wegfliegen. Er ging mir aus dem Weg. Eine glatzköpfige Frau, die körperlich und geistig angeschlagen war, passte nicht zu seinem Weltbild. Erst seit ich deutlich mehr Haare auf dem Kopf habe, spricht er wieder von Liebe. Ich wollte die Sache längst beenden, doch der Psychologe meinte, ich sollte warten, bis ich emotional stabilisiert bin und das bin ich jetzt. Es wird höchste Zeit. Ich werde Schluss machen."

Sigrid schaute Hanna nachdenklich an. „Wann sagst du es ihm?"

„Wenn er in zwei Tagen aus Thailand zurückkommt."

Sigrid schaute auf ihre Uhr.

„Oh verdammt." Sie sprang auf. „Ich habe die Zeit vergessen. Hab einen Termin beim Doktor."

Sie standen auf, drückten sich herzlich und Sigrid eilte davon.

Hanna schenkte sich Kaffee nach und stellte sich mit der Tasse ans Fenster, das zum Garten zeigte. Ein stürmischer Wind bog die großen Lorbeerbüsche zur Seite. Vor allem der Große direkt vor dem Fenster wirkte düster und bedrohlich, schien zu leben und ihr spöttisch zuzuwinken.

Hatte Hanna sich so sehr getäuscht? Hatte sie sich von Vincenzo verbiegen lassen, wie der Wind es mit dem Busch machte?

Das Telefon klingelte.

„Hallo Schatz", sagte Vincenzo.

„Hallo." Hannas Herz klopfte. Sie hatte nicht mit seinem Anruf gerechnet. Sollte sie jetzt am Telefon die Sache klarstellen und die Beziehung beenden? Nein. Nicht am Telefon.

„Ich denke gerade an dich. Wie geht es dir?"

„Mir geht's gut. Schreibe an einem neuen Artikel."

„Ich komme früher aus Bangkok zurück, lande morgen Mittag in Frankfurt und meine Köchin wird uns am Abend mit einem italienischen Gericht verwöhnen. Kannst du um 19 Uhr bei mir sein?"

Hanna überlegte. War morgen Abend ein guter Zeitpunkt, um ihm ihre Entscheidung mitzuteilen? Die Köchin würde da sein, auch der Butler und vielleicht weitere Angestellte. Vincenzo war sehr eitel und stolz. Er würde die Demütigung vor seinem Personal nicht ertragen. Aber die Vorstellung, auch noch die ganze Nacht mit ihm zu verbringen, war inzwischen abstoßend.

„Ich kann morgen nicht kommen", sagte sie stattdessen.

„Was soll das heißen?"

„Ich muss noch einen wichtigen Artikel vorbereiten."

„Und das willst du ausgerechnet morgen Abend machen?" Hanna hörte den Vorwurf in seiner Stimme.

„Du solltest das besser verstehen als jeder andere Mensch. Ich hatte mich ja darauf eingestellt, dass du erst in zwei Tagen kommst."

Er blies hörbar die Luft aus. „Na gut. Nimm dir aber nichts vor für die Betriebsversammlung in drei Tagen. Ich möchte, dass du dabei bist."

„Es geht um deine Firma, nicht um mich. Da habe ich nichts verloren."

„Ich bestehe darauf."

„Vincenzo, deine Betriebsversammlung geht mich nichts an. Was dort besprochen wird, ist nicht für meine Ohren bestimmt."

„Es gibt eine Überraschung für das Personal und es ist mir wichtig, dass du dabei bist."

Hanna wusste, was er vorhatte. Vor einigen Tagen hatte sie seine Mutter getroffen. In verschwörerischem Ton hatte Sofia gesagt, dass ihr Sohn auf der Betriebsversammlung seinen Mitarbeitern ein sehr großzügiges Geldgeschenk machen würde.

„Also gut", lenkte Hanna ein. Nachdem sie das gemeinsame Abendessen abgesagt hatte, wollte sie dasselbe nicht auch noch mit der Versammlung machen. „Ich begleite dich auf die Betriebsversammlung."

„Danke, Schatz, du wirst es nicht bereuen."

Als sie aufgelegt hatte, bereute sie es bereits. Sie wollte die Sache schnellstmöglich abhaken.

Am Tag nach der Betriebsversammlung sage ich definitiv goodbye.

6

Deutschland, 15. März 2014

Mit zittrigen Händen schaltete Igor die nackte Glühbirne an. Gleich würde er zumindest ein wenig Linderung verspüren.

Es roch modrig. Regale standen an der Wand, gefüllt mit hausüblichem Vorrat, eine Kiste mit Kartoffeln daneben. Niemand würde vermuten, dass dieser gewöhnlich aussehende Keller ein Geheimnis barg. Das Regalelement in der Mitte ruhte an der linken Seite auf Rollen, die mit einer Holzblende verkleidet und damit unsichtbar waren. Auch die Scharniere rechts waren nicht erkennbar. Wie eine Tür schwang das Regal auf, als Igor daran zog.

Während er mit dem Schlüssel die dahinterliegende Tür öffnete, glitten acht handgelenkdicke Verschlussbolzen geräuschlos aus den Stahlstreben der Betonwand. Die massive Metalltür hatte die Sicherheitsklasse RC6, die höchste, die es gab. Es war unmöglich, mit handelsüblichen Werkzeugen hier reinzukommen.

Igor zog die schwere Tür hinter sich zu und stieg die vier Stufen nach unten. Durch den abgesenkten Boden war der Raum höher als die anderen Kellerräume. Er atmete tief durch, fühlte sich schon etwas besser. Dank der Belüftungsanlage roch es nach frischer Waldluft. Es gab noch einen weiteren Ausgang in diesem geheimen Raum. Der Einstieg für den Fluchttunnel lag verborgen hinter einer der Schallabsorber-Platten. Die ovalen Stahlbetonrohre waren mannshoch, sodass man nötigenfalls rasch fliehen konnte. Der Tunnel endete zwischen dichtem Gebüsch kurz vor der Grundstücksgrenze. Auch von dort war ein Eindringen unmöglich. Die Titanklappe, so dick wie ein fettes Buch, konnte nur von der Innenseite geöffnet werden.

Noch nie hatte Igor den Tunnel gebraucht und er würde ihn wahrscheinlich auch niemals brauchen. Doch die Tatsache, dass es den Fluchtweg und die getarnte Sicherheitstür gab, war für ihn wichtig. Nur so konnte er seine ständige Alarmbereitschaft aufgeben und zumindest zeitweise entspannen.

Igor schaltete das gedämpfte Licht an. Dicke Absorberelemente aus Pyramidenschaumstoff an Decke und Wänden schluckten den Schall. Kein Laut konnte von hier nach draußen dringen. Eine imposante Hi-Fi-Anlage beherrschte den Raum, der so groß war wie zwei Doppelgaragen. Sündhaft teure Technik von bester Qualität kam hier zum Einsatz. Das Equipment garantierte ein überwältigendes 3-D-Klangabenteuer. Die meisterhaft abgestimmte Musikanlage wurde von zwei *La Assoluta* Schallwandlern dominiert, die ihn deutlich an Höhe überragten. Alleine für diese beiden Hochtöner hätte Igor eine erstklassige Stadtwohnung in Frankfurts bester Wohnlage kaufen können. Die einzigen Möbelstücke waren ein antiker Schrank, ein wuchtiger Ohrensessel und ein Beistelltisch aus Holz. Eine Flügeltür, auch durch die Absorberplatten verdeckt, führte in einen kleinen Nebenraum, in dem die Ausrüstung für seine Arbeit lagerte.

Aus dem Schrank wählte Igor eine Schallplatte aus und legte sie auf einen Plattenteller, der auf einem Magnetfeld schwebte. Mit der Fernbedienung schaltete er die Anlage ein, der fotooptische Tonabnehmer senkte sich über die Schallplatte. Klassische Musik erfüllte leise den Raum: Sinfonie No 40, Wolfgang Amadeus Mozart.

Das speckige Leder knarrte, als Igor sich in den Sessel setzte. Mit der Fernbedienung drehte er die Lautstärke weiter hoch, lehnte sich zurück und schloss die Augen.

Die Abstände wurden kürzer, das Verlangen stärker. Wurde seine Neigung zu einer Besessenheit, die außer Kontrolle geriet? Der neue Kunde hatte Igor über das Darknet kontaktiert. Mord in Hongkong, lautete der Auftrag. Es musste wie ein verdammter Raubmord aussehen, sie durfte nicht gequält werden. So eine Scheiße!

Vor einem Jahr noch hätte so ein stinknormaler Mord Igors Gier gestillt. Die Folter und der Schmerz der Opfer waren bisher eine hübsche Zugabe gewesen. Etwas Berauschendes, Besonderes, nicht aber etwas Notwendiges.

Igor konzentrierte sich auf die Musik. Sie lenkte ihn ab, dämpfte seine unbefriedigte Begierde. Als die Sinfonie sich dem Ende näherte, zitterten Igors Hände nicht mehr. Er öffnete die Augen, drehte die Lautstärke zurück. Mit der Fernbedienung wählte er den CD-Wechsler an. Sanfte Geigenmusik verzauberte nun den Raum.

Igor ging zur Wand, nahm eine Absorberplatte ab, öffnete den Safe und holte Laptop Nummer 1 hervor. Nummer 2 blieb im Safe liegen und diente als Backup.

Die Internetzugänge der beiden Laptops waren deaktiviert, somit gab es keine unnötigen Angriffsvektoren. Die Netzwerkanschlüsse hatte Igor mit dem Lötkolben zerstört, die USB-Ports mit einem selbst entwickelten USB-Portlocker blockiert. Über diese Ports übertrug er gelegentlich Sicherheitskopien von Nummer 1 auf Nummer 2.

Bis auf das Textprogramm hatte Igor alle anderen Funktionen gelöscht oder abgeschaltet. Eine alte Windowsversion diente als Betriebssystem und funktionierte hervorragend mit dem TPM-Verschlüsselungsmodul. Auch die Hardware war schon älter, aber für seine Zwecke ausreichend.

Als Igor den Laptop einschaltete, forderte das System eine Authentifizierung. Das BIOS-Passwort, vom Hersteller ursprünglich für maximal 7 Zeichen ausgelegt, hatte Igor auf 25 Zeichen modifiziert. Zusätzlich hatte er einen Brute-Force-Schutz installiert. Er legte seinen Finger auf den Sensor, um den Einloggvorgang abzuschließen. Das selbst entwickelte Textprogramm öffnete sich.

Seit vielen Jahren führte er dieses elektronische Tagebuch. Jeden Mord, jede Folter, egal ob Auftrag oder Privatvergnügen, trug er detailliert ein. Das Tagebuch war seine Bibel. Sie spendete Trost in den dunklen Stunden der Verzweiflung und linderte das brennende Verlangen nach Gewalt. Wenn Igor sich in den Aufzeichnungen vertiefte, erwachten die Opfer zum Leben und starrten ihn mit weit aufgerissenen Augen an. Er hörte ihre Schmerzensschreie, fühlte ihr spritzendes Blut. Manche von ihnen hatten so viel Schiss vor Schmerz und Tod, dass ihre Schließmuskeln versagten. Dann konnte Igor in seinen Erinnerungen sogar den Gestank riechen. Seine Bibel ermöglichte es ihm, für mehrere Wochen oder Monate nicht töten zu müssen. So konnte er zumindest zeitweise wie ein normaler Mensch leben, ohne von unerfülltem Verlangen in den Wahnsinn trieben zu werden.

Den Bericht über den Mord in Hongkong hätte er sich allerdings schenken können, denn Jane war zu schnell gestorben. Der Eintrag in sein Tagebuch würde Igor kaum Erleichterung bringen, vielleicht sogar Frust. Aber der Bericht konnte ja eine Mahnung sein, nie mehr einen solch banalen Auftrag zu übernehmen.

Wie so oft hatte Igor auch dieses Mal im Ausland gearbeitet. Sein offizielles Leben machte es ihm leicht, auf der ganzen Welt zu agieren und gab ihm eine plausible Begründung für seine Reisen. Niemals würde die Polizei auf die Idee kommen, eine Verbindung herzustellen. In vielerlei Hinsicht war es eine todsichere Sache.

Igor atmete tief durch. Er hatte Jane aus Hongkong von ihrem jämmerlichen Dasein erlöst und ihre Seele nach Hause geschickt. Nie mehr Schmerzen, nie mehr Leid. Die Glückliche.

Ich bin ein Gott.

Er öffnete ein neues Textdokument und begann zu schreiben.

Hongkong, 6. bis 9. März 2014. Raubmord

Als Igor nach einer halben Stunde den Eintrag abgeschlossen hatte, klappte er den Laptop zu, lehnte sich zurück und schloss die Augen. Die letzten Klänge der Geige hallten für einige Augenblicke nach.

7

Aschaffenburg, 17. März 2014

„Es wird Zeit für meine Rede."

Vincenzo gab Hanna einen flüchtigen Kuss auf die Wange, stand auf und schaltete das Ansteckmikrofon an seinem Revers ein.

Mit einem Siegerlächeln schaute er sie an, nickte geheimnisvoll und schritt majestätisch zum Podest. Lässig stieg er die vier Stufen auf die Bühne und schaute hinunter in die klatschende Menge. Er sah hinreißend aus in seinem schwarzen Maßanzug mit dunkler Fliege über dem weißen Hemd. Passend dazu trug er eine teure Uhr von Glashütte Original am Handgelenk. Er legte Wert auf Stil. Nur die beste Kleidung war gut genug für ihn. Die maßgefertigten Schuhe hatte er in Madrid gekauft. *Lift-Schuhe* mit verstecktem Plateau, die ihn größer machten, als er war.

Bald bin ich ihn los, dachte Hanna genervt. Auf seinen Wunsch trug sie eine Perücke, die ihrem echten Haar, so wie es vor Nigeria war, täuschend ähnlich sah.

Vincenzo räusperte sich. Der Kameramann hatte klare Anweisung, den Boss immer im Fokus zu halten. Eine große Leinwand hinter der Bühne und mehrere kleinere Bildschirme stellten sicher, dass alle Anwesenden ihn vollumfänglich bewundern konnten.

Wie ein König stand Vincenzo mit erhobenem Kinn da und starrte in die Menge. Die Unterhaltungen verstummten, 450 Menschen richteten den Blick erwartungsvoll auf ihren Boss. Er schwieg, stand einfach nur da. Mit seinem abwartenden Verhalten bündelte er die Aufmerksamkeit noch stärker. Es war eine perfekt inszenierte Show und er stand im Mittelpunkt. Solche Auftritte liebte er. Die Menge war fasziniert von ihm. Sie kannten ihn gut genug und wussten, dass heute Abend etwas für sie herausspringen würde. Neben den Angestellten waren auch die wichtigsten Geschäftspartner und die Presse anwesend. Das abgelaufene Geschäftsjahr war das Beste in der Firmengeschichte des italienischen Familienunternehmens. Das hatte auch damit zu tun, dass Vincenzo seit dem Tod seines Vaters freie Hand hatte. Zu dem historischen Gewinn kam noch ein langfristiger Auftrag, der über viele Jahre ähnlich gute Gewinne erwarten ließ.

Vereinzelt war leises Getuschel zu hören. Mit erhobener Hand forderte der Firmenchef Ruhe. „Liebe Geschäftsfreunde, liebe Mitarbeiter ..."

Der begnadete Rhetoriker sprach vom Erfolg, von der exzellenten Unternehmenskultur, lobte herausragende Mitarbeiter.

Hanna war nicht an der Rede interessiert. Ihre Gedanken kreisten um ein völlig anderes Thema.

Ich gehöre nicht hierher. Nicht an diesen Ort und nicht an seine Seite. Wie konnte ich es nur so lange mit ihm aushalten? Morgen werde ich es ihm sagen. Morgen.

„Liebe Firmenfamilie, ..." Vincenzo machte eine kurze Sprechpause. Hannas Aufmerksamkeit wurde wieder auf die Rede gelenkt. „Das, was Sie jetzt gleich von mir zu hören bekommen, wird Ihnen ausgesprochen gut gefallen. Jede Wette."

Die Mitarbeiter starrten gebahnt auf ihn. Die neugierige Erwartung im Saal war spürbar.

Vincenzo schaltete sein Mikro am Revers aus, stieg von Podium, ging lächelnd zu Hanna und flüsterte in ihr Ohr.

„Sie vergöttern mich. Schau dir genau an, was gleich passieren wird."

Mit dynamischen Schritten sprang er, zwei Stufen auf einmal nehmend, zurück aufs Podest und schaltete sein Mikro wieder ein. Die Stille im Saal war erdrückend.

„Aufgrund der hervorragenden Leistungen aller Beteiligten habe ich mich entschlossen ...", er lächelte sie wieder an. „... Habe ich mich entschlossen, jedem Mitarbeiter eine Prämie von eintausend Euro für jedes Jahr Betriebszugehörigkeit zu zahlen."

Die Mitarbeiter sprangen auf und tobten vor Freude. Der Beifall wollte nicht enden. Viele Angestellte waren schon seit über 20 Jahren dabei.

Vincenzo wusste seine Mitarbeiter zu motivieren und er war bereit, viel dafür zu bezahlen. Hanna war beeindruckt von seiner Großzügigkeit. Doch das änderte nichts an der Tatsache, dass sie ihm morgen den Laufpass geben würde.

Vincenzo verbeugte sich lächelnd vor der Belegschaft, was erneut mit tosendem Applaus quittiert wurde. Er sonnte sich in seiner Popularität. Mit wippenden Händen machte er eine beschwichtigende Geste, die Menschen setzten sich wieder.

Jeder wartete auf die Schlussworte, doch es kam etwas völlig Unerwartetes. Seine Stimme änderte sich, sie wurde weich und leise.

„Was ich jetzt zu sagen habe, hat nichts mit der Firma zu tun."

Sein Gesicht war in Großaufnahme auf den Leinwänden zu sehen. Hatte er etwa eine Träne im Augenwinkel? Vincenzo war wirklich ein verdammt guter Schauspieler.

Seine Stimme erhob sich leicht. „Es geht um etwas, was mir persönlich sehr wichtig ist."

Vincenzos strahlend blaue Augen waren plötzlich auf Hanna fixiert. Ihr Magen krampfte sich zusammen.

Oh Gott! Er wird doch nicht ... Nervös strich sie sich eine Haarsträhne ihrer Perücke hinters Ohr.

Er stieg zum zweiten Mal zu ihr hinab, rückte einen Stuhl geräuschvoll zur Seite, nahm ihre Hand, wollte sie hochziehen. Hanna hielt dagegen.

„Komm schon, Schatz", sagte er.

„Nein. Ich will hier sitzen bleiben."

„Keine Sorge, du kannst mir vertrauen."

Mit beiden Händen zog er sie hoch. Hanna wusste gar nicht, dass er so kräftig war. Er führte sie aufs Podium. Um die Situation nicht noch peinlicher zu machen, lief sie widerwillig mit. Hanna kämpfte mit sich. Sollte sie sich aus seinem Griff befreien, zurücklaufen? Doch sie wollte ihn nicht erniedrigen. Warum zur Hölle hatte sie nur zugestimmt, heute Abend hier zu sein?

Sie standen auf der Bühne, er hielt ihre Hand fest umklammert. Wie durch einen Nebel hörte sie seine Worte, die er an die Gäste richtete.

„Wie Sie ja alle wissen", sein Ton wieder sanft und weich, „sind Hanna und ich seit einiger Zeit ein Paar." Vincenzo küsste sie auf die Stirn. Es war ganz leise im Saal.

Er zog eine kleine Schachtel aus seiner Jackentasche. Hanna spürte die Schweißtropfen auf ihrer Stirn.

Lass es nur ein Traum sein.

Er kniete vor ihr nieder und klappte die Schachtel auf. Zwei goldene Ringe, besetzt mit Diamanten, funkelten sie an.

„Meine geliebte Hanna, willst du meine Frau werden?", sagte er laut ins Mikrofon. Jeder konnte es hören.

Ihr Hals wurde trocken, sie schluckte schwer. Warum war es nur so heiß in dem Saal?

Panisch schaute sie in die Menge. 450 erwartungsvolle Gesichter starrten sie an.

Der Kameramann stand seitlich neben ihr und warf eine Großaufnahme von ihr und Vincenzo auf die Leinwand. Sogar die Schweißperlen auf ihrem Gesicht waren zu sehen. Auch, dass sie schon wieder eine Haarsträhne hinters Ohr strich.

Zuversichtlich lächelnd kniete Vincenzo vor ihr, nickte auffordernd mit einem Seitenblick auf die Ringe.

Er war Sizilianer. Wenn sie seinen Antrag hier vor all den Menschen ablehnte, würde sie ihn bis auf die Knochen blamieren.

Soll ich nachgeben?

Die Gäste wurden ungeduldig, tuschelten. Vincenzos Gesichtsausdruck änderte sich. Das Lächeln wich, er wirkte verärgert. Und wütend.

„Warum brauchst du so lange für dein Ja-Wort?“ Sein Blick war eiskalt. Sie hörte Zorn in seiner Stimme. Etwas Bedrohliches lag in der Luft.

8

Deutschland, 17. März 2014 / Bamberg im Jahre 1628

Zaghaft setzte der Sog ein. Igors Puls beschleunigte sich. Er wusste, gleich würden die Schmerzen kommen.

Es war kurz vor Mitternacht, ein schlechter Tag neigte sich dem Ende zu. Mit geschlossen Augen saß Igor in seinem Keller in dem schweren Ledersessel. Musik von Beethoven ertönte leise aus den Boxen.

Der Sog wurde stärker, sein Herzschlag nahm Fahrt auf. Igor spürte die Kraft des Universums. Sie war mächtiger als alles Irdische. Der Sog packte seine Seele und riss sie ihm aus dem Leib. Ein gelber Nebel erschien vor Igors geschlossenen Augen. Als die Trennung vollbracht war, folgte ein herrlicher Schwebezustand. Vollkommene Schwärze umgab ihn in der Unendlichkeit des Kosmos. Es war wie ein Atemstillstand, wie der Tod. Friedlich und erlöst.

Doch wie zwei Magnete, die mit ihren Gegenpolen aufeinanderprallten, krachte Igors Geist einen Augenblick später mit seinem Traum zusammen, oder mit seiner Vergangenheit.

Schwindel, Übelkeit. Der gelbe Nebel löste sich auf. Als diese kosmische Kraft ihn das erste Mal heimgesucht hatte, hatte er an einen schlimmen Albtraum geglaubt. An eine Vision, die deshalb so erschreckend real war, weil Igor alles über die brutale Hexenverfolgung in Franken gelesen hatte und total fasziniert davon war. Doch der stets gleiche Traum – oder was immer es auch war – kam zurück. Immer öfter, immer intensiver. Was zuerst wie eine schemenhafte Illusion erschienen war, wurde mit der Zeit so klar und deutlich wie ein Kinofilm. Inzwischen hörte er nicht nur seine eigenen Schmerzensschreie, sah nicht nur die Zerstörung seines Leibes oder die Verbrennung seiner Mutter. Mittlerweile waren auch die restlichen Sinne beteiligt. Konnte ein Traum so intensiv sein?

Es war eine schlimme Zeit gewesen im Bamberg des Jahres 1628. Der 30-jährige Krieg wütete, der Sommer war viel zu kalt und führte deswegen zu Missernten und Hungersnöten. Die Schuldigen mussten gefunden werden und schnell war den Leuten klar, dass Hexen ihre Hand im Spiel hatten. Zehn Gulden bekam ein Verräter, der Verdächtige der Hexerei bezichtigte. Das Hexenvermögen wanderte in die Kassen der katholischen Kirche. Im Namen Gottes versündigten und bereicherten sich die Vertreter des christlichen Glaubens.

Damals steckte Igors Seele im Körper des 11-jährigen Johannes. Papa war vor Kurzem bei einem Unfall gestorben. Mama weinte viel. Warum nur war Gott so böse gewesen?

Es klopfte laut an der Tür. Johannes öffnete, Männer stürmten in die Stube, drückten ihn heftig zur Seite, sein Kopf knallte an die Wand.

„Du bist verhaftet. Mitkommen“, rief einer der Männer und packte Mama.

„Was soll ich denn verbrochen haben?“, fragte sie ängstlich.

„Du wirst der Hexerei beschuldigt.“

Mama schrie laut auf. Als sie aus dem Haus gezerrt wurde, starrte sie Johannes aus großen Augen an, dann war er alleine. Er wusste, dass sie ins neu gebaute Malefizhaus zum Hexenverhör gebracht wurde. Doch da sie keine Hexe war, würde sie bestimmt bald zurückkehren, dachte Johannes.

Er wartete viele Nächte. Zum Glück war genug Essen im Haus.

Zwei Wochen später läutete im Brückenrathaus die Malefizglocke. Die Ankündigung einer bevorstehenden Hexenverbrennung. Doch es wusste sowieso schon jeder Bescheid. Johannes rannte los, zwängte sich an den Menschen vorbei. Fliegende Händler, Schaubuden, Gelächter. Verbrennungen waren beliebt. Vor dem Malefizhaus stand ein Pferdekarren bereit. Die Tür ging auf, Soldaten, zwei Pfaffen, vier Frauen. Blutend, kahl geschoren. Auch Mama. Dabei mochte sie doch ihr langes Haar so sehr. Sie war obenrum nackt, ihr Rock war zerrissen. Sie schaute ganz komisch, was war los mit ihr? Ihre Hände waren auf dem Rücken gefesselt. Die Leute beschimpften und bespuckten die Hexen, auch Mama. Johannes hatte schon vorher Hexenverbrennungen gesehen. Er wusste, was passieren würde, wollte es jedoch nicht glauben, da Mama doch keine Hexe war. Oder doch?

Die vier Frauen wurden auf den Karren gesetzt. Johannes weinte, wollte zu Mama, wurde grob von einem der Soldaten in den Dreck gestoßen.

Die Hinrichtungsprozession setzte sich in Gang. Johannes lief nebenher.

„Mama, Mama. Hier bin ich. Komm nach Hause."

Sie starrte zu ihm, durch ihn hindurch, als wäre er nicht da. Erkannte sie ihren eigenen Sohn nicht?

Zwei Männer saßen auch auf dem Wagen. Einer der beiden nahm eine Zange aus einem Eisenkübel. Johannes wusste, dass der Kübel mit glühenden Kohlen gefüllt war. Er wusste auch, wofür die Zange benutzt wurde. Der Mann drückte die glühenden Krallen in Mamas Brust. Rauch kräuselte hoch.

Sie schrie, wollte sich wegdrücken. Doch der andere Mann schlang von hinten seinen Arm um ihren Hals, hielt sie fest. Blut floss von Mamas Brust, Fleischfetzen hingen in den Krallen. Die Leute johlten. Johannes stolperte, fiel in eine Pfütze, rappelte sich hoch, lief weinend neben Mama her. Der Wagen stoppte vor der Stadtmauer am Verbrennungsplatz. Zwei wuchtige Pfähle. Stroh, Reisig, Holz waren rundherum aufgeschichtet.

Zwei der Hexen wurden mit dem Schwert geköpft. Es war die hoch angesehene Frau des Hochstift-Kanzlers, Katharina Haan, und ihre Tochter Katharina Röhm. Johannes erkannte den Kanzler unter den Zuschauern. Er hatte ein versteinertes

Gesicht. Die schlaffen, kopflosen Körper wurden an einen Pfahl gebunden. Sie hatten es geschafft.

Die Soldaten ketteten Mama und die andere Hexe mit dem Rücken an den zweiten Pfahl. Warum waren sie nicht auch zu Mama gnädig? Warum schlugen sie nicht auch ihr den Kopf ab?

Johannes drückte sich an den Menschen vorbei, krabbelte durch Beine, stand ganz vorne. Soldaten mit Lanzen drängten ihn und die anderen zurück.

„Mama! Mama!“

Sie wimmerte, starrte nach unten auf den Holzhaufen, auf dem sie mit nackten Füßen stand. Warum hörte sie ihn nicht?

Zwei Pfaffen murmelten Gebete, bekreuzigten sich immer wieder, küssten ihren Rosenkranz. Soldaten drückten brennende Fackeln ans trockene Stroh. Die Flammen fraßen das aufgehäufte Stroh, wurden größer, erfassten die Reisigbündel. Das lateinische Gemurmel der Pfaffen wurde lauter, so wie das Prasseln des Feuers. Der Rauch wurde dichter. Mamas Wimmern änderte sich zu lauten Schreien. Die Pfaffen beteten lauter, als wollten sie Mamas Schreie übertönen. Die Glatze des einen Pfaffen war nassgeschwitzt.

Mama hustete, schrie, hustete, schrie. Lautes Feuer, laute Pfaffen, laute Schreie.

Johannes konnte sich nicht mehr bewegen, starrte auf Mama.

Die Flammen fraßen sich in das Holz, loderten immer höher, erfassten Mamas Rock.

Obwohl Johannes noch so weit weg stand, dass er niemals hätte hinspucken können, glühte sein Gesicht und die Haare auf der Stirn waren versengt. Mama riss und zerrte an der Kette, schrie wie die Muttersau, die letzten Winter geschlachtet wurde.

Mamas Hustenanfälle hörten auf, auch die Schreie und die Gebete der Pfaffen. Nur das Feuer prasselte laut. Es stank nach verbranntem Fleisch. Mamas brennender Leib bewegte sich. Lebte sie noch? Kein Mensch konnte so ein Feuer überleben. War sie doch eine Hexe?

Ihre Haut war schwarz, ihr kahler Kopf brannte wie eine Fackel. Die Augen waren Löcher, aus denen schleimige Flüssigkeit sickerte, Rauch kam aus ihrem aufgerissenen Mund. Sie hörte auf, sich zu bewegen.

Johannes zitterte trotz der Hitze. Wie durch einen Schleier sah er die Flammen und den schwarzen Klumpen, der mal Mama gewesen war.

*

In den folgenden Nächten wachte Johannes schweißgebadet auf, dachte an Mama, die brannte, die sich bewegte. Wollte sie ihn zu sich auf den Scheiterhaufen holen?

Einige Tage später klopfte es wieder energisch an der Tür. Verschreckt öffnete Johannes. Ein ernst glotzender Pfaffe stand da. Es war derselbe, der am Hexenfeuer so stark geschwitzt hatte. Zwei Soldaten standen hinter dem Pfaffen.

„Das Haus geht ans Hochstift. Du musst hier verschwinden", sagte der Pfaffe.

Johannes schüttelte den Kopf. „Nein, ich geh nicht weg. Mama kommt bestimmt wieder."

Die Soldaten lachten, einer gab Johannes eine schallende Ohrfeige. „Raus mit dir. Oder ich spieß dich auf."

Johannes rannte taumelnd aus dem Haus, versteckte sich hinter dem Holzschuppen. Er beobachtete, wie der Pfaffe zum Nachbarn ging und ihm Münzen in die Hand legte.

Weinend setzte sich Johannes vor den Domplatz. Was nun? Wohin? Er hatte keine Verwandtschaft in Bamberg. Als es dunkel wurde, knurrte sein Magen. Wegen der Kälte zitterte er erbärmlich. Es war viel zu kalt in diesem Sommer. Die Hexen steckten dahinter, wurde gesagt. Schlechte Ernte, es gab kaum genug zu essen. Viele Leute hungerten, Johannes nun auch.

Als er in den nächsten Tagen an den Haustüren um Essen bettelte, wurde er wie ein räudiger Köter davongejagt. „Verpiss dich, du nutzloser Fresser", schimpfte der Schreiner und warf einen Stein nach Johannes.

Er schlich auf die Hinterhöfe, fraß die stinkenden Abfälle. Doch auch hier wurde er verjagt. Der Bauch brannte vor Hunger, Johannes hatte keine Kraft mehr. Zitternd saß er an einer Hauswand. Rotze tropfte aus der Nase.

Viele Fremde kamen in die Stadt. Morgen musste Markttag sein.

Johannes beobachtete die Händler, wollte beim Aufbau helfen, um dann vielleicht etwas zu essen zu bekommen.

„Du stinkst. Verschwinde!“, sagte der Tuchhändler. Auch andere Aussteller wollten ihn nicht in ihrer Nähe haben. Johannes verkroch sich hinter einen Busch, schlief wieder hungrig ein. Am nächsten Tag sah er seine Chance. Der Gemüsehändler war im Gespräch vertieft, stand mit dem Rücken zu seinem Stand. Das wenige Gemüse sah mickrig aus, doch dem Lockruf der halbverrotteten Kohlköpfe konnte Johannes nicht widerstehen. Er starrte auf den Kohl, stand auf, ging zu dem Stand, packte einen Kohlkopf und rannte davon.

„Ein Dieb! Haltet den Dieb!“, rief der Händler wütend. Normalerweise wäre Johannes den Alten mühelos davongerannt. Doch er war vom Hunger geschwächt. Ein Mönch stellte ihm ein Bein. Kurze Zeit später lag Johannes in der Zelle. Hier bekam er immerhin eine dünne Suppe. Am nächsten Tag brachten sie ihn ins Malefizhaus. Warum brachten sie ihn dorthin, wo Hexen verhört wurden? Trotz Suppe war er schwach, seine Beine drohten einzuknicken. Im Verhörraum standen drei starke Knechte. Ein Schreiber saß an einem Pult, tauchte einen Federkiel in ein Tintenfässchen und schrieb. Es kratzte auf dem Papier.

„Das ist der Sohn der Hexe aus der langen Gasse“, sagte einer der Knechte. Ein anderer Mann, ein Herr, der neben dem Schreiber saß, stand auf, lief zu Johannes, starrte ihn an, umrundete ihn.

„Ist deine Mutter mit dem Teufel geflogen?“

Johannes schüttelte den Kopf.

„Hast du gesehen, wie sie mit dem Teufel gebuhlt hat?“

Johannes schüttelte den Kopf.

„Bist du mit dem Teufel im Bunde?“

„Ich? Nein."
„Es gibt Zeugen, die gesehen haben, dass du Teufelswerk verrichtest."
„Nein, das kann … ich nicht."
„Der Kohlkopf, den du angefasst hast, ist schwarz geworden. Hier ist der Beweis."
Der Mann lief zu einem Tisch, fasste ein Tuch an, unter dem etwas lag. Er riss das Tuch hoch, Johannes sah einen halb verrotteten Kohlkopf.
„Wie hast du den Hexenzauber angewandt?"
„Ich war das nicht."
„Der Zeuge Balthasar Lips hat bestätigt, dass der Kohlkopf erst schwarz wurde, nachdem du ihn angefasst hast."
Johannes weinte. „Kann keinen Hexenzauber."
„Dann hast du wohl auch den Kohl nicht geklaut?"
Rotz lief wieder aus Johannes' Nase. „Hab doch nur Hunger gehabt."
„Du gibst also zu, geklaut zu haben?"
„Hab Hunger ..."
„Schluss mit den faulen Ausreden. Du hast geklaut, das steht fest. Du hast Hexenzauber angewandt, steht auch fest. Und du lügst, du lügst!"
Johannes schüttelte den Kopf. Seine Zähne klapperten vor Angst.
„Gibst du zu, mit den Hexen getanzt zu haben?"
Johannes schüttelte den Kopf.
„Welche Hexen kennst du noch?"
Johannes schüttelte den Kopf.
„Hat deine Mutter die Chlodhild vom Waffenschmied verhext?"
„Kenn keine Hexe", flüsterte Johannes.
„Du lügst schon wieder. Deine Mutter hat gestanden, dass sie vom Teufel bestiegen wurde."
Johannes weinte und schüttelte fassungslos den Kopf. „Kenn keine Hexe, keine Hexe, keine Hexe, keine He …"

„Halts Maul!“, schrie der Mann. „Hier hat bisher jeder die Wahrheit gesagt. Die Chlodhild war bei euch gewesen. Wir wissen es. Gib's zu.“

Johannes schaffte es, halbwegs klare Gedanken zu fassen. Natürlich war die Chlodhild oft da gewesen. Mama und sie tratschten gerne.

Er schüttelte den Kopf und presste seine Lippen zusammen.

„Ich sehe schon, du bist ein verstockter kleiner Misthaufen. Aber Morgen bei der peinlichen Frag wirst du reden. Wir haben todsichere Mittel dafür.“

Der fragende Mann, bestimmt der Inquisitor, lachte gemein und ging zusammen mit dem Schreiber aus dem Folterraum. Johannes war alleine mit den stämmigen Knechten. Einer von ihnen hielt ein Eisenteil mit Kurbel und Hebel vor seine Nase.

„Das ist ne Birne“, sagte der Knecht.

„Die stecken wir dir morgen in dein Arschloch und dann ...“

Der Knecht drehte an dem Hebel. Wie aufgehende Blütenknospen spreizte sich die Birne auseinander. Das rostige Quietschen der Eisenkurbel schmerzte in den Ohren.

„Siehste die scharfen Spitzen an den Enden? Die zerfetzten dein Gedärm. Nie mehr kannste dann scheißen.“

Böses Lachen. Sie rissen seine Kleider vom Leib.

„Halt still, du stinkende Ratte. Jetzt wirst du im Namen der katholischen Kirche in den Arsch gefickt.“

Sie grölten. Johannes versuchte, den zerreißenden Schmerz wegzubrüllen. Irgendwann war es vorbei und er wurde in eine der Zellen gestoßen.

„Morgen geht der Spaß erst richtig los“, sagte einer der Folterknechte. Er warf ein Stück schimmeliges Brot in die Zelle und stellte einen Holzeimer neben die Tür, die quietschend zuknallte.

Johannes trank das abgestandene Wasser aus dem Eimer und kroch auf das faulige Stroh. Es war mit Blut und Kacke verschmiert. War auch Mama hier gewesen? Johannes zitterte erbärmlich. Angst und Hunger, Schmerz tief im Leib und am Arschloch. Er taste es vorsichtig ab, es fühlte sich nass und glitschig an. Johannes schaute auf seine Finger. Sie waren blutbefleckt. Er griff nach dem Brot, schabte den grünen Schimmel weg und biss gierig hinein. Plötzlich ein stechender Schmerz in seinem Hals. Etwas hing da fest, schmerzte. Johannes konnte es nicht runterschlucken, aber auch nicht wieder auskotzen.

Er schaute auf das Brot in seiner Hand, sah Holzsplitter darin. Was sollte Johannes tun? Essen? Nicht essen? Der Hunger war unerträglich, der Schmerz in seinem Hals auch. Mit seinen blutigen Fingern riss Johannes winzige Stücke vom Brot ab, kaute lange darauf, bis es ein süßlicher Brei war, schluckte vorsichtig. Der stechende Schmerz in der Kehle trieb ihm Tränen in die Augen. Aber er musste doch essen. Es dauerte lange, bis das Brot weg war.

Es wurde dunkel, Johannes konnte nicht schlafen, seine Zähne klapperten von der erbärmlichen Kälte, der Hals schmerzte, und das Arschloch. Es war eine lange Nacht. Irgendwann konnte Johannes durch das kleine Fensterloch in der Wand Tageslicht erkennen. Schritte. Stimmen. Johannes wagte kaum zu atmen, wollte weg von hier. Stechender Schmerz im Hals beim Schlucken. Die Tür quietschte.

„Komm, Kleiner. Heute ist dein großer Tag“, sagte einer der Knechte vom Vortag. Er winkte auffordernd. Johannes schüttelte den Kopf und drückte sich an die Wand, wollte verschwinden in der Steinmauer, ein Stein werden. Starke Hände packten ihn, zerrten an seinen Haaren. Seine Arme wurden mit brachialer Gewalt auf den Rücken gerissen. Er pisste, konnte es nicht mehr kontrollieren. Da er immer noch nackt war, spritzte es auch auf die Knechte.

„Du Sau!“, brüllte einer von ihnen. Die Faust sauste auf Johannes herunter wie ein Schmiedehammer. Er taumelte, knallte mit der Stirn an die Wand, rutschte zu Boden. Sein Atem stockte, ihm wurde schwindelig. Blut sickerte in sein Auge. Er wollte es vermeiden, doch er musste schlucken. Stechender Schmerz.

„Blödmann. Schlag ihn nicht jetzt schon tot. Sonst wirst du an seiner Stelle auf den Foltertisch gespannt“, schrie einer der anderen Knechte.

„Nen Scheißdreck werd ich.“

Sie legten ein Seil um seinen Hals, banden die Hände auf seinem Rücken zusammen.

„Halt still."

Wie einen Köter zogen sie ihn hinter sich her. Johannes versuchte, schnell mitzulaufen. Den Zug des Seiles an seinem Hals wollte er unbedingt verhindern.

Sie führten ihn in den Folterraum. Johannes wusste, was das bedeutete. Die Angst vor der Peinlichen Frag trieb ihm Tränen in die Augen. Seine Sicht war nun getrübt, wie durch einen Schleier sah er sein Umfeld.

Eine dürre Gestalt stand da und lächelte. Ein Mönch? Der konnte doch nichts Böses wollen, würde ihn bestimmt retten.

„Hallo mein lieber Johannes", begrüßte er ihn mit sanfter Stimme. Johannes spürte Hoffnung.

„Oje, sie haben dir übel mitgespielt. Willst du weg von diesem schlimmen Ort?"

„Ja", krächzte Johannes schwach. Der Holzsplitter steckte wie ein Messer in der Kehle, schmerzte besonders schlimm, wenn er sprach.

„Abmachen", sagte der Mönch schroff zu den Knechten. Sie lösten die Fesseln an den Händen, nahmen das Seil um den Hals weg.

„Ich kann dir helfen", sagte der Dürre. „Vielleicht kann ich dich sogar im Dom als Messdiener unterbringen, später wirst du dann bestimmt ein Mönch."

Konnte das wahr sein? Wenn die Kirche ihn aufnahm, wären alle Sorgen vorbei.

„Mir wirst du bestimmt sagen, ob die Chlodhild öfter bei euch war. Vielleicht noch andere Hexen."

Johannes schüttelte den Kopf, weinte.

„Hab keine Angst, mein Junge. Du darfst mir alles sagen."

Johannes schüttelte den Kopf. Wollte mit dem Finger auf den Hals zeigen, doch einer der Knechte schlug ihm die Hand kräftig nach unten.

„Das hier ist ein Ort des Grauens. Nichts für kleine Jungs."

Johannes schaute sich um, sah verschwommen in der Ecke des Folterkellers einen glühenden Eisentopf. Die Wand dahinter war schwarz vom Ruß. Unscharf erkannte er einen Tisch, den Seilzug drüber, Geräte aus Eisen. Johannes wusste, was damit gemacht wurde.

„Hat die Chlodhild auch mit dem Teufel gebuhlt?"

Johannes schüttelte den Kopf, wollte andeuten, dass er nicht sprechen konnte.

Der Dürre seufzte. „Die Hexen plagen Land und Leut. Kalt wie im Winter ist es mitten im Sommer. Schlechte Ernte, Hunger, die Pest kommt wieder. Verfluchte Hexen. Verfluchter Teufel. Hat sogar mit deiner Mama gebuhlt. Hast du es gesehen?"

Er schüttelte den Kopf.

„Sie hat gestanden."

Johannes weinte.

„Mama … keine Hexe." Oh Gott, der Hals.

Der Mönch schnaufte vorwurfsvoll. „Wie schade. Ein starrköpfiger kleiner Junge." Er klang traurig. „Wir müssen dir jetzt wehtun."

Johannes' Herz raste, er traute sich nicht, zu schlucken, japste nach Luft, ganz vorsichtig. Er wollte zu Mama und zu Papa in den Himmel, zitterte erbärmlich, doch es war nicht kalt. Er schwitzte, doch es war nicht heiß. Die Angst vor den Schmerzen war schlimmer als die Angst vor dem Tod, war schlimmer als alles, was er sich vorstellen konnte. Weitere Tränen.

„Du willst mir alles sagen, ich weiß es", sagte der Mönch.

Johannes schüttelte den Kopf, sein Atem ging stoßartig. Er versuchte, nur durch die Nase zu atmen, das schonte den Hals ein wenig. Doch die Nase hing voller Rotz.

Die Knechte hievten Johannes auf den wuchtigen Tisch, er musste sich auf die Knie setzen. Sie drückten seinen Oberkörper nach vorne auf die angewinkelten Oberschenkel und auf den Tisch. Zwei Löcher in der Tischplatte. Sein Hals wurde mit einem Strick durch die Löcher auf dem Foltertisch fixiert, sein Kopf war zur Seite gedreht. Die Stricke an den Beinen wurden schmerzhaft festgeschnürt, die Hände hinter dem Rücken hochgezogen.

Sein nackter Arsch war nun der hochnotpeinlichen Befragung schutzlos ausgeliefert. Sie zogen die Arme noch weiter hoch. Es krachte in den Schultern. Johannes wurde schlecht vor Schmerzen. Würde er die Arme jemals wieder benutzen können?

„Jetzt kriegste was Schönes in den Arsch. Du weißt schon“, grölte einer der Knechte. Er zeigte die Eisenbirne. Kurz darauf spürte Johannes einen drückenden Schmerz.

Ein starker Sog! Dunkelheit, Unendlichkeit, die Kraft von Magneten. Die Seele verabschiedete sich aus der Zeit vor 400 Jahren und knallte wieder in Igors Leib. Er saß in seinem Ledersessel, schrie auf. Sein Herz raste. Er war völlig verschwitzt, der Gestank von Kotze stach in seine Nase. Er spürte starke Schmerzen am Darmausgang, an seinen Schultern und im Hals. Kein Traum konnte so intensiv sein.

Bin ich Johannes oder Igor? Bin ich beide?

Igors Gedanken sprangen zwischen den Welten hin und her. Was war die Realität? Was war Fantasie?

9

Frankfurt, 20. März 2014

„Idiot!“, schrie Hanna und schmiss die leere Kaffeetasse auf den Boden, wo sie scheppernd zerbrach.

Vincenzos Fahrer hatte soeben einen Umzugskarton mit ihren wenigen Sachen gebracht, die noch bei Vincenzo im Haus gewesen waren. Klamotten, Unterwäsche, Toilettenartikel. Der Fahrer hatte ihr auch einen Brief übergeben. Einen Abschiedsbrief nach sizilianischer Art.

Hanna hatte den Brief gerade gelesen und in ihrer plötzlichen Wut musste die Tasse dran glauben. Sie schnaufte verärgert durch. Natürlich hatte sie Vincenzo zutiefst beleidigt. Doch was war ihr auch übriggeblieben? Der Blödmann war schließlich selbst schuld daran. Wie konnte er es wagen, ihr vor 450 Menschen einen Heiratsantrag zu machen, ohne es vorher mit ihr abzusprechen? Der große Vincenzo Fortunato war sogar vor ihr auf die Knie gegangen. Ganz verstört hatte er zu ihr hochgeblickt, nachdem sie nicht gleich geantwortet hatte.

„Warum brauchst du so lange für dein Ja-Wort?", hatte der Idiot gefragt. Das Ansteckmikrofon hatte jeden Ton in den Saal übertragen. Kein Murmeln war von den Anwesenden zu hören gewesen, kein Geraune, keine Ahhhs, keine Ohhhs. Die ausgelassene Stimmung im Saal war von einer Sekunde auf die andere gekippt und erdrückende Stille hatte geherrscht. Hanna hatte sich leicht nach vorne gebeugt, das Mikro an Vincenzos Jackett ausgeschaltet und sanft über seine Wange gestrichen.

„Ich kann nicht deine Frau werden."

Wütend hatte er ihre Hand weggeschlagen, war aufgestanden und hatte sie mit zusammengekniffenen Augen angestarrt.

„Warum nicht?"

„Ich liebe dich nicht."

Mit gerötetem Gesicht hatte er leise, aber drohend, zu ihr gesprochen. „Wage nicht, mich so zu demütigen. Du gibst jetzt sofort dein Ja-Wort."

Seine Drohung hatte ihre Entscheidung noch mehr gefestigt.

„Adieu", hatte sie gesagt, ihm den Rücken zugedreht und das Podest verlassen. Wie in Trance hatte sie ihre Handtasche von der Stuhllehne gefischt, die feindseligen und anklagenden Blicke gespürt. Hoch erhobenen Kopfes war sie durch die Menge stolziert.

„Das wirst du büßen", hatte Vincenzo hinter ihr hergerufen.

Hanna war nach der Betriebsversammlung nach Hause gefahren und hatte sich bis in die frühen Morgenstunden in ihre Arbeit gestürzt. So konnte sie das erniedrigende Erlebnis zumindest teilweise vergessen.

Sie legte den Abschiedsbrief auf den Tisch, brauchte jetzt einen Kaffee. Sie war barfuß, wollte zur Küchenzeile laufen, achtete nicht auf die Keramikscherben und schnitt sich in die Fußsohle.

„Verflucht."

Sie klebte ein Pflaster über den Schnitt, kehrte die Scherben zusammen und setzte sich seufzend mit dem neuen Kaffee an den Küchentisch. Während sie trank, nahm sie den Brief wieder in die Hand, las ihn noch mal.

Was du getan hast, werde ich nicht vergessen. Deine Bewerbung bei der FZR ist abgelehnt worden. Du verschwindest in die Bedeutungslosigkeit.

Hanna hatte sich eine Woche vorher auf die freie Stelle beworben. Es wäre ein großer Karrieresprung für sie gewesen. Bei der überregionalen Zeitung hätte sie ihre Themen zur Misshandlung von Kindern und Frauen wesentlich stärker verbreiten können. Vincenzo war gut mit dem Herausgeber befreundet. Es hatte den Sizilianer wohl nur einen Anruf gekostet.

Ich werde niemals als Journalistin bei der FZR arbeiten.

*

Nachmittags klingelte das Telefon. Hanna hob ab.

„Guten Tag Frau Engels, hier ist Gudrun Michaelis von Rheintal TV. Einer unserer Gäste für die Talkshow ist ausgefallen. Haben Sie vielleicht Lust, kurzfristig einzuspringen?“

Nach wenigen Minuten legte Hanna zufrieden auf. In der Talkshow sollte sie über ihre Erlebnisse in Nigeria sprechen. Das war eine gute Chance, über das Unrecht, das den Frauen und Mädchen dort angetan wurde, zu berichten. Nun konnte sie ein breites Publikum für ihre Sache erreichen. Frau Michaelis würde über Social Media, über den Sender, über die Zeitungen und über weitere Kanäle für öffentliches Interesse sorgen. Am 31.03, in eineinhalb Wochen, würde Hanna die Möglichkeit haben, mit dem Live-Auftritt bis zu einer Million Menschen zu erreichen. Vielleicht konnte sie ja damit etwas bewirken.

10
Deutschland, 22. März 2014/Bamberg im Jahre 1628

Mit dem Handtuch wischte Igor den Schweiß vom Gesicht. Nach zwei intensiven Stunden in seinem Fitnessraum fühlte er wieder so etwas wie Kontrolle über seinen Geist. Der Sport war neben seiner Bibel ein weiteres Ventil, mit dem er die glühende Mordlust zumindest zum Teil unterdrücken konnte.

Die linke Schulter schmerzte wie so oft. Seit er denken konnte, hatte er das Problem. War die Schulter ein weiterer Hinweis dafür, dass es doch nicht nur ein ständig wiederkehrender Albtraum war? War es ein Andenken aus seinem früheren Leben? Hatte seine Seele den Schmerz der damaligen Folter in den neuen Körper mitgenommen?

In der Dusche lehnte Igor seine Hände an die Fliesenwand und ließ das heiße Wasser auf seinen Rücken prasseln. Er brauchte bald wieder ein Opfer. Nicht aus finanziellen Gründen, Geldsorgen kannte Igor nicht.

Es ging darum, seinen Trieb zu befriedigen. Wenn es keinen neuen Auftrag gab, würde er sich ein Opfer suchen müssen, sozusagen als Privatvergnügen. Morgen, spätestens in zwei Tagen, würde das quälende Verlangen nach Blut wieder unerträglich stark werden.

Nach dem Duschen legte Igor sich ins Bett und schloss die Augen. So wie bei einer Meditation schaltete er seine Gedanken ab. Sein Körper wurde schwer, Igor spürte, wie die Seele sich daraus befreien wollte. Der Sog machte sich bemerkbar. Beschleunigter Puls, der Sog wurde stärker, die Seele wurde aus dem Körper gerissen, war wieder in der Unendlichkeit des Universums. Es war die Heimat aller Seelen, wenn sie nicht in einem Körper gefangen waren. Tiefes Wohlbehagen, doch es währte nicht lange. Die Kraft der Magnete setzte ein, die Seele wurde in den Körper von Johannes gezogen. Nach Bamberg, ins Jahr des Herrn 1628.

Schmerzen. Im Hals, in den Schultern, im Arsch.

Er war mit Seilen auf dem Foltertisch festgezurrt, Gesicht zum Tisch, die Knie angewinkelt, der Oberkörper auf die Knie gedrückt, die Hände nach hinten und oben gezogen. Die Schultern waren ausgerenkt oder gebrochen. Johannes war den Folterknechten wehrlos ausgeliefert. Sie hatten die Metallbirne tief in sein Arschloch gedrückt und es war bereits jetzt nicht mehr auszuhalten. Seine Augen tränten.

Lieber Gott, hilf mir.

Dem kleinen Johannes war klar, dass die bisherigen Schmerzen nur schäbige Knappen waren. Der König des Schmerzes würde noch kommen. Jetzt gleich, in seinem Leib.

Johannes schrie, doch das schmerzte im Hals. Er wollte sich nach vorne drücken, weg von den Knechten, doch das verstärkte den Schmerz in den Schultern.

Lautes Quietschen. Es musste die Spindel der Eisenbirne sein. Pressender Schmerz in seinem Gedärm. Es fühlte sich an, als würde es auseinandergerissen. Johannes hechelte wie ein abgehetzter Köter, doch das wiederum sendete pulsierenden Schmerz in seinen Hals. Der Holzsplitter machte das Atmen schwer, kaum noch Luft.

„Wie hast du den Kohl verhext?“, fragte der dürre Mönch. Johannes glaubte, hinter dem Tränenschleier ein Lächeln zu erkennen. Der Dürre saß auf einem Schemel neben dem Foltertisch. Seine sanfte Stimme passte nicht an diesen fürchterlichen Ort. Seine Fragen machten ihm Angst. War in Wirklichkeit der Mönch mit dem Teufel im Bunde? War Johannes bereits in der Hölle?

„Nicht … kann nicht …“ Warum glaubten sie ihm nicht? Luft! Der verdammte Holzsplitter.

„Lieber Johannes. In der Peinlichen Frag gesteht jeder früher oder später. Mach es dir einfach.“

„Bin … lieber … Junge.“ Johannes wollte sterben.

„Hat deine Mutter dir das Hexen beigebracht?“

Johannes versuchte, ein Kopfschütteln anzudeuten.

„Ging die Chlodhild vom Waffenschmied bei euch ein und aus?“

Irgendwie musste er signalisieren, dass er kaum sprechen konnte. Er schnaufte durch die Nase, Rotz spritze heraus.

Nicht genug Luft. Er öffnete den Mund, versuchte einzuatmen. Schmerzen überall.

Schwindel, gelbe Schleier, dann war alles schwarz. Kaltes Wasser. Sie hatten es über seinen Kopf geschüttet. Er schnappte nach Luft. Der Hals. Schmerz. Keine Luft.

„Nicht bewusstlos werden, Kleiner. Nicht jetzt schon sterben. Du darfst erst auf die große Reise gehen, wenn du gestanden hast.“ Der Dürre tätschelte seinen nassen Kopf.

„Welche Hexen hast du gesehen?“

Gleich komm ich zu dir, Mama.

„Die Birne hat bisher noch jeden gebrochen. Wieso schafft es dieser kleine Misthaufen so stark zu sein?“, fragte einer der Knechte.

„Schnauze“, fauchte der Mönch den Knecht an. „Weiter drehen.“

Die Kurbel quietschte.

Johannes wollte die Höllenqualen wegbrüllen, doch das ging nicht wegen des Holzsplitters. Seine Sinne schwanden wieder. Er begrüßte das Gefühl. Der Mönch hielt eine Schale vor sein Gesicht. Es roch nach Weihrauch.

„Hierbleiben, kleiner Johannes. Erst wenn du mir sagst, was ich wissen will, lasse ich dich sterben. Dann kommst du ins Himmelreich. Du willst doch zu Mama und Papa, nicht wahr?“

Ganz vorsichtig, soweit das Seil um seinen Hals es zuließ, nickte Johannes. Er spürte die tröstende Hand des Dürren auf seinem Kopf.

„War die Chlodhild bei deiner Mutter? Gib es zu, dann ist alles vorbei und du spürst die Liebe unseres Allmächtigen.“

Der Schmerz fraß sich tief in sein Gedärm. Johannes konnte die Höllenqual nicht mehr aushalten. Die Schmerzen schienen im Wettkampf miteinander zu stehen. Die Schulter, der Hals, die Luftnot, der Arsch.

„Die Chlod ... ich ... wir ...“ Sein Kiefergelenk klapperte, er konnte nicht sprechen, schluchzte hemmungslos. Immer weniger Luft.

„Gemach, lieber Johannes. Wir haben Zeit.“

Sanft streichelte der Mönch seinen Kopf.

„Die Chlodhild ..." Johannes würgte. Die Schmerzen der Birne waren so schlimm, dass er wieder kotzen musste. Vielleicht kam ja der Holzsplitter jetzt aus dem Hals.

„Sprich nur weiter, braver Junge. Du bist auf dem Weg in den Himmel." Wie ein Engel hörte sich der Mönch an.

„Soll die Birne raus?", fragte er.

Johannes wollte ‚ja' sagen. Es ging nicht. Er nickte.

„Wirst du sprechen, wenn die Birne raus ist?"

Johannes nickte.

„Zieht die Birne raus", befahl der Mönch den Knechten in scharfer Stimme.

Entsetzliche Schmerzen, es fühlte sich an wie beim Kacken einer riesigen, viel zu harten Wurst, nur viel schlimmer. Nachlassender Druck. Es wurde wieder schwarz, doch der Weihrauch-Geruch drang in seine Nase und brachte die Schmerzen zurück.

Eine grobe Männerhand hielt etwas Dreckiges vor sein Gesicht. Die Birne. Mit Blut und Kacke verschmiert. Etwas baumelte daran. Darmfetzen? Der Mönch stieß den Arm des Knechtes weg.

„Siehst du, die Birne ist raus", sagte der Mönch. „Jetzt bist du dran, lieber Johannes. Wer ging bei euch ein und aus?"

„Die … die …"

„Hast du die Chlodhild gesehen?"

Johannes nickte.

„Hast du den Teufel gesehen?"

Der Sog kam wieder. Starb Johannes gerade? Schwärze, Unendlichkeit. Keine Schmerzen, Zufriedenheit. Vielleicht nur für den Bruchteil einer Sekunde, vielleicht für 100 Jahre. An diesem Ort existierte keine Zeit.

Mit Wucht prallte die Seele in Igors Körper. Sein Puls raste. Er war tropfnass geschwitzt. Die Sinneseindrücke waren noch präsent, wurden aber mit jedem Atemzug schwächer. Der Geschmack von Erbrochenem war da, auch der dumpfe Schmerz in Hals, Schultern und Arsch. Igor schnappte nach Luft. Die Schmerzen verschwanden, lösten sich auf, waren nur noch Erinnerung. Die Luftnot auch.

Er war wieder im 21. Jahrhundert.

Ist das Leben nur eine Illusion? Ist die Wirklichkeit real?

Menschen waren Bestien. Das war früher so gewesen, das hatte sich auch im Jahr 2014 nicht geändert. Nun jedoch war Igor stark und mächtig. Nie mehr würde er das Opfer sein, immer Täter. Er lächelte.

Ich kann Leben verschonen, kann Leben zerstören. Ich ... bin ... ein ... Gott.

Er öffnete die Augen, schaute auf seine Armbanduhr: 23:32 Uhr. Der Traum hatte länger als vier Stunden gedauert. Igor stand auf, ging erneut zum Duschen. Er schloss die Augen, lehnte sich gegen die Duschwand, genoss das heiße Wasser.

Zeit war wunderbar, heilte Wunden, heilte alles. Zeit war relativ, so wie Freude, Glück, Leben, Schmerz und Tod. Eine Sekunde existierte nur, um von der nächsten verjagt zu werden. Alles würde Vergangenheit sein. Materie starb, nur der Geist lebte weiter. In neuem Fleisch, in einer neuen Illusion.

Dichter Wasserdampf füllte das Badezimmer. Wie lange stand er schon hier? Sein Rücken schmerzte. Hatte er sich mit dem heißen Wasser verbrannt?

Sein Magen knurrte, er ging in die Küche. Wann war er von seiner letzten Auslandsreise zurückgekommen? Gestern? Oder war es schon ein paar Tage her?

Hatte er nicht gerade eben noch unter der Dusche gestanden? Er ging zurück ins Badezimmer. Kein Wasserdampf, alles trocken. Das Fenster war gekippt.

In der Küche schmierte er sich ein Wurstbrot. Auf dem Tisch lagen zwei seiner vielen Bücher über die frühe Neuzeit: Die Biografie Julius Echters, Fürstbischof von Würzburg und Bamberg und „Die Hexenbrenner von Franken".

Igor nahm das Hexenbrenner-Buch in die Hand. Er kannte es fast auswendig. Dieser verfluchte Fuchs von Dornheim war damals der neue Fürstbischof des katholischen Hochstifts in Bamberg gewesen. In einem blindwütigen Blutrausch hatte er wie ein Wahnsinniger die Hexenverfolgung vorangetrieben. Auch Kinder hatte er nicht verschont, wie Igors Seele im Leib von Johannes hatte erfahren müssen.

Allein unter der Herrschaft des verrückten Bischofs hatten 900 Menschen durch Hexenprozesse ihr Leben verloren. In Deutschland war es das dunkelste Kapitel der Hexenjagd. Zum Glück hatten die verdammten Pfaffen damals alles schriftlich festgehalten. Es gab genügend Aufzeichnungen.

Ist es nur ein wiederkehrender Traum? Oder bin ich die Wiedergeburt? Oder … bin ich verrückt?

Kein Traum konnte so intensiv sein. Es musste eine Rückerinnerung sein, eine Reinkarnation.

Igor dachte an den dürren Mönch. Wie ein Stück glühende Kohle brannte der Hass in Igors Magen. Er wollte es dem Mönch heimzahlen, seinen Leib zerstören, so wie der Leib des kleinen Johannes zerstört wurde. Igor wollte Rache. Doch der Mönch lebte in einer anderen Zeit. Nur mit seiner Seele konnte Igor 400 Jahre zurückreisen in Johannes' Körper. Und da war er das Opfer. Es war ein unerträglicher Gedanke, keine Rache ausüben zu können. Die rasende Wut war so schmerzhaft wie die Folter. Igor sprang auf, riss den Tisch um und brüllte sich den Frust aus dem Leib.

11

Deutschland, 29. März 2014

Der brummende Sound eines Motorrades weckte Jens auf und vertrieb sofort die Müdigkeit. Es war der Klingelton des Handys, das er nur für einen einzigen Zweck benutzte.

Er richtete sich auf und setzte sich auf den Bettrand.

„Ja?“, meldete er sich knapp. Der Anrufer sprach mit schwachem russischem Akzent, das Gespräch dauerte keine zwei Minuten. Jens legte das Handy zurück auf den Nachttisch.

Er war gestern spät abends nach einem langen Flug in Frankfurt gelandet und erst weit nach Mitternacht nach Hause gekommen und nun hatte er über eine Woche frei.

Jens zog das Rollo hoch, Sonnenlicht flutete das Schlafzimmer und er musste die Augen zusammenkneifen. Die Frühlingssonne erwärmte sein Gesicht, es musste später Vormittag sein. Zeit für eine Spritztour. Es würde die Erste sein in diesem Jahr. Doch vorher ging Jens in den Fitnessraum. Eine wenig Cardiotraining, eine halbe Stunde Gewichtstraining. Nach dem Duschen und nach einem kleinen Frühstück schlüpfte Jens in die Stiefel und zog die schwere Motorradjacke über.

Der Kies im Hof knirschte unter den Sohlen, Tageslicht flutete den Schuppen, als er das Tor aufschob. Das Motorrad stand schräg geneigt auf dem Seitenständer. Schon der Anblick der wuchtigen Harley-Davidson Road King war ein Vergnügen.

Wenn es nur immer so einfach wäre, Befriedigung zu erreichen.

Jens klemmte das Ladegerät von der Batterie ab, zog den Helm über den Kopf, schlüpfte in die Handschuhe und setzte sich auf die Road King. Als er sie in die Senkrechte wuchtete, kratzte der Seitenständer über den Betonboden ein Stück zurück. *Klack*. Schwungvoll hatte Jens ihn mit dem Fuß eingeklappt. Das Gefühl von Glück durchströmte seinen Körper, als er die schwere Maschine unter dem Hintern spürte. Liebevoll strich er über den schwarzen Tank, schaltete die Zündung ein und drückte auf den Anlasser. Schüttelnd erwachte der 1,7 Liter Motor.

Der Geruch der Abgase erinnerte an Freiheit, der satte Sound war ein Genuss für die Ohren und die Vibrationen des wuchtigen Zweizylindermotors machten die Harley zu einem lebendigen Wesen.

Klack. Geräuschvoll drückte Jens den ersten Gang ein, vorsichtig fuhr er los. Die Reifen rollten knirschend über den Kies auf dem Hof. Als Jens den Asphalt der Sackgasse erreicht hatte, beschleunigte er sanft, schaltete in den zweiten Gang und fuhr mit niedriger Drehzahl durch die Ortschaft. Jens lächelte. Er spürte bereits jetzt dieses unvergleichliche Easy Rider-Feeling. Er wurde eine Einheit mit der Road King und obwohl diese Einheit fast eine halbe Tonne auf die Waage brachte, fühlte sie sich wendig an. Als er Bad Orb hinter sich gelassen hatte, drehte er am Gasgriff, spürte den Zug der Beschleunigung, den Fahrtwind und den sanften Sitzdruck in den Kurven, er spürte die wilde Lebenslust. Der Ritt mit der Road King vermittelte ihm ein Gefühl von Macht, Kontrolle und Dominanz.

Um den Anruf konnte er sich später Gedanken machen. Noch wusste Jens nicht, wie er auf die Anfrage antworten würde.

12

Deutschland, 02. April 2014 / Bamberg im Jahre 1628

Igor saß zitternd im Ledersessel in seinem Keller, wusste nicht, wie er seine rasende Wut noch länger zügeln sollte.

Werde ich wahnsinnig?

Die Unmöglichkeit, sich an seinen Peinigern aus Bamberg rächen zu können, hatte sich wie Säure in sein Gehirn gefressen. Igor konnte seine Wutanfälle inzwischen kaum noch unterdrücken. Er konnte kaum noch schlafen, sich nicht mehr konzentrieren, hatte Wahnvorstellungen. In der Hoffnung auf Ablenkung hatte Igor den einfachen und eigentlich stinklangweiligen Auftrag angenommen. Doch die Ablenkung wirkte nicht und gestern hatte er um Haaresbreite die Kontrolle über seinen Geist verloren. Es war früher Nachmittag gewesen, mitten in Frankfurt. Der Mann auf dem Gehsteig sah aus wie einer der Knechte, die ihn vor 400 Jahren gefoltert hatten. Igor hatte eine Vollbremsung hingelegt, war wie besessen aus dem Auto gesprungen, um sich auf den Mann zu stürzen. In letzter Sekunde hatte Igor erkannt, dass er sich getäuscht hatte. Dieses inbrünstige Verlangen nach Rache schien ihn blind und unvorsichtig zu machen.

Mit der Fernbedienung schaltete Igor die Musik an. *Ave-Maria* von Johann Sebastian Bach erklang leise aus den Boxen. Musik, die auch Mütter ihren Babys zum Einschlafen vorspielten. Es war eine lange Version, das Lied würde über eine Stunde dauern.

Igor schloss die Augen und schaffte es, sich zu entspannen. Er verlor das Zeitgefühl, war wie in Trance. Als irgendwann Beethovens *Moonlight Sonata* erklang, wurde er unruhig. Etwas Gewaltiges bahnte sich an. Vielleicht eine Antwort, eine Lösung für eine unlösbare Situation? Igor konnte den Gedanken – oder war es vielmehr eine Ahnung? – nicht greifen. Er konnte nicht erkennen, wie diese Lösung aussehen sollte.

Warum dachte er gerade jetzt an das TV-Interview, das er vor zwei Tagen gesehen hatte? Die Journalistin war Gast in einer Talkshow gewesen, hatte über ihre Erlebnisse in Nigeria und über Frauenrechte gelabert. Normalerweise schaute Igor kein Fernsehen. Doch es ging um den neuen Mordauftrag. Er wollte sein Opfer in der Talkshow sehen. Warum hatte sie ihn so sehr fasziniert? Warum dachte er jetzt an sie?

Völlig unerwartet setzte der Sog ein. Eine neue Seelenreise? Igors Herzschlag erhöhte sich. Der Sog wurde stärker, entfaltete seine Kraft. Schwindel, gelbfleckiges Flimmern vor Igors geschlossenen Augen, Übelkeit. Die Dimensionen von Raum und Zeit verwischten. Die Seele schwebte wieder in der wunderbaren, schwarzen und friedvollen Unendlichkeit, knallte einen Augenblick später in die bekannte Erinnerung.

Bamberg im Jahre des Herrn, 1628. Schreckliche, vertraute Umgebung.

Johannes lag auf dem wuchtigen, groben Holztisch, die Arme hinter seinem Rücken nach oben gezogen. Es stank nach seiner Kotze.

Die Schmerzen waren wieder da, hatten auf ihn gewartet wie ein niederträchtiger Freund.

Der dürre Mönch streckte seine knöcherne Hand nach ihm aus. Wegen der Tränen konnte Johannes ihn nur verschwommen erkennen.

„Mein lieber Johannes", flüsterte er mit sanfter Stimme. „Ich bringe dich ins Himmelreich."

Stechender Schmerz in seinem Arsch, obwohl nichts mehr drin steckte. Schmerzen in den Schultern, im Hals, am Kopf.

„Die Birne ist raus. Jetzt bist du dran. Welche Hexen waren in eurem Haus?", fragte der Mönch ungeduldig.

Johannes öffnete den Mund, wollte sprechen. Es ging nicht. Kaum Luft. Der Hals war geschwollen. Um alles in der Welt wollte der kleine Johannes sprechen. Stotterte, brachte zwar Laute hervor, doch es war nur Gestammel. Der Holzsplitter. Das Schnaufen wurde immer schmerzhafter, mühseliger. Keine Luft.

Alles wurde schwarz. Erleichterung, Frieden, Ruhe, keine Schmerzen, nichts. Der Weihrauch-Duft zog ihn aus der sicheren und schmerzfreien Bewusstlosigkeit zurück in die schlimme Wirklichkeit. Der Mönch hatte den Duft-Topf direkt vor seine Nase gestellt. Mit dem Bewusstsein kamen auch die Schmerzen zurück. Und die Luftnot, die immer schlimmer wurde.

„Du hast es bald geschafft, kleiner Johannes. Sag mir Namen. Ist die Chlodhild bei euch gewesen? Nur eine Antwort und du fährst ins Himmelreich."

Johannes öffnete den Mund. Mehr als ein Röcheln brachte er nicht hervor.

„Langsam verliere ich die Geduld", sagte der Dürre mit harten Worten. "Wer – war – in – eurem – Haus?" Er schrie die letzten Worte.

Wie gerne hätte Johannes gesprochen, alles gesagt, was der Mönch hören wollte. Doch der verfluchte Holzsplitter hatte etwas dagegen, blockierte den Hals.

Der Mönch sagte irgendetwas zu den Folterknechten, packte seine Haare und riss den Kopf gegen den Widerstand des Seiles um seinen Nacken hin und her. Der Holzsplitter bohrte sich dabei noch fester in den Hals.

Der Mönch schrie, sein Speichel spritze. „Muss ich dich pfählen lassen, damit du redest?"

Johannes öffnete den Mund, versuchte mit aller Kraft zu sprechen. Der immer dicker werdende Hals drückte alles ab, auch die Luft. Keine Luft. Keine Luft!

Der Mönch ging in die Knie, sein wutverzerrtes Gesicht war direkt vor seinem.

Johannes blinzelte. Die Tränen lösten sich, der Schleier vor einem Auge war nun weg. Der Mönch war eine Frau. Eine

Nonne. Sie hatte grüne Augen. Grüne Augen! Und da war eine Narbe im Gesicht. Johannes versuchte, Luft einzusaugen, sie dann mit Druck wieder rauszulassen und dabei zu sprechen. Sein Bauch krampfte sich zusammen, er würgte, pfeifendes Schnaufen, Kotze spritzte in ihr Gesicht.

Die Nonne sprang zurück. „Den Pfahl", rief sie in schrillem Ton zu den Knechten.

Hitze! Dreckig lachend hielt ein Knecht die Spitze einer Eisenstange vor sein Gesicht. Sie war rotglühend und heiß.

„Letzte Chance!" Sie schrie immer lauter. „Wer? Namen."

Keine Luft. Schmerzen. Johannes war doch bereit, alles zu tun, um dieser Hölle zu entkommen. Er wollte jeden Namen sagen, den sie hören wollte. Jeden. Doch es ging nicht.

Warum sagte sie nicht nochmal den Namen Chlodhild? Er würde es vielleicht schaffen, zu nicken.

„Pfählen!"

Unerträgliche Hitze an seinem Arsch. Sein Körper wurde ruckartig nach vorne in die Fesseln gedrückt. Zischendes Geräusch, explodierende Hitze in seinem Leib, der Gestank von verbranntem Fleisch erinnerte ihn an die Verbrennung seiner Mutter.

„Du willst nicht reden, nun krieg ich keinen Anteil. Verrecke!"

Sie lachte wie eine Irre.

Blut quoll aus seinem Mund. Er spürte die sengende Hitze in seinem Gedärm. Stechender Schmerz überall. Keine Luft. Keine Luft!

Der Sog kam wie eine Erlösung, die Seele rettete sich in kosmische Unendlichkeit, prallte einen Augenblick später zurück in Igors Leib.

Halb benommen saß er im Sessel, schnappte nach Luft. Er spürte noch das glühende Eisen in sich drin, kratzenden Schmerz im Hals, in der Schulter. Doch wie der Gestank verflüchtigten sich auch die Schmerzen.

Der Sessel war nass. Igor hatte in die Hose gepisst. Körperliche Schmerzen machten Igor wenig aus, trotzdem war er nun erleichtert, als sie verblassten.

Ein neuer Schmerz erwachte. Ein unerträglicher. Es war der Schmerz der Hilflosigkeit. Nun hatte er zwar seine Peinigerin gesehen, doch sie blieb unerreichbar. Igor bewegte sich im Kreis, kam nicht weiter. Die Erkenntnis, sich nicht an der Nonne rächen zu können, war nicht mehr zu ertragen. Er hyperventilierte, sein Herz raste.

O Fortuna – Camina Burana von Carl Orff peitschte ihn auf. Igor drehte die Lautstärke hoch.

Schreie! Viel lauter als die Musik. Es waren seine Schreie. Speichel tropfte von seinem Kinn. Er hasste die Nonne, wollte sie zerstören. Aber wie? Aber wie?

Igor sprang auf. Wirre Gedanken wanden sich umeinander, Schlangenleibern in einer Grube gleich. Chaotisch, zerstörerisch.

Dass es unmöglich war, sich an einer Frau zu rächen, die vor 400 Jahren gelebt hatte – dieser Gedanke war für Igor nicht zu ertragen. Ein giftiges Summen dröhnte durch seinen Kopf. Wie ein Krebsgeschwür hing die Erinnerung an die Nonne in seinem Gehirn. Das Geschwür wuchs rasend schnell, verdrängte alles andere.

Totentanz von Liszt.

Entsetzlicher Hass. Hilfloser Hass. Pumpend ging sein Atem, er beugte sich nach vorne, stützte die Hände an den Knien ab. Der Magen presste den Inhalt nach oben. In einer weiten Fontäne spritzte die gelbschleimige Kotze auf den Boden. Seine Hände zitterten, er hatte Mühe, die Fernbedienung zu greifen, um die Musik auszuschalten. Die plötzliche Stille traf ihn wie ein Schlag. Sie war erdrückend, das Klingen in seinen Ohren hallte nach. Er war völlig außer Atem, nass gepisst, Kotze tropfte von seinem Kinn, er stand mit hängenden Schultern mitten im Raum.

Nach einiger Zeit sortierten sich die wirren Gedanken, formten sich zu etwas Neuem. Als es ihm dämmerte, fühlte es sich so an wie eine sich öffnende Schleuse. Die Erkenntnis war so gewaltig, so unvorstellbar, dass ihm schwindelig wurde. Er taumelte, plumpste mit einem klatschenden Geräusch zurück in den nassen Sessel.

Die Journalistin! Jetzt wusste er, warum sie ihm im Fernsehen so vertraut erschienen war. Die grünen Augen, die dürre Gestalt, die knöchrigen Finger, die Narbe auf der Stirn. Sie sprach genauso wie die Nonne aus Bamberg. Sie war die verfluchte Nonne. Diesmal steckte ihre Seele im Körper der Journalistin. Hass und Wut vermischten sich mit Vorfreude und Erlösung. Es war eine gute Mischung.

„Endlich“, schrie er laut und befreiend auf. Er hatte die Lösung. Igor wusste nun, wie er seinen zerstörerischen Hass loswerden konnte.

Du verfluchte Nonne. Willkommen im 21. Jahrhundert. Hier bestimme ich über Leben und Tod. Hier bestimme ich über dich.

Mit dem Handrücken wischte Igor Kotze und Rotz aus seinem Gesicht, lachte schallend los. Als er sich wieder beruhigt hatte, schloss er die Augen, gab sich den wunderbaren Gedanken hin. Es sollte die aufwendigste, längste und umfangreichste Jagd werden, die er jemals durchgeführt hatte. Und die Nonne sollte sein Meisterstück der Folterkunst werden.

Hanna Engels, ich komme.

13

Frankfurt, 09. April 2014

„Ich hoffe, du hast am Wochenende 12. und 13. April noch keine Pläne“, sagte Jürgen Hofstetter, als er an Hannas Schreibtisch kam.

„Und wenn ich welche habe?“

„Dann würde ich dich bitten, umzuplanen.“

„Worum geht es?“

„Um einen Kongress zum Thema Flugsicherheit.“

„Hört sich langweilig an. Wo ist der Kongress?“

„In Bad Kissingen.“

„Wo?“

„Bad Kissingen. Sind nur eineinhalb Stunden mit dem Auto. Ein kleines idyllisches Städtchen in Unterfranken.“

„Idyllisch? Ich bin dabei.“ Seit der katastrophalen Betriebsversammlung hatte Hanna zum Glück nichts mehr von Vincenzo gehört. Sie hoffte, dass es dabei auch bleiben würde.

„Was genau ist mein Job dort?“, fragte Hanna.

„Schreib einen Artikel über den Kongress. Ein Interview, einige Fotos.“

„Wie lange habe ich dafür Zeit?“

„Der Kongress geht bis Sonntagnachmittag, in der Montagsausgabe soll der Artikel erscheinen.“

„Das wird knapp, aber ich werd es hinkriegen.“

Hofstetter legte ihr eine Visitenkarte auf den Tisch. „Das ist der Veranstalter, Herr Weber. Ruf ihn an, er wird einen Sitzplatz für dich reservieren. Der Leiter der Abteilung Luftsicherheit vom Luftfahrtbundesamt, Herr Marquard, wird am Samstag zu Beginn der großen Pause für ein Interview zur Verfügung stehen. Weitere Infos schicke ich dir per …“ Ein zischendes Geräusch unterbrach ihn.

„Was ist das?“, fragte er.

„Kommt aus der Kaffeeküche“, erkannte Hanna.

„Verdammt. Da kommt Rauch raus“, sagte Hofstetter aufgeschreckt.

Auch Hanna sah den Qualm, der aus der offenen Tür drang.

Der Rauchmelder piepste los.

Hofstetter wollte zur Küche rennen, überlegte es sich zum Glück aber anders.

„Feuer! Feuer!“, schrie jemand. Hanna konnte die Stimme nicht zuordnen.

„Raus. Alles stehen und liegen lassen. Raus! Raus!“, schrie die unbekannte Männerstimme wieder.

Weißer Rauch verteilte sich schnell an der Zimmerdecke. Die meisten Menschen starben bei einem Brand durch eine Rauchvergiftung, nicht durch das Feuer selbst. Ihrem Reporterinstinkt folgend zog sie das iPhone aus der Tasche und schoss ein paar Fotos, während sie zum Ausgang lief. Sie sah, wie Hofstetter zum Feuermelder an der Wand eilte, die Scheibe einschlug und auf den Knopf drückte.

Der laute an- und abschwellende Heulton zerrte an den Nerven. Einige Kollegen rannten, Georg wollte eine Kiste mit Ordner retten, Gabi fiel ihm in den Arm. Jemand schrie: „Lass das Fenster zu.“

Isolde kreischte im schrillen Ton, als würde sie abgeschlachtet werden.

„Bleibt ruhig, Leute. Keine Panik. Rennt nicht, aber geht zügig“, rief Hofstetter.

Hanna stieß mit anderen Kollegen zusammen, wurde angerempelt. Ihr Handy steckte sie in die Hosentasche. Keine Zeit mehr für Fotos. Die zweiflügelige Eingangstüre zur Redaktion war das Nadelöhr. Der Rauch kratzte in Hannas Hals, sie hustete. Der Lärm des Rauchmelders peitschte sie auf. Der Rauch breitete sich verdammt schnell aus.

Augenblicke später stolperte sie hustend ins Treppenhaus. Fast alle husteten.

„Nicht den Aufzug nehmen“, schrie Michael. Hanna schätzte, dass etwa 20 Angestellte in der Redaktion gewesen waren. Sie sah auch fremde Gesichter. Das mussten Anzeigenkunden oder Lieferanten sein.

Eine Frau im Rollstuhl blickte sich verwirrt um. Dietmar, einer von Hannas Kollegen, erfasste die Situation. „Kommt, wir tragen sie runter“, sagte er zu Michael. Sie packten die Frau rechts und links unter den Armen und zogen sie aus dem Rollstuhl hoch. Hofstetter fasste ihre Füße. Gefährlich schwankend stolperten sie gemeinsam die Treppe hinunter. Fünf Stockwerke waren zu überwinden. Auch im Treppenhaus roch es nach Rauch, doch der Qualm war hier noch nicht zu sehen. Hanna packte den Rollstuhl und zog ihn rückwärtsgehend Stufe für Stufe die Treppe hinunter.

Sie dachte an die Feuerkatastrophe im World Trade Center in New York. Die Menschen in den Büros oberhalb des Brandherdes waren in der Falle gewesen und gestorben. Zum Glück lag das Büro der Redaktion in der obersten Etage.

Neugierige Gesichter erschienen zögerlich aus den Büros der unteren Etagen. „Feuer oben in der Redaktion“, sagte Gabi laut. Immer mehr Menschen drängten sich ins Treppenhaus, eilten nach unten. Die Zeitungsredaktion hatte das vierte und fünfte Stockwerk belegt. Aus der Tür im dritten Stock kam der Zahnarzt mit einigen seiner Angestellten heraus. Er hatte noch den Mundschutz auf. Die Nerds aus dem Zweiten schleppten

Computer heraus. Immer dichter drängten sich die Menschen im Treppenhaus.

Als Hanna unten ankam, schob sie den Rollstuhl neben die behinderte Frau. Dieter und die beiden anderen Kollegen setzten sie vorsichtig hinein.

„Haben Sie jemanden, der sich um Sie kümmert?“, fragte Hanna.

Die behinderte Dame nickte. „Mein Mann muss gleich wiederkommen. Er kauft ein, während ich die Anzeige aufgeben wollte.“

Sie versammelten sich am Meetingpoint. Ein älterer Mann ließ seine Einkaufstüten fallen und sah sich wild um.

„Erna? Erna?“, rief er verzweifelt. Die Rollstuhlfahrerin drückte sich an den Menschen vorbei. „Hier bin ich.“ Er stürzte zu ihr, bückte sich und umarmte sie. Sie lachten und weinten.

„Ist jemand verletzt?“, fragte Hofstetter mit lauter, krächzender Stimme in die Menge. Viele husteten noch immer, doch niemand schien ernsthaft verletzt zu sein.

„Schaut euch um. Sind eure Kollegen alle da? Wird jemand vermisst?“, fragte Dieter. Hanna überlegte, sah sich um. Niemand schien zu fehlen.

„Wo zur Hölle bleibt die Feuerwehr?“, schimpfte ein Kollege.

„Sie wurde durch den Feuermelder automatisch alarmiert, und ich habe die 112 angerufen“, beruhigte Hofstetter. „Feuerwache 1 liegt am nächsten. Sie müssen längst da sein.“

Endlich heulten Sirenen, wurden schnell lauter.

Hanna dachte an ihren Laptop. Er würde bestimmt den Flammen oder dem Löschwasser zum Opfer fallen. Wann hatte sie den letzten Backup gemacht? Mist. Das war schon eine Weile her. Sie überlegte, ob es wichtige Daten gab, die sie vermissen würde.

Drei Feuerwehrautos kamen um die Ecke, Feuerwehrleute sprangen von den Fahrzeugen, Befehle wurden erteilt. Zwei Feuerwehrmänner stiegen in den Korb der hydraulischen Drehleiter, ein Trupp eilte ins Gebäude. Sie trugen wie die

Männer auf der Drehleiter Helme und Atemschutzmasken sowie auf dem Rücken Sauerstoffflaschen.

Mehrere Krankenwagen standen inzwischen da, auch zwei Polizeiautos. Ärzte und Sanitäter liefen umher, sprachen mit den Menschen. Einige von Hannas Kollegen wurden auf Tragen gelegt und mit Sauerstoff versorgt. Die Rettungskräfte arbeiteten ruhig und professionell. Keine Spur von Hektik, kein lautes Geschrei.

Hanna wunderte sich darüber, dass einer der Feuerwehrmänner im obersten Stockwerk die Fenster aufriss. Entfachte frische Luft nicht zusätzlich ein Feuer? Dichter weißer Qualm quoll durch die Fenster nach draußen. Sie hörte quakende Stimmen aus Funkgeräten. Wann kamen endlich die Wasserschläuche zum Einsatz?

Der Rauch aus den Fenstern wurde schwächer, bis er nach wenigen Minuten kaum noch zu erkennen war.

Der Feuerwehrkommandant kam zu Hofstetter. „Es war kein Feuer." Der Kommandant hielt eine verkohlte Blechbüchse in der Hand.

„Irgendein Idiot hat eine Rauchgranate gezündet."

„Wenn ich den Typen erwische", sagte Hofstetter verärgert.

„In einer halben Stunde können sie wieder zurück ins fünfte Stockwerk. Die Fenster sind alle offen. Der frische Wind wird den Rauch wegblasen."

Als Hanna und ihre Kollegen zurück ins Großraumbüro kamen, war alles wie vorher. Nur auf dem Boden in der Kaffeeküche waren schwarze Brandspuren zu sehen. Hanna ging zu ihrem Schreibtisch. Der Laptop war weg. Sie schaute in ihrer Aktentasche nach, nichts.

„Ich vermisse meinen Laptop", rief Hanna in die Runde.

„Und ich habe einen mit nem schönen Aufkleber gefunden", rief Jörg grinsend zurück und hielt den Computer hoch. Hanna fiel ein Stein vom Herzen.

14
Frankfurt, 09. April 2014

Verkleidet hatte Igor sich unter die Anzeigenkunden gemischt. Niemand hatte gesehen, wie er die Rauchbombe platzierte. Es war eine perfekte Ablenkung gewesen, um die Payload auf ihren Laptop zu installieren.

Er war es gewesen, der „Feuer, Feuer" gerufen hatte. Er war es auch, der den Leuten zugerufen hatte, alles stehen und liegenzulassen.

Nachdem die letzten Mitarbeiter aus dem Redaktionsbüro geeilt waren, kam Igor aus der Toilette hervor. Er hatte Zeit, denn Feuerwache 1 war beschäftigt. Igor hatte einen arbeitslosen Trottel benutzt, der den Fehlalarm in dem Einkaufszentrum ausgelöst hatte. Der pädophile Idiot wichste regelmäßig zu den Kinderpornos, die er sich reinzog. Igor hatte ihn erpresst. Für einen Hacker war es einfach, solche kranken Typen aufzuspüren.

Der Rauch hatte sich inzwischen über die ganze Bürodecke verteilt und breitete sich nach unten aus. Noch konnte Igor aufrecht gehen, ohne Qualm einzuatmen.

Das Piepsen der Rauchmelder war schwach zwischen den nervig pulsierenden Heultönen des Feueralarms zu hören.

Igor ging an Hanna Engels Arbeitsplatz und packte den Laptop mit dem gelben Aufkleber von Amnesty International in seinen roten Rucksack. Ihr Handy hatte er nicht finden können.

Er eilte hinunter in den vierten Stock und setzte sich an einen Schreibtisch. Mit dem USB-Stick infizierte er ihre Festplatte. Die Spyware bestand unter anderem aus einem Keylogger und einer Kameramanipulation. Jedes Mal, wenn ihr Laptop aufgeklappt war, konnte er sie über ihre Kamera beobachten, ohne dass sie es merkte. Jede Tasteneingabe, jede Webseite, die sie aufrief, jeden Suchbegriff, einfach alles konnte er nun aus der Distanz beobachten. Wie ein unsichtbarer Geist würde er bei der Nonne sein.

Mit dem zweiten Teil des Angriffs kopierte er ihre Kontakte, E-Mails, Textdokumente, Fotos, Kalender. Er hatte nun auch Zugriff auf ihre iCloud und damit auf die Ortung ihres iPhones. Bei nächster Gelegenheit musste er ihr Handy mit einem Jailbreak oder einem Serviceadapter manipulieren. Die Gelegenheit würde bald kommen.

Auf seinem Handybildschirm sah er die anrückenden Feuerwehrfahrzeuge. Die Minikamera hatte er in der Nacht zuvor am Dach des Parkhauses angebracht. Während Igor zurück ins fünfte Stockwerk eilte, zog er die Atemschutzmaske aus der Umhängetasche und stülpte sie über seinen Kopf. Mit einer Wärmebildkamera, wie sie auch von der Feuerwehr genutzt wurde, suchte er den Weg durch den dichten Rauch. Zu seinem Ärger war jedoch die Orientierung mit der Kamera schwieriger als beim Probelauf vor einer Woche in dem verlassenen Fabrikgelände. Zu viele ähnlich aussehende Schreibtische, zu viele Zimmerpflanzen und Trennwände. Durch die Wärmebildkamera sah alles gleich aus. Scheiß Großraumbüro. Igor legte Hannas Laptop auf einem Schreibtisch ab. Er war sich nicht sicher, ob es ihr Arbeitsplatz war. Aber er musste jetzt schnell raus. Über das Treppenhaus eilte er hinunter in den vierten Stock. Kurz darauf hörte er das hohle und keuchende Schnaufen der maskierten Feuerwehrleute.

Das war der Anfang, du Miststück. Bald bleibt mir nichts mehr vor dir verborgen. Ich werde dir ganz nah sein. Näher, als du es dir in deinen kühnsten Albträumen vorstellen kannst.

15

Frankfurt, 11. April 2014

Wütend klappte Hanna ihren Laptop zu.

Verdammt. Sie konnte sich nicht konzentrieren, dachte immer wieder an den Vorfall vor zwei Tagen mit der Rauchgranate. Warum würde jemand so etwas tun? War es einer der Spinner, die glaubten, die Frankfurter Presseschau wäre eine Lügenpresse? Oder war es ein Leser, dem ein Artikel nicht passte?

Hoffentlich schnappte die Polizei den Idioten.

Hanna stand auf, machte sich einen frischen Kaffee, lehnte sich mit dem Rücken an die Küchenzeile und beobachtete den Dampf, der aus der Tasse in ihrer Hand stieg. Morgen früh würde sie nach Bad Kissingen fahren, um einen Bericht über den Kongress zu schreiben. Das Herzstück würde aber das Interview mit dem Typen vom Luftfahrtbundesamt sein. Hanna hasste es, schlecht vorbereitet zu sein. Noch hatte sie nicht genug sinnvolle Fragen, war noch nicht tief genug in das Thema Flugsicherheit eingearbeitet.

Hanna nippte von der Tasse. Sie brauchte jetzt eine Pause oder eine Ablenkung. Nachher würde sie weiterarbeiten. Sie schaute auf die Uhr. Die Nachrichten fingen gleich an. Sie ging ins Wohnzimmer, schaltete den Fernseher ein und lümmelte sich auf das Sofa. Nach wenigen Minuten belangloser Berichte erzählte der Fernsehreporter von Terroranschlägen der Boko Haram Rebellen in Nigeria. Mehrere Dörfer waren im nördlichsten Bundesstaat des Landes, in Borno, angegriffen worden. Es war die Gegend, in der auch Hanna unterwegs gewesen war. Sie stellte die Tasse weg, starrte entsetzt auf den Fernseher. Die islamistischen Extremisten hatten die Orte Dikwa, Kala Balge, Gambulga und Gwoza überfallen. Hanna kannte die Orte. Über 200 Menschen waren getötet worden. Häuser wurden niedergebrannt, Mädchen im Teenageralter entführt. Hanna wusste, dass systematische Vergewaltigung, Unterdrückung, Erniedrigung und Versklavung ihr Schicksal waren. Wer sich wehrte, dem wurde die Kehle durchgeschnitten.

Die Erinnerung an den Horror in Nigeria erwachte wieder. Der Überfall auf das Soldatenlager, die schreckliche Zeit als Gefangene in der Hütte, die Schlange, die Ratten, die Terroristen. Und Roberts Tod. Sie hörte sein Röcheln, als sie seinen Hals durchschnitten.

Hanna schaltete den Fernseher aus. Sie registrierte, dass sie mit den Fingern über ihre Stirnnarbe strich. Hatte sie das Trauma doch noch nicht überwunden?

Als sie vor knapp zwei Wochen bei dem Live-Auftritt von Rheintal-TV über den Überfall der Rebellen befragt worden war, hatte sie ruhig bleiben können. Keine Schuldgefühle, keine hochkochenden Emotionen, sie war ganz entspannt geblieben.

Hanna musste lange so dagesessen sein, denn es war inzwischen stockfinster. Sie zuckte zusammen, als sie das scharrende Geräusch am Fenster hörte. Der Wind war stärker geworden und drückte die Zweige des Busches nahe der Hauswand gegen die Scheibe. Ein Sturm zog auf, sie lauschte dem heulenden Wind. Nach einigen Minuten stand sie auf und ging zurück in die Küche, um sich einen weiteren Kaffee aufzubrühen. Regen setzte ein. Hanna stellte sich mit der Tasse ans Küchenfenster. Der größte der Büsche, etwa drei Meter hoch, stand direkt vor dem Fenster. Er tanzte dämonisch im Sturm, schien sie spöttisch auszulachen. Es war verrückt, aber Hanna hatte den Eindruck, als beobachte der Busch sie. Sie wollten den absurden Gedanken vergessen, doch plötzlich durchströmte ein beklemmendes Gefühl ihren Geist. Kalter Schweiß stand auf ihrer Stirn, sie spürte eine Bedrohung. Aber von was? Von wem?

Hatte Dr. Wohlmuth doch recht und die Therapiestunden waren immer noch nötig? Inzwischen ging Hanna nur noch alle vier Wochen hin, und das auch nur, weil sie es Sigrid versprochen hatte.

Hanna schaute auf den zugeklappten Laptop auf dem Küchentisch. Sie war trotz des vielen Kaffees müde, musste aber noch den Kongress vorbereiten. Mit einem Seufzer setzte sie sich hin, klappte den Laptop auf und vertiefte sich in ihre Arbeit.

16

Bad Kissingen, 12. April 2014

Die Gewissheit, dass sie ihm nicht entkommen konnte, gab Igor das berauschende Gefühl von Macht und Überlegenheit.

Ein angenehmes Kribbeln kitzelte in seinem Magen, ein unterschwelliges Vibrieren durchströmte seinen Körper. Es war das Gefühl des Jägers, der nach langer Suche endlich die Witterung seiner Beute aufgenommen hatte.

Diese Jagd war etwas Besonderes, denn diesmal kam eine emotionale Bindung hinzu. Die enge Verbundenheit zu der Nonne machte diese Jagd einzigartig.

In wenigen Minuten würde er ihr seit fast 400 Jahren zum ersten Mal wieder von Angesicht zu Angesicht gegenüberstehen. Trotzdem war er nicht aufgeregt. Lässig lehnte er an einer der weißen Säulen und schaute über die Brüstung des Balkons hinunter in die Menschenmenge.

Lautes Stimmengewirr erfüllte den Raum. Das Pack drängte ins Eingangsfoyer und auf die Galerie.

Im Städtchen Bad Kissingen war die Welt in Ordnung. Geringe Kriminalität, kaum Morde. Der spektakulärste Fall war 140 Jahre her: Da hatte ein Attentäter auf den Reichskanzler Otto von Bismarck geschossen – ein Stümper, denn Bismarck hatte überlebt.

Igor betrachtete das riesige Fresko an der Decke. Es stellte den Sänger Orpheus in einer afrikanischen Landschaft dar. Dicht bewachsene Laubbäume säumten die weite Lichtung. Der Löwe im Gras wirkte entspannt, so wie Igor. Orpheus und einige Beutetiere standen auf der Lichtung. Sie schienen die Gefahr nicht zu erkennen, so wie die Nonne.

Der angeklebte Vollbart spannte auf der Haut, es wurde heiß unter der Perücke, die getönte Brille mit dem spiegelnden Glas drückte auf die Nase. Doch lange würde Igor die Verkleidung nicht mehr tragen müssen.

Er zog sein Handy aus der Hosentasche, tippte auf die selbst entwickelte App und schaute auf den Bildschirm. Unter dem Menüpunkt ‚iPhone-Suche' konnte er die GPS-Position ihres Handys orten. Sie war noch einen Steinwurf entfernt, gleich würde sie durch die Flügeltüren in das Foyer kommen.

Igor steckte das Handy weg, beobachtete die hereinströmende Menschenmenge.

Da war sie, schob sich langsam im Gedränge durchs Foyer. Keine zehn Meter trennten sie nun. Durch die Vergrößerungsfunktion seiner Brille konnte er sogar ihre grünen Augen und die Stirnnarbe erkennen. Die Nonne steckte in der Menschenmenge, die langsam wie ein Lavastrom in das Foyer quoll. In ihrem Gesicht stand Abneigung, gar ein Hauch von Abscheu. Hanna Engels, wie sich die Nonne nun nannte, schien sich unwohl zu fühlen.

Sie kramte ihr Handy aus der Tasche, hielt es ans Ohr, nickte, sprach gelegentlich. Plötzlich passierte etwas völlig Unerwartetes. Die Nonne wurde nervös. Sie steckte das Telefon weg, strich immer wieder mit hektischer Bewegung über ihr linkes Ohr und schaute sich gehetzt um. Ihr Gesicht war verzerrt. Ihr Blick wanderte nach oben auf die Galerie, streifte an Igor vorbei, kam zurück, fixierte ihn mit aufgerissenen Augen. Erkannte sie ihren Mörder? Witterte das Luder die Gefahr?

Igor war fasziniert. Er ging einige Schritte zurück, verschwand in der Menschenmenge. Sie sollte noch lange nicht wissen, dass sie gejagt wurde.

Hatte sie tatsächlich so etwas wie einen sechsten Sinn und spürte die Bedrohung durch seine Gedanken? Igor würde es herausfinden.

Er ging auf die Toilette und schloss die Tür hinter sich. Lächelnd strich Igor über seinen falschen Bart. Mit einem kräftigen Ruck riss er in ab.

17

Bad Kissingen, 12. April 2014

Warum zur Hölle hatte der Kerl sie angestarrt? Oder war es Einbildung? Zum Glück war der vollbärtige Typ inzwischen verschwunden.

Hanna quetschte sich durch die vielen Kongressteilnehmer an die Seitenwand. Dort herrschte weniger Gedränge. Ihr pochender Herzschlag beruhigte sich, sie wischte sich kalten Schweiß von der Stirn.

Seit ihrem schrecklichen Erlebnis in Nigeria fühlte sie sich bedroht, wenn fremde Menschen zu dicht bei ihr standen oder wenn sie angestarrt wurde. Vor wenigen Augenblicken war beides zusammengekommen. In letzter Zeit hatte sie immer wieder das Gefühl gehabt, beobachtet zu werden. Hanna erkannte, dass der Therapeut recht behalten hatte. Sie litt immer noch unter dem Gefühl von Bedrohung, suchte ihre Umgebung nach Anzeichen von Gefahren ab und war in Alarmbereitschaft. Oder wurde sie paranoid? Ach was. Es war das Erbe ihres afrikanischen Albtraums. Ihre lebhafte Fantasie hatte ihr einen Streich gespielt, das war alles. Hier im friedlichen Bad Kissingen drohte keine Gefahr.

Große Flügeltüren trennten das Foyer vom Littmann-Saal. Die beiden seitlichen Türen wurden geöffnet und die Menge strömte hindurch.

Der Saal war mit 1100 Teilnehmern bis auf den letzten Platz ausgebucht.

Hanna wartete einige Minuten, bis kein Gedränge mehr herrschte, und folgte der Menge. Sie dachte an den Artikel und an das Interview, das sie bald führen würde. Ganz vorne neben dem Podium stand der Veranstalter. Hanna erkannte ihn an seinem Namensschild.

„Guten Tag, Herr Weber, ich bin Hanna Engels von der Frankfurter Presseschau. Wir haben am Telefon miteinander gesprochen.“

„Guten Tag, Frau Engels. Willkommen. Hier ist Ihr reservierter Platz.“ Er zeigte auf den Stuhl mit dem Schild: *Hanna Engels, Journalistin.*

Während Herr Weber auf die Bühne stieg, schaute Hanna sich um. Sie war beeindruckt. Die Wände waren mit Kirschholz vertäfelt, hoch über ihr konnte sie die markante Kassettendecke sehen, der Boden war mit Parkett verlegt. Das Holz verlieh dem Saal eine rotdunkle Ausstrahlung. Wegen seiner hervorragenden Akustik wurde der Littmann-Saal oft für Konzerte gebucht, aber auch für Kongresse genutzt.

Herr Weber hüstelte ins Mikrofon, das Stimmengewirr flaute ab. Er begrüßte die Teilnehmer zu dem Kongress für Flugsicherheit und Terrorabwehr. Es folgten die üblichen Danksagungen an Vertreter aus Politik und Wirtschaft. Der erste Experte betrat die Bühne. Er sprach über neue Formen von explosiven Stoffen. Im 30-Minuten-Takt folgten weitere Redner, Hanna machte sich Notizen. Ihr Interviewpartner Herr Marquard, Leiter der Abteilung Luftsicherheit vom Luftfahrtbundesamt in Braunschweig, kam auf die Bühne und hielt seine Rede. Als er fertig war, stand Hanna auf und empfing ihn an der Treppe, die vom Podest herunter führte.

„Herr Marquard, ich bin Hanna Engels von der Frankfurter Presseschau. Wir haben einen Termin für ein Interview."

„Ach ja, Frau Engels", er schaute auf seine Armbanduhr, „leider ist mir etwas dazwischengekommen. Wir müssen unseren Termin verschieben."

„Und das sagen Sie mir erst jetzt?"

Er zuckte mit den Achseln. „Kurzfristige Änderung, sorry."

Er wollte davon eilen, Hanna hielt ihn am Arm fest.

„Das fällt Ihnen aber verdammt früh ein, mir abzusagen", empörte sie sich. Die Umstehenden konnten zwar mithören, aber Hanna konnte Unzuverlässigkeit nicht ausstehen.

„Lassen Sie mich los. Ich hab keine Zeit." Marquards Kopf wurde knallrot. Er drückte ihre Hand zur Seite und lief weg.

Seit wann hat ein Beamter Zeitdruck?

Der Veranstalter hatte in der Zwischenzeit den nächsten Redner angekündigt und das Podium wieder verlassen. Hanna rannte ihm hinterher, zupfte ihn am Arm.

„Mein Interviewpartner hat kurzfristig abgesagt", flüsterte sie.

Herr Weber drehte sich zu ihr um. „Das tut mir leid, darauf habe ich keinen Einfluss."

„Schon klar, aber können Sie mir nicht einen anderen Experten empfehlen?"

Herr Weber zeigte auf den neuen Redner. „Fragen Sie Kapitän Bachmann."

Hanna setzte sich wieder auf ihren Stuhl und faltete das Programmheft auf: *Jens Bachmann, Worldcargo. Kapitän auf der Boeing 747-8F im weltweiten Einsatz. Experte für Terrorabwehr und Frachtsicherheit.*

Sie schaute den Redner an. Sein Gesicht war gebräunt, er hatte kurze, schwarze Haare, war sportlich und gutaussehend, wenngleich nicht besonders groß. Seinen Vortrag präsentierte er mit eindrucksvoller Video- und Fotounterstützung. Während Hanna sich Notizen machte, überlegte sie, wie sie ihre Fragen auf den neuen Interviewpartner umbauen konnte. Als Bachmann fertig war, applaudierten die Zuschauer, er nickte dankend. Hanna ging an die Treppe, die von der Bühne herunter führte, um ihn zu empfangen.

„Kapitän Bachmann, ich bin Hanna Engels von der Frankfurter Presseschau." Sie zeigte ihren Presseausweis. „Ich würde gerne ein Interview mit Ihnen führen."

Er schaute sie lächelnd an. „Gerne, Frau Engels."

Sie gingen durch eine der hohen seitlichen Flügeltüren, überquerten einen dunklen Gang und kamen in den sogenannten Weißen Saal. Das Parkett quietschte bei jedem Schritt. Mehrere Tische mit Stühlen standen im Raum. Sie setzten sich und Hanna fing mit dem Interview an. Bachmann erwies sich als kompetenter Gesprächspartner.

„Sie behaupten also", sagte Hanna, „dass es niemals möglich sein wird, eine absolute Sicherheit gegen Terrorangriffe in der Luftfahrt zu gewährleisten?"

„Richtig. Keine der Maßnahmen, die bisher auf den Weg gebracht wurden, und auch keine, die noch folgen werden, schrecken einen entschlossenen Terroristen ab. Er wird immer Wege finden, um sein Ziel zu erreichen."

„Wie zum Beispiel?"

„Er könnte eine Bombe als Fracht aufgeben."

„Wird die Fracht nicht überprüft?"

„Nicht die von zertifizierten, also von vertrauenswürdigen Spediteuren."

„Die werden aber keine Bombe in der Fracht verstecken."

„Der Terrorist könnte die Fracht- und Lieferpapiere fälschen und als vertrauenswürdiger Spediteur auftreten."

Hanna schrieb in Schnellschrift die Antworten auf. Sie fand es erschreckend, wie einfach es war, einen Anschlag durchzuführen.

„Gibt es weitere Möglichkeiten?"

„Aber sicher. Ein Pilot könnte ein Selbstmordattentäter sein."

„Die Piloten werden sehr sorgfältig auf ihre psychologische Eignung getestet."

„Richtig. Das schließt aber nicht aus, dass sich jemand bei den Tests verstellt. Der Pilot könnte auch im Laufe der Jahre vom rechten Weg abkommen."

„Die psychologischen Tests werden nicht wiederholt?"

„Nein. Wir Piloten müssen nur alle fünf Jahre eine Zuverlässigkeitsprüfung über uns ergehen lassen. Die Luftfahrtbehörde holt dabei von Bundeskriminalamt, Verfassungsschutz, BND und anderen Behörden Auskünfte ein. Ist der Pilot straffällig geworden, würde er auffliegen. Wenn er aber nicht auffällig war oder sich nicht hat erwischen lassen, besteht er die Überprüfung."

„Sie behaupten also, Fliegen ist gefährlich?"

„Nein, das behaupte ich nicht. Die Gefährdung ist relativ. Zum Beispiel – fühlen Sie sich sicher, wenn Sie Auto fahren?"

„Eigentlich schon."

„Wissen Sie, wie viele Menschen letztes Jahr in Europa bei Autounfällen gestorben sind?"

„Sie werden es mir bestimmt erzählen."

„Knapp 26.000. Das sind über 70 Tote pro Tag. Und Europas Straßen gehören zu den sichersten weltweit."

„Und jetzt sagen Sie mir bestimmt, wie viele Menschen bei Flugunfällen letztes Jahr in Europa gestorben sind."

„Was schätzen Sie?"

„Keine Ahnung. 1000?"

Bachmann schüttelte den Kopf. „Es waren etwa 250, und zwar weltweit. Die Gefahr ist natürlich trotzdem da. Wenn Sie fliegen, besteht das extrem geringe Risiko, bei einem Flugunfall oder Terroranschlag Ihr Leben zu verlieren. Wenn Sie nicht fliegen, besteht diese Gefahr nicht."

Es klopfte an der Flügeltür und der Kongressveranstalter trat ein.

„Entschuldigen Sie bitte die Störung, Kapitän Bachmann. Einer meiner Redner ist kurzfristig ausgefallen. Können Sie einspringen?"

„Ich habe meinen Vortrag doch schon gehalten."

„Sie sind doch auch Spezialist für Sicherheitsfragen in der Luftfracht."

„Dazu müsste ich mich vorbereiten."

„Wie lange brauchen Sie?"

Bachmann überlegte einen Augenblick. „Na ja, bestimmt eine Stunde."

Der Veranstalter schaute auf seine Uhr. „Die Pause ist in 70 Minuten um. Dann gehört Ihnen die Bühne zum zweiten Mal."

„Heißt das, wir müssen das Interview jetzt abbrechen?", fragte Hanna.

„Leider ja", sagte der Kapitän.

„Können wir uns heute nochmal treffen, um das Interview abzuschließen? Vielleicht beim Abendessen? Auf Kosten der Frankfurter Presseschau."

Bachmann strahlte sie mit seinen blauen Augen an. „Einverstanden."

*

Am frühen Abend wartete Hanna im Rosengarten vor dem Restaurant auf den Piloten. Die Parkanlage war ein idyllischer Ort. Spazierwege schlängelten sich vorbei an Rosenbeete und Rasenflächen, ein Wasserspiel erfreute die vielen Kurgäste. Im Hintergrund floss träge die Saale. Bachmann kam ein paar Minuten verspätet. Er strahlte sie wieder an.

„Sorry, hatte noch ein Telefongespräch", sagte er gut gelaunt.

„Schon gut. Ich habe Zeit."

Er öffnete ihr galant die Tür zum Italiener. Ein Kellner führte sie an den reservierten Tisch.

Das Interview war nach 20 Minuten beendet. Als sei es selbstverständlich, sprachen sie über ihr Privatleben. Hanna fühlte sich wohl in seiner Nähe.

Nachdem der Kellner abgeräumt hatte, berührten sich zufällig ihre Hände. Ein angenehmes Kribbeln strömte durch ihren ganzen Arm. Sie zog die Hand nicht weg. Er auch nicht.

„Ich fürchte, sie wollen zuschließen", sagte Jens. Erst jetzt erkannte Hanna, dass sie inzwischen die letzten Gäste waren.

Sie bezahlte und sie standen auf.

„Wo übernachtest du?", fragte er.

„Im Frankenland, zwei Fußminuten von hier."

„Ich bin im Parkhotel, auch nicht weit. Komm, ich begleite dich noch bis zu deinem Hotel."

Sie schlenderten durch die Fußgängerzone. Nur noch wenige Menschen waren zu sehen. Es war eine wunderbare Frühlingsnacht. Viel zu schnell waren sie bei ihrem Hotel angekommen.

„Wie kommst du morgen nach dem Kongress zurück nach Frankfurt?"

„Mit dem Zug", antwortete Hanna.

„Ich fahre mit dem Auto. Fahr mit mir, dann können wir unser Gespräch fortsetzen."

„Dein Vorschlag gefällt mir." Hanna lächelte.

„Ich wünsche dir eine gute Nacht." Er umarmte sie zum Abschied.

„Ich dir auch", flüsterte Hanna. Er roch gut. Nicht nach Aftershave – es war sein natürlicher Geruch. Sie spürte eine angenehme Vertrautheit, sogar ein Kribbeln im Magen. Waren das die berühmten Schmetterlinge im Bauch?

Er küsste sie sanft auf die Stirn, löste die Umarmung, lächelte sympathisch und ging.

Hanna schaute ihm nach. Ihr Herz verlangte nach ihm, doch ihr Verstand, vielleicht auch die Moral, bewahrten sie davor, ihn zurückzurufen.

18
Frankfurt, 17. April 2014

Auf den Seitentüren des Mercedes Sprinter klebte das Logo des örtlichen Energieversorgers. Eine Ruthmann TB160 Hebebühne war auf der Ladefläche installiert.

Igor parkte den Servicewagen neben der Laterne auf der gegenüberliegenden Straßenseite. Von hier war eine gute Überwachung der Wohnung gewährleistet.

Er warf einen Kontrollblick in den Spiegel. In der Maske aus dünnem Silikon mit der Echthaarperücke hätte er sich selbst nicht wiedererkannt. Die blasse Haut wirkte ungepflegt, die pockennarbige Nase war leicht gerötet. Dicke Backen und der Ansatz eines Doppelkinns ließen einen Schweinefleischfresser vermuten. Die fettigen, dünnen Haare rundeten das Bild eines unsportlichen und ungesund lebenden Menschen ab. Die Nonne war zwar in ihrer Zeitungsredaktion, die Verkleidung wäre also nicht nötig gewesen, doch Igor legte großen Wert auf doppelte Sicherheit.

Er stieg aus, schlüpfte in die gelbe Warnweste und stellte die fünf rot-weißen Pylonen zur Straßenseite hin auf. Das lächerliche Affentheater mit den Unfallverhütungsmaßnahmen verstärkte die Illusion eines Arbeiters des Versorgungsunternehmens. Igor grinste. Er kannte sich aus mit dem Quatsch.

Als er die schweren Hartgummiplatten unter die vier hydraulischen Stößel platzierte, nickte er den wenigen vorbeilaufenden Passanten freundlich zu.

Igor legte das Brustgeschirr an. Mit dem Werkzeugkoffer stieg er in den Hebekorb und klickte den Karabinerhaken der Sicherungsleine am Brustgeschirr ein. Auf Knopfdruck pressten sich die vier Metallstützen auf die Hartgummiplatten. Mit dem Joystick kontrollierte Igor die Bewegungen des Hebekorbes. Der Teleskoparm streckte sich, Igor steuerte den Korb nach oben neben die Straßenlaterne.

Er schwitzte unter der Maske, aber das war ein geringer Preis für eine perfekte Verkleidung.

Nachdem er den Lampenschirm abgeschraubt hatte, bohrte er mit dem Akkuschrauber ein kleines Loch in den transparenten Kunststoffschirm. Die WLAN-fähige Spionagekamera war nicht größer als ein Golfball und passte problemlos in den Freiraum zwischen Leuchtröhre und Schirm. Igor justierte die Weitwinkel-Linse hinter dem Loch. Zielgebäude, Garten und Eingangsbereich waren nun abgedeckt. Sobald die Kamera Bewegung im Erfassungsbereich registrierte, wurde sie aktiv. Igor verankerte das kleine Gerät mit Plastikspreizern und hitzebeständigem Klebstoff. Für den Dauerbetrieb klemmte er die beiden Kabel der Kamera an die Stromversorgung der Straßenlaterne an.

Da die Funksignale der Router in den umliegenden Wohnungen zu schwach waren, verwendete Igor einen WLAN-Repeater. Um den Signalverstärker für seine Spionagezwecke möglichst klein zu halten, hatte er ihn selbst zusammengebaut. Auch für den Repeater zapfte er die Energie vom Laternenstrom ab.

Vor zwei Tagen hatte Igor den Router eines Anwohners gehackt. Dafür benutze er ein gebrauchtes HP-Notebook, das er – wie ein Dutzend anderer Laptops – auf dem Flohmarkt gekauft und bar bezahlt hatte. Das Notebook hatte er nach dem Angriff entsorgt und damit auch die MAC-Adresse. Alle digitalen Spuren waren vernichtet.

Der Anwohner würde nicht merken, dass der 24/7-Livestream über seinen Router lief. Den Livestream konnte Igor nun auf dem Laptopbildschirm in seinem Versteck sehen.

Mit diesem Außenangriff war der erste Teil der Vorbereitung abgeschlossen. Jetzt war noch der zweite Teil dran, der Innenangriff. Auf den Einbruch freute Igor sich besonders, denn dabei würde er ganz tief in ihre Privatsphäre eindringen. Ganz tief.

19

Bad Orb, 26. April 2014

Zornig riss die Autohupe Hannas Aufmerksamkeit zurück auf die Straße. Heftig trat sie auf die Bremse. Reifen quietschten, und gerade noch rechtzeitig kam ihr VW-Golf knapp vor dem anderen Wagen zum Stehen. Sie schaltete die Warnblinkanlage ein, stieg aus und lief mit zittrigen Knien zu der älteren Dame am Steuer des Opels. Die Seitenscheibe glitt nach unten, die Frau schüttelte missbilligend den Kopf. Obwohl es fast einen Unfall gegeben hatte, wirkte sie gelassen.

„Tut mir leid", entschuldigte sich Hanna kleinlaut. „Sie hatten Vorfahrt. Zum Glück haben Sie gehupt."

„Junge Frau", sagte die ältere Dame tadelnd. „Man schminkt sich nicht während der Fahrt. Kein Mann ist es wert, dass man für ihn einen Unfall riskiert."

Sie zwinkerte, die Seitenscheibe glitt nach oben und die Dame fuhr davon. Beschämt lief Hanna zurück zu ihrem Auto. Noch nie zuvor hatte sie sich beim Fahren die Lippen im Rückspiegel geschminkt.

Die ältere Dame hatte recht. Kein Mann war es wert, sein Leben zu riskieren. Auch kein Jens Bachmann. Seit sie ihn vor zwei Wochen in Bad Kissingen kennenlernte, ging er ihr nicht mehr aus dem Kopf. Inzwischen hatten sie sich schon zweimal zum Abendessen im Restaurant getroffen. Beim letzten Mal hatte er sie zum Abschied geküsst. Sie hatte sich nach mehr gesehnt, musste sich aber gedulden.

Jens war für eine Woche beruflich unterwegs gewesen und erst gestern Abend aus Mittelamerika zurückgekommen. Hanna konnte es nicht erwarten, ihn wieder zu sehen. Bei Jens fühlte sie ein tiefes Gefühl von Sicherheit und Geborgenheit. Und er sah gut aus. Nur hohe Schuhe trug sie nicht, wenn sie sich mit ihm traf, denn er war kaum größer als sie.

Diesmal hatte er sie zum Essen zu sich nach Hause eingeladen. Sie konnte es nicht erwarten, zu sehen, wie er lebte.

Noch 100 Meter, sagte das Navi. Ihr Herz klopfte spürbar, als sie am Ende der Sackgasse ankam und auf den geschotterten Hof fuhr. Das umgebaute Bauernhaus stand direkt am Waldrand. Es sah romantisch aus. Ein imposantes Motorrad stand im Hof. Es sah aus wie eine Harley-Davidson. Jens öffnete die Haustür und strahlte sie aus seinen blauen Augen an.

„Schön das du da bist. Du kannst dir nicht vorstellen, wie sehr ich mich freue, dich wieder zu sehen. Komm rein.“

„Ich hab was für uns“, sagte Hanna strahlend und gab ihm die Flasche Rotwein. „Den können wir uns zum Essen schmecken lassen.“

Jens nickte grinsend, nahm die Flasche entgegen und schloss die Eingangstür hinter ihr. Hanna ließ ihre Handtasche auf den Boden gleiten, drückte sich an ihn und küsste ihn stürmisch. Dabei stieß sie an seine Hand, die Flasche knallte auf den Fliesenboden und zerbarst. Es war ihr egal, ihm anscheinend auch.

Sie hielten sich eng umschlungen. Er war so wunderbar stark, sie fühlte seinen muskulösen Körper. Obwohl sie sich noch kaum kannten, spürte sie eine tiefe Vertrautheit.

Ihre Küsse wurden weicher. Er küsste ihren Hals, biss zärtlich hinein. Sie spürte seinen warmen Atem.

„Aua“, rief sie erstaunt und drücke ihn weg. Er hatte etwas zu fest gebissen.

„Entschuldige.“ Er lächelte sie verzeihend an und nahm sie noch einmal in den Arm. „Du kannst mir beim Kochen helfen, doch zuerst wische ich den Rotwein auf.“ Jens bugsierte sie aus der Weinpfütze. „Hoffentlich gibt es keine Rotweinflecken auf deiner Handtasche.“ Er stellte ihre tropfende Tasche auf trockenen Boden, öffnete eine Tür und holte Eimer, Putzlappen und eine Rolle Saugpapier.

Seine Schritte schmatzten im Rotwein. „Wir sollten unsere Schuhe ausziehen“, schlug sie vor.

Er nickte.

Nachdem sie gemeinsam aufgewischt hatten, nahm er sie an der Hand.

„Komm mit in die Küche.“

„Augenblick“, sagte Hanna. „Ich habe noch etwas dabei.“ Sie holte das Päckchen aus ihrer Handtasche, die sie inzwischen mit dem Saugpapier abgetrocknet hatte.

„Ein Geschenk?“
„Pack es aus.“
Die Schachtel war so groß wie ein dickes Buch. Jens riss das Geschenkpapier weg und öffnete sie. „Ein Schal.“
Hanna nickte. „Ein Seidenschal. Das dunkelblau passt bestimmt auch zu deiner Uniformjacke.“
Jens wickelte den Schal um seinen Hals und betrachtete sich im Garderobenspiegel. „Steht mir sehr gut, findest du nicht auch?“
„Steht dir perfekt.“
Er faltete den Schal wieder in die Schachtel und legte sie auf die Hutablage der Garderobe.
„Und jetzt kochen wir.“
Sie gingen in die Küche. Die untergehende Sonne strahlte durch die dünnen, roten Gardinen und zauberte eine mediterrane Abendstimmung. In den weichen Sonnenstrahlen war der Wasserdampf über dem Herd zu sehen.
Der Raum war aufgeteilt in Ess- und Kochbereich. Der Tisch war mit weißem Porzellan und Tafelsilber stilvoll gedeckt, vier brennende Kerzen steckten auf einem kunstvoll verzierten Leuchter.
Jens schaltete Musik ein, die sanft aus unsichtbaren Lautsprechern klang. Die weichen Klaviertöne schmeichelten ihren Ohren.
„Wie war dein Flug?“
„Entspannt, schon fast langweilig.“
„Wo warst du?“
„Zuerst bin ich nach Boston geflogen, einen Tag später über Houston nach Panama, wo ich ein paar Tage frei hatte.“
„Hört sich spannend an.“
Jens zuckte mit den Schultern. „Man gewöhnt sich daran.“
Hanna schaute auf die Arbeitsfläche, sah das viele Gemüse.
„Was wird es geben?“
„Gemüsepfanne mit Quinoa und Tomatensoße. Mediterran, vegan und gesund.“ Hanna wusste inzwischen, dass Jens Veganer war.
Er reichte ihr ein Messer. „Schneidest du das Gemüse?“

Es war herrlich unkompliziert, mit ihm zu kochen.

„Ich wusste nicht, dass du auch Motorrad fährst“, sagte sie.

„Gelegentlich. Vor allem, wenn ich von der Arbeit komme und angespannt bin. Beim Motorradfahren kann ich abschalten, fühle mich frei.“

„Das ist ein ganz schön fetter Brummer, den du da hast. Ne Harley-Davidson, richtig?“

„Ja, eine Road King.“

„Eine Road King? Wie witzig.“

„Warum?“

„Die Boeing 747 wird doch als *Königin der Lüfte* bezeichnet, nicht wahr?“

Jens nickte.

„From the Queen of the Sky to the King of the Road. Du magst es königlich.“

Er lachte. „Stimmt. Daran habe ich noch gar nicht gedacht.“

„Ob du mich auf deinem König auch mal mitnimmst?“

„Aber gerne.“

Als sie fertig waren mit dem Essen, stand er auf und nahm ihre Hand.

„Komm“, sagte er und führte sie ins Wohnzimmer.

„Ein Flügel“, erkannte Hanna erstaunt. „Du steckst voller Überraschungen.“

Jens grinste.

„Spielst du mir was vor?“, fragte sie.

„Das hatte ich vor. Setz dich auf das Sofa, entspanne dich.“

„Ich bin entspannt wie selten zuvor. Was spielst du für mich?“

„Warte ab.“

Hanna hörte plötzlich den Klang eines Motorrades und schmunzelte. Es war ein Klingelton. Jens nahm das Handy, das in einem offenen Schrankfach zwischen einigen Büchern lag, und schaute verärgert auf das Display.

„Hast du zwei Handys?“, fragte Hanna. Sie erinnerte sich, ein Smartphone in der Küche gesehen zu haben.

„Ja. Ist wohl dienstlich. Entschuldige mich für einen Augenblick.“

Er ging mit dem brummenden Telefon zurück in die Küche und zog die Tür hinter sich zu, doch sie blieb einen Spalt offen.

„Ja?", hörte sie Jens' leise Stimme.

Hanna sah sich im Wohnzimmer um. Eine Zeitschrift über Finanzwirtschaft und ein Buch über Geschichte lagen auf dem flachen Holztisch, und ein Theraband. Hinter dem Tisch stand ein Sofa in L-Form. Einen Fernseher gab es nicht, dafür aber ein gefülltes Bücherregal, das die komplette Wand zustellte.

Hanna strich mit den Fingerspitzen über die Buchrücken. Jens schien vielseitig interessiert zu sein: Bücher über das Segeln, das Tauchen, die Antike, Meditation, Universum, Philosophie, Mittelalter, Technik ...

Ein kleiner Teil des Regales war mit Belletristik gefüllt. Hauptsächlich mit Thrillern.

„Ich nehme den Auftrag an", hörte sie Jens sagen. Einen Augenblick später kam er zurück. „Das war meine Firma", sagte er erklärend.

„Probleme?"

„Nicht für mich. Ein Kapitän ist ausgefallen. Crewcontrol fragte, ob ich morgen einen Flug übernehme."

„Ich dachte, du hast ein paar Tage Urlaub."

„Hab ich auch. Doch da wir keine Piloten in Bereitschaft haben, ruft Crewcontrol manchmal die Piloten in ihrer Freizeit an."

„Und du hast den Flug angenommen?"

„Nein. Ich habe abgelehnt."

„Aber hast du nicht …?"

„Ich möchte nicht mehr über meine Firma sprechen, viel lieber spiele ich dir was auf dem Klavier vor."

Sie nickte.

Jens setzte sich auf den Klavierhocker, Hanna auf das Sofa. Zuerst spielte er nur einzelne, langsame Töne. Stimmte er sich ein? Nein, dazu waren die Töne zu zart und weich aufeinander abgestimmt. Eine Melodie erwachte, die Musik entfachte eine wuchtig-sanfte Kraft. Hanna lehnte sich zurück, schloss die Augen und gab sich den wunderbaren Klängen hin. Jeder Ton, jede kurze Pause passte perfekt in das Spiel. Es hätte nicht anders sein dürfen. Nach einiger Zeit, es erschien ihr viel zu kurz, entließ er ganz langsam den Zauber der Musik.

„Hat es dir gefallen?"

Hanna schlug ihre Augen auf. Jens saß noch auf dem Hocker, war ihr zugewandt.

„Es war wunderbar. Wo hast du gelernt, so zu spielen?"

„Meine Mutter war Konzertpianistin."

„Warum wurdest du nicht Musiker wie deine Mutter?"

„Ich habe als Kind ein paarmal auf Konzerten gespielt, es hat mir aber nicht gefallen."

„Warum?"

„Ich kann nicht auf Kommando spielen, sondern nur, wenn ich in der Stimmung dafür bin."

„Spielt deine Mutter noch?"

„Sie lebt schon seit vielen Jahren nicht mehr."

„Das tut mir leid."

„Meine Eltern hatten eine Cessna 172. Sie sind abgestürzt, beide ums Leben gekommen."

„Oh nein. Es muss fürchterlich für dich gewesen sein."

„Das war es."

Er drehte sich zum Flügel, spielte wieder. Keine richtige Melodie, nur einzelne Töne. Aber sie passten zu der Stimmung, schmiegten sich an seine Worte.

„Ich hatte großartige Eltern und die glücklichste Kindheit, die ein Mensch sich vorstellen kann", sagte er mit melancholischer Stimme.

Hanna stand auf, ging zu ihm und strich mit ihren Fingern zärtlich über seinen Nacken. Er stand auf, nahm sie in den Arm und küsste sie. Es war so natürlich, so selbstverständlich.

„Du bist eine wunderbare Frau", flüsterte er ihr ins Ohr.

„Ich möchte deine Haut spüren", sagte sie, zog Bluse und BH aus, und das T-Shirt von Jens. Er strich über die Narben auf ihrer Stirn und zwischen ihren Brüsten. „Hattest du einen Unfall?"

„Die Narben sind ein Souvenir aus Afrika. Irgendwann erzähle ich dir vielleicht mal davon. Und wo kommen die her?" Hanna küsste die Narben auf seiner Brust.

„Ich bin als Kind mit dem Fahrrad in ein Schaufenster gedonnert."

„Das muss sehr weh getan haben."

„So schlimm war es nicht."

20

Frankfurt, 28. April 2014

Fast Neumond. Die Nacht war stockfinster. In dem schwarzen Overall verschmolz Igor mit dem Gebüsch. Die leichte Anspannung schärfte seine Sinne. Der herbe Geruch des Busches strömte in seine Nase, er spürte die Blätter auf seinem Gesicht. Eine Frau lachte in der Nähe, eine Autotür wurde zugeschlagen. Aus der Ferne erklang das leise Dauerbrummen der Autobahn. Ein Flugzeug war im Anflug. Es hatte wohl Verspätung, denn es war bereits nach 23 Uhr und die Nachtflugbeschränkung am Frankfurter Flughafen war aktiv.

Er nahm sein Handy und öffnete die Tracking-App. Sie zeigte die Position der Wanze an dem Fahrzeug. Zusätzlich überprüfte er die Handy-Ortung. Weit genug weg. Zufrieden nickte Igor. Er würde den Innenangriff ungestört durchführen können.

Lautlos schlich er weiter.

Über die Außenkamera, die Igor vor über einer Woche im Garten installiert hatte, konnte er sehen, dass die Glastür zur Terrasse immer nur zugezogen, aber nie abgeschlossen wurde. Es war wie eine Einladung.

An dem Zaun hielt er inne. Das Gebäude lag keine zwanzig Meter vor ihm im Dunkeln. Igor schmiss den schwarzen Rucksack über den Zaun. Mühelos zog er sich an dem Pfosten hoch und geschmeidig setzte er auf der anderen Seite im Gras auf. Im Weiterlaufen griff er nach seinem Rucksack.

Im Nachbarhaus wurde mit lautem Scheppern das Rollo heruntergelassen. Igor kannte auch diese Bewohner inzwischen fast so gut wie die Zielperson. Die vierköpfige Nachbarsfamilie durchlebte eine schlimme Zeit. Vor allem die beiden Teenager heulten Rotz und Wasser. Ihr geliebter Labrador war vor zwei Tagen qualvoll verreckt. Vergiftet. Welch bösartiger Mensch konnte so etwas Grausames tun? Igor schmunzelte. Tja, das Leben konnte scheiße sein. Jetzt musste er nicht mehr fürchten, dass der Köter anschlug.

Inzwischen war Igor fast im Sensorbereich des Bewegungsmelders für das Außenlicht angekommen. Er duckte sich hinter den Holzstapel, zog die Laserpistole und die Nachtsichtbrille mit zuschaltbarer Infrarotbeleuchtung aus dem Rucksack. Der 200 Milliwatt Visierstrahl würde mit bloßem Auge nicht zu sehen sein. Er stülpte sich das Nachtsichtgerät über, zielte und drückte ab. Der Laserstrahl brannte im Bruchteil einer Sekunde ein kleines Loch in das transparente Plastikgehäuse der Außenlampe. Die Glühlampe dahinter zerbarst in einem leisen ‚Plopp'.

Während er zur Terrasse schlich, zog er die Handschuhe über. Sie waren so dünn, dass sie sich wie eine zweite Haut anschmiegten und die Bewegungen kaum einschränkten. Aus dem Rucksack holte er die Teleskopleiter, zog sie aus und lehnte sie an die Fassade.

Die vier Stufen reichten, um bequem an die Wandlampe zu kommen. Er stellte die eingebaute Lupenfunktion seiner Nachtsichtbrille auf zweifache Vergrößerung. Mit einem Schraubendreher löste er die beiden Schrauben des Gehäuses und nahm den Lampenschirm ab. Der Ministaubsauger, mit dem er die Glassplitter der zerschossenen LED-Lampe aufsaugte, arbeitete fast geräuschlos. Igor setzte eine Lampe ein, deren Glühdraht schon durchgebrannt war, und holte den gebrauchten Lampenschirm einer baugleichen Außenlampe aus dem Rucksack. Über eBay hatte er das Ersatzteil gekauft. Niemand würde nun erkennen, dass die Glühlampe zerschossen wurde.

Nachdem er das Nachtsichtgerät im Rucksack verstaut hatte, klopfte und streifte er seinen Overall gründlich ab. Mögliche Reste von Gras und Blätter sollten nachher nicht zu finden sein. Er presste die gehärtete und geplättete Titannadel zwischen Türblatt und Rahmen im Bereich des Schließzylinders. Gefühlvoll drückte er mit der abgewinkelten Nadel den Schnapper zurück ins Türblatt. Die Tür schwang auf. Bevor er eintrat, holte er die dünnen Ledermokassins aus dem Rucksack und wechselte die Schuhe. Auf weichen Sohlen schlich er hinein. Er installierte die winzigen Spionagekameras, die kaum größer waren als eine Knopfbatterie. In jedem Rauchmelder versteckte er eine. Um die Batterien zu schonen, würden die Kameras nur bei Bewegung aufzeichnen und somit erst in zwei bis drei Monaten den Geist aufgeben. Bis dahin sollte alles vorbei sein. Eine Kamera versteckte er im Lampenschirm der Deckenlampe und eine weitere in der Wandlampe. Er versteckte auch drei Wanzen. Zwei davon sahen aus wie ein Kugelschreiber, davon lagen genug herum. Das dritte Aufzeichnungsgerät platzierte er in dem digitalen Wecker. Nach weiteren zehn Minuten hatte er auch den zweiten Teil seiner Mission beendet und arbeitete seine mentale Checkliste ab.

Habe ich alles, was ich brauche?
Ist alles wieder an seinem Platz?
Sind die Wanzen und Kameras einsatzbereit?
Keine Spuren hinterlassen?
Alles eingepackt?

Leise schlüpfte Igor durch die Terrassentür nach draußen. Er wechselte die Schuhe, kletterte über den Zaun und ging zurück zu seinem Wagen.

Als er einige Zeit später an seinem Schreibtisch saß, öffnete er Laptop Nummer 1 und notierte den Einbruch in sein elektronisches Tagebuch.

Es war eine aufregende Jagd. Noch nie war Igor seiner Beute vor dem Finale so nahegekommen.

Er klappte den Laptop zu und lehnte sich zufrieden zurück. Die Vorbereitungen waren nun abgeschlossen. Zwei Komponenten gingen Hand in Hand. Überwachung und Täuschung. Wie eine Katze spielte er mit der Beute.

21
Frankfurt, 29. April 2014

Frustriert steuerte Dirk Schilling seinen Toyota Avensis vom Crewparkplatz auf die Straße. Er war mit der Kapitänsschlampe Isabelle auf einem neuntägigen Flugumlauf unterwegs gewesen. Vor 12 Jahren hatten sie gemeinsam bei Worldcargo als Copiloten angefangen. Nur weil sie ein paar Tage älter war, stand sie in der Senioritätsliste vor Dirk. Vor zwei Jahren war sie die Nummer eins auf der Liste gewesen, er die Nummer zwei. Isabelle wurde Kapitänin und seitdem gab es keine weiteren Beförderungen.

So ein Scheiß. Wenn es nach Leistung gehen würde, wäre Dirk mit Sicherheit vor ihr befördert worden. Es war erniedrigend, mit Isabelle zu fliegen. Seit die blöde Kuh den vierten Streifen hatte, meinte sie, etwas Besonderes zu sein. Frauen sollten überhaupt nicht als Piloten zugelassen werden. Die gehörten an den Herd und nicht ins Cockpit. Warum war sie nicht schwanger geworden? Dafür waren Frauen doch da. Sie hätte ihre Brut aufziehen können und Dirk wäre an ihrer Stelle befördert geworden.

Wie üblich bog er auf halber Strecke nach Hause auf den Rastplatz ab. Die dreistreifigen Schulterklappen zog er vom Uniformhemd und tauschte sie gegen die vierstreifigen Kapitänsklappen aus. Er öffnete den Kofferraum und holte die Uniformjacke mit den vier Ärmelstreifen unter der Decke hervor. Seine Jacke mit den drei Streifen legte in den Kofferraum.

Schon seit längerer Zeit erzählte er in seinem Bekanntenkreis, dass er Kapitän war. In dem Appartement, in dem er seit einem Jahr wohnte, kannten ihn alle als Kapitän Schilling. Es erwies sich als mühsam, diese Lüge aufrechtzuerhalten. Aber er hatte damit angefangen und nun musste er es durchziehen.

Zehn Minuten später parkte er vor dem Mietshaus. Es war ein verkehrsberuhigter Bereich und fast immer gab es einen Parkplatz vor dem Haus. Dirk stellte Koffer und Fliegertasche auf den Gehsteig und klemmte die Kapitänsjacke so unter den Arm, dass die vier Ärmelstreifen gut sichtbar waren.

„Guten Tag, Kapitän Schilling“, begrüßte ihn der alte Wichser vom Erdgeschoss grinsend. „Von wo kommen Sie denn angeflogen?“

Wie fast immer hatte der Alte ein Kissen aufs Fensterbrett gelegt und stütze sich darauf ab. Er hatte wohl nichts Besseres zu tun, als den ganzen Tag aus dem Fenster zu glotzen.

„Hallo Herr Fritsch, komme direkt aus Anchorage. War ein anstrengender Flug. Mein Copilot war ne Flasche und ich musste alles selbst machen.“

„Das tut mir leid, Kapitän Schilling. Aber das war bestimmt kein Problem für Sie.“

„Absolut nicht. Noch einen schönen Tag.“

Dirk leerte den Briefkasten und ging ins Treppenhaus. Seine Wohnung war im dritten Stockwerk, kein Aufzug. Er seufzte und stieg die Treppe hoch. Mehrmals hielt er für eine kurze Pause an. So konnte er verschnaufen, aber vor allem hoffte er, endlich einmal in seiner Uniform Gudrun Keller vom Dachgeschoss zu treffen. Wie lustig, sie hieß Keller und wohnte unter dem Dach. Dirk würde ihr diese witzige Tatsache bei Gelegenheit sagen. Bisher waren sie sich erst ein paarmal im Treppenhaus begegnet. Dummerweise hatte er da immer seine schmuddelige Jogginghose angehabt. Sie hatte ihn jedes Mal nur freundlich angelächelt und war weitergegangen. Zwar war sie schon weit über 50, aber sie hatte einen geilen Arsch, pralle Möpse und immer knallrote Lippen, die bestimmt hervorragend zum Blasen geeignet waren. Er stellte sich vor, wie der Lippenstift wohl auf seinen Schwanz abfärben würde.

Sie war bestimmt Single, wohnte alleine. Die Keller hatte die Wohnung über ihm, er hörte sie manchmal herumlaufen, doch nie hörte er Stimmen. Er hoffte, dass sie neugierig war und ihn bald auf seinen Job ansprechen würde. Wusste sie überhaupt, dass er Pilot war? Liebend gerne hätte er ihr von seinem Job erzählt, sie neugierig gemacht und für weitere Geschichten zum Abendessen in sein Appartement eingeladen. Er stellte sich vor, wie sie ihn berühren und küssen würde. Wie sie auf ihren Knien seinen Reißverschluss aufziehen und ihr Blasmaul weit aufreißen würde. Seine Hose beulte sich bei dem Gedanken.

Verschwitzt und außer Atem kam Dirk an seiner Wohnungstür an. Warum gab es keinen Aufzug in diesem Dreckshaus? Wenn er endlich mal Kapitän war, würde er sich eine neue Wohnung mieten. Oder kaufen. Mit Aufzug im Haus. Er schloss auf, verharrte, lauschte. Nichts. Keine andere Tür wurde geöffnet, die Keller dachte nicht daran, ins Treppenhaus zu gehen. Angeblich war sie eine Büromaus. Es war kurz nach 18 Uhr, sie müsste eigentlich schon zu Hause sein.

Er knallte die Tür hinter sich zu und stellte die Koffer neben der Fliegertasche ab. Krawatte und Hemd schmiss er achtlos auf den Boden. Mit einem Seufzer plumpste er in den Sessel. Seine Wampe drückte sich unter dem weißen T-Shirt hervor.

Er öffnete seinen Laptop, checkte seine E-Mails. Werbung, zwei Mahnungen und eine Mail vom Fliegerarzt. Eine Erinnerung an den Termin morgen. Beim letzten medizinischen Check vor einem Jahr hatte der Arzt dummes Zeug gelabert. Sport treiben, so ein Blödmann. Sport! Wie konnte man sich nur freiwillig quälen? Und gesund essen, weniger essen, weniger Alkohol ... Der Wichser hatte keine Ahnung vom Leben.

Warum habe ich nicht längst den Fliegerarzt gewechselt?

Das Handy klingelte. *Anonym* stand auf dem Display.

Na toll. Ich kann anonyme Anrufer nicht ausstehen. Dem werd ich gehörig den Marsch blasen.

Dirk hob ab.

„Guten Tag, Herr Schilling“, sagte eine fremde Stimme. „Ich habe erfahren, dass Sie Pilot bei Worldcargo sind und nun habe ich ein sehr interessantes Angebot für Sie.“

„Vergessen Sie es. Ich brauche keine weiteren Versicherungen oder so einen Quatsch.“

„Sind Sie an einem kräftigen Nebenverdienst interessiert?“

Die Stimme klang metallisch verzerrt.

„Wer ist da am Apparat?“

„Mein Name ist unwichtig, Diskretion umso mehr.“

„Du kannst mir mal den Buckel runterrutschen.“ Dirk wollte auflegen.

„Für einen kleinen Gefallen werde ich Sie fürstlich entlohnen", sagte der Unbekannte fast flüsternd.

„Bist wohl so ein Verrückter, der die Leute verarscht. Ich leg jetzt auf, haste kapiert?"

„Schauen Sie in Ihren Briefkasten. Sie werden einen Umschlag mit 2000 Euro darin finden. Das Geld gehört Ihnen. Sehen Sie es als Beweis meiner Glaubwürdigkeit. Ich rufe Sie in zehn Minuten wieder an."

„Blödsinn. Hab den Briefkasten erst vor fünf Minuten geleert, vor fünf Minuten, verstehste?"

„Ich weiß." Der Fremde legte auf. Dirk wusste natürlich ganz genau, wie mit solchen Idioten umzugehen war. Er war ja nicht blöd. Nein, ein Dirk Schilling ließ sich nicht verarschen. Wer sich da wohl ein Späßchen mit ihm erlauben wollte? Wahrscheinlich irgendein Komiker, der sich den Bauch halten würde vor Lachen, sobald Dirk den Briefkasten öffnete und nichts darin fand. Aber mit ihm würden solche Späße natürlich nicht funktionieren. Nicht mit Dirk Schilling. Er blätterte lustlos durch die Zeitung, schleuderte sie genervt in die Ecke. Er schaltete den Fernseher ein, drücke sich durch die Kanäle, schaltete den Fernseher aus. Den Kopf im Rhythmus leicht nickend, pfiff er die Melodie *Always Look on the bright side of life* vor sich hin. War's vielleicht doch kein Scherz?

Dirk stand auf, lief unruhig im Wohnzimmer hin und her. Fürstliche Entlohnung? So ein Quatsch.

Also gut, also gut. Sollten sie ihn eben verarschen. Zudem war es eine noble Tat, andere zum Lachen zu bringen. Und es war eine weitere Chance, die geile Kellermaus im Treppenhaus zu treffen. Er zog sein Uniformhemd wieder über und stopfte es in die Hose. Auf die Krawatte verzichtete er. Die vier Streifen würden genügen, um die Keller anzuspitzen und ein Gespräch anzufangen. Er schnappte sich den Schlüsselbund und eilte zur Wohnungstür. Als er im Treppenhaus war, lief er betont langsam die Treppe hinunter. Seine Hände steckten in den Hosentaschen. Gute Laune vortäuschend pfiff er wieder die Melodie von Monty Python. Dabei schaute er sich unauffällig um. Niemand sonst war im Treppenhaus.

Lässig öffnete Dirk den Briefkasten. Tatsächlich. *Für Kapitän Schilling* stand auf dem weißen Briefumschlag. Mit gespielter Gelassenheit nahm Dirk den Umschlag und ging – immer noch die Melodie pfeifend – zurück in seine Wohnung. Ganz langsam, der Keller wegen. Kaum hatte er die Tür hinter sich zugeschlagen, riss er den Umschlag auf. Zehn nagelneue 200-Euro-Scheine! Blüten? Dirk schaute sich die Scheine sehr genau an. Sie sahen echt aus. War der Anrufer doch kein Spinner? Was erwartete der Typ als Gegenleistung? Ob er sich gleich wieder melden würde? Zehn Minuten waren doch schon um. Ob noch mehr Geld von dem Fremden kommen würde?

Das Telefon klingelte. Es kostete Dirk Mühe, nicht sofort abzuheben. Schließlich sollte es ja nicht so aussehen, als hätte er auf den Anruf gewartet. Nach dem dritten Klingelton hob er ab.

„Schön, dass Sie nachgeschaut haben", sagte der Fremde.

„Woher wissen Sie das?" Es konnte nicht schaden, dem Fremden etwas Respekt zu zeigen und ihn nicht mehr zu duzen.

„Sie können mehr als das Zehnfache dieser Summe bekommen."

Das Zehnfache! Das waren ja ... 20000 Euro. Verdammt. Das war echt viel Kohle. Cool bleiben. Cool bleiben.

„Was wollen Sie?"

„Wie ich schon sagte, nur eine Kleinigkeit. Sie bekommen das viele Geld fast umsonst."

„Umsonst ist nur der Tod. Der Tod, verstehen Sie?"

„Ich habe gesagt, fast umsonst. Und wenn alles gut läuft, sorge ich dafür, dass Sie Kapitän werden."

„Blödsinn. Wie wollen Sie denn das hinkriegen? Wie?"

„Ich habe enge Verbindungen in die höchste Führungsebene. Es kostet mich nur einen Anruf, und es wird eine zusätzliche Kapitänsstelle ins Budget des Flugbetriebes aufgenommen werden."

Der Fremde sprach über die Senioritätsliste, den Expansionsstau, den Crewfaktor, die firmenpolitische Agenda von Worldcargo … Er sprach über Details, die nur Eingeweihte wissen konnten. Doch Dirk wollte sich zurückhalten. Schließlich ließ man sich nicht so schnell auf ein Angebot ein und vielleicht war ja noch mehr rauszuholen.

„Ach, weiß nicht, hab ein komisches Gefühl dabei. Sehr komisch“, sagte Dirk abweisend.

„Schade, Herr Schilling. Es wäre Ihre Kapitänsstelle gewesen, und schnell verdientes Geld. Die 2000 Euro können Sie behalten. Ich wünsche Ihnen einen schönen ...“

„Wer garantiert mir, dass Sie es ehrlich meinen?“

„Eine Garantie wollen Sie? Für was? Sie investieren nichts, gehen kein Risiko ein, können nur gewinnen. Einen kleinen Gewinn haben Sie soeben eingestrichen. Und wenn alles zu meiner Zufriedenheit klappt, winken Ihnen als Bonus weitere 20000 Euro.“

Spätestens jetzt wusste Dirk, dass er alles machen würde, was von ihm verlangt wurde.

„Um was geht's?“

22

Frankfurt, 30. April 2014

Hass war die stärkste Quelle für Motivation.

Mit der ausklingenden klassischen Musik führte er den letzten Schlag aus, in den er all seine Kraft legte. Der Schweiß floss in Bächen über sein Gesicht. Igor stützte die bandagierten Hände auf den Knien ab und so langsam kam er wieder zu Atem.

Nach der lauten, aufpeitschenden Musik war es plötzlich erdrückend still. Nur der Boxsack pendelte noch und ließ den Deckenkarabiner leise quietschen. Igor wickelte die durchnässten Bandagen ab und legte das Handtuch um den Nacken.

Das Training bis zur völligen Verausgabung war nicht nur ein Ventil für seine Aggressionen. Damit konnte er auch seinen Hass und das brennende Verlangen nach Rache unter Kontrolle halten. Jedenfalls vorübergehend.

Igor wischte sich den Schweiß aus dem Gesicht und betrachtete die reduzierte Sportausrüstung: eine Hantelbank, Kurzhanteln mit einer Reihe von Gewichtsscheiben, eine Sprossenwand, und der Boxsack. Das Springseil hing über einer der Sprossen, daneben noch ein weiteres Handtuch. In seinem eigentlichen Zuhause hatte er ein Vielfaches an Sportgeräten. Dort hatte er auch ein hügeliges und einsames Waldgebiet zum Joggen direkt vor der Haustür und vor allem hatte er dort seinen geheimen Kellerraum, den er so liebte. Doch um der Nonne während der Jagd ganz nah zu sein, hatte Igor diese Dachwohnung in Neu-Isenburg angemietet. Hier war er nur fünf Kilometer von ihr entfernt. Von hier konnte er jederzeit schnell reagieren.

Um sich vor Einbruch zu schützen, hatte Igor die Wohnungstür mit zwei zusätzlichen Panzerverriegelungen abgesichert. Die Giebelfenster und das schräge Dachfenster waren mit weiteren Verschlüssen verstärkt, das flach geneigte Dach durch Bewegungsmelder, einer Kamera und einem stillen Alarm gesichert. Niemand kam hier unbemerkt rein.

Das Wohnzimmer war mit Abstand der größte Raum und diente Igor als Kontrollraum. Wenn nicht der wuchtige Ohrensessel und die Fitnessecke gewesen wären, würde es in dem 60 Quadratmeter großen Zimmer ausgesehen haben wie in einer militärischen Kommandozentrale. Ein wuchtiger, elektrisch höhenverstellbarer Bürotisch befand sich in der Mitte des Raumes. Darauf standen mehrere Computer und Laptops. An der einen Wand hatte Igor einen Metallrahmen aufgestellt. In dem Rahmen hingen Bildschirme, die mit Buchstaben und Ziffern gekennzeichnet waren. Der lange Tisch an der gegenüberliegenden Wand war voll bepackt mit Waffen, Werkzeugen, Verkleidungsgegenständen und Überwachungsgeräten. Igor bücke sich, zog die Kiste mit den Folterinstrumenten unter dem Tisch hervor. Er griff nach der verrosteten Quetschzange aus dem 17. Jahrhundert, legte seinen linken Zeigefinger zwischen die gekerbten Beißflächen und drückte mit der rechten Hand zu. Die Nerven sendeten einen stechenden Gruß aus der Fingerkuppe in sein Gehirn. Igor lächelte, als er sich vorstellte, wie die Nonne schreien würde.

Zufrieden stöhnend legte er die Zange wieder zurück in die Kiste. Gerne hätte er weiter gedrückt, wollte aber keine sichtbaren Verletzungen haben.

Als er sein verschwitztes Shirt auszog, sah er Bewegung auf Monitor H2 an der Bildschirmwand. Die Nonne kam vom Einkauf zurück und räumte den Inhalt der Tasche in die Schränke und in den Kühlschrank. Sie schien gut gelaunt zu sein.

„Wir beide werden viel Spaß haben, verfluchte Nonne."

Sie ging aus der Küche. Monitor H4 erwachte, der Monitor für das Schlafzimmer. Sie zog Bluse, Hose und BH aus. Den brauchte sie eigentlich nicht. Viel zu kleine Titten. Die Nonne schaute sich im Spiegel an, nahm die Ölflasche und rieb ihre Haut ein.

Viele Männer, die Macht über ein Frauenleben hatten, würden das Opfer vor dem Mord ficken, um ihre sexuelle Gier zu befriedigen. Doch schon als Jugendlicher hatte Igor erkannt, dass er frei war von niedrigen menschlichen Bedürfnissen. Er hatte kein Verlangen nach Zärtlichkeit und Zuwendung, brauchte weder körperliche noch seelische Liebe. Sex war eine evolutionäre Notwendigkeit und eingepflanzt in Ratten, Mäusen und allen anderen Säugetieren. Ficken diente ausschließlich dem Erhalt der Spezies, dem Schaffen neuen Lebens. Doch das war das Letzte, was Igor interessierte. Er brauchte genau das Gegenteil. Er musste zerstören, um zu existieren. Es war eine Sucht, eine Abhängigkeit, deren Kontrolle für Igor überlebenswichtig war. Die Befriedigung dieser Sucht kam einem gewaltigen Seelenorgasmus gleich. Igor hatte sich im Laufe der Jahre zu einem Meister entwickelt. Nur die Macht über den Körper eines anderen Menschen, vor allem dem einer Frau, konnte sein unabdingbares Verlangen stillen. Wenn ein Opfer ihn in panischer Todesangst anstarrte, vor Schmerzen schrie und hyperventilierte, dem Wahnsinn nah, war Igor glücklich. Er verstand es bis zur Perfektion, ein Opfer bis an den Rand der Schmerzgrenze und der Bewusstlosigkeit zu quälen und lange Zeit in diesem Zustand zu halten. Igor war ein Meister der Schmerzen.

H4 lenkte seine Gedanken wieder auf die Nonne. Sie betrachtete ihre Narben im Spiegel, cremte sie ein, zog eine weite Hose und ein ausgeleiertes T-Shirt an, keinen BH. Sie ging zurück in die Küche. Auf H2 sah Igor, wie sie sich an den Tisch setzte und den Laptop öffnete.

Er ging an die Wand. Mit dem leicht gequetschten Finger berührte er den Monitor. Seine Hand zitterte. Bei der Jagd auf die Nonne kam ein weiterer Aspekt zur Befriedigung seiner Sucht hinzu. Eine Steigerung, die er noch vor ein paar Wochen niemals für möglich gehalten hätte: Es war der abgrundtiefe Hass, den er nun endlich durch die Rache besänftigen, vielleicht sogar vergessen konnte.

„Auge um Auge, Zahn um Zahn“, murmelte Igor glücklich. Hanna Engels würde sein Meisterwerk werden.

23

Frankfurt, 5. Mai 2014

„Mir reicht's.“ Hanna war total außer Puste.

„Mir auch.“ Jens nahm sie in den Arm. Sie spürte seinen muskulösen und verschwitzten Körper. Über eine Stunde lang waren sie im Wald Joggen gewesen und nun standen sie in seinem Hof.

„Woher hast du diese beachtliche Ausdauer?“, fragte Jens.

„Schmeichler!“

„Nein, ehrlich. Du bist super fit.“

„Vielleicht kommt es vom Leichtathletiktraining, habe ich als Teenager und junge Erwachsene regelmäßig gemacht. Das scheint mir eine gute Grundkondition beschert zu haben.“

„Jetzt wird mir einiges klar.“

Hanna schüttelte lächelnd den Kopf. „Leider habe ich mit dem Sport schon lange aufgehört. Inzwischen bin ich froh, wenn ich es schaffe, zweimal die Woche zum Laufen zu kommen. Aber vielleicht klappt es ja jetzt öfter. Hier bei dir sind die Bedingungen ideal. Endloser Wald, Hügel, tolle Natur. Da macht es viel mehr Spaß als bei mir zu Hause."

„Vor allem macht es mehr Spaß, zu zweit durch den Wald zu laufen."

„Sollen wir noch Stretching in deinem Fitnessraum machen?"

„Gerne."

Jens fasste in die Tasche seiner Sporthose, suchte nach etwas. „Ich habe den Schlüssel vergessen und ich fürchte, er steckt von innen."

„Oje. Und jetzt?"

Jens zuckte mit den Schultern. „Kein Problem." Er ging zur Wand am Nebengebäude, das aus roten Backsteinen gebaut war, suchte etwas an der Wand, rüttelte an einem der Steine und zog ihn vorsichtig heraus. Aus dem Mauerloch holte er einen Schlüssel.

„Mein geheimes Versteck für den Kellerschlüssel. Warte vor der Eingangstür."

„Ich möchte mitkommen."

„Es ist dunkel und eng dort unten."

„Ich möchte trotzdem mitkommen."

Jens zuckte mit den Schultern. Sie stiegen die Treppe hinab, er schloss die massive Metalltür auf.

„Der Keller wirkt klein", stellte Hanna fest.

„Das Haus ist nur teilunterkellert."

Die Treppe brachte sie nach oben in den Flur des Wohnhauses. In dem Fitnesszimmer schaltete Jens die Musikanlage ein, sie dehnten ihre Beine.

„Tolle Geräte hast du hier, und so viele", sagte Hanna anerkennend.

„Und jetzt ne heiße Dusche?", schlug er nach den Dehnübungen vor.

„Gemeinsam?"

„Die Dusche ist zu klein dafür. Du darfst zuerst."

Es war wunderbar, das prasselnde Wasser auf ihrem Körper zu spüren. Hanna wunderte sich. Die Duschkabine war gar nicht klein. Da hätten locker zwei Personen gleichzeitig duschen können. Wollte er zu enge körperliche Nähe meiden?

Nach dem Abendessen setzten sie sich im Wohnzimmer aufs Sofa. Hanna kuschelte sich an ihn.

„Obwohl wir uns erst seit drei Wochen kennen, habe ich mich noch nie so stark zu einem Mann hingezogen gefühlt."

„Mein Darling, du bist die wunderbarste Frau, die mir je begegnet ist."

Hanna küsste ihn. „Wann müssen wir morgen früh aufstehen?"

„Augenblick." Jens stand auf, zog seinen Laptop aus der Pilotentasche und setzte sich wieder zu ihr. Die Tasten klackerten.

„Der Flug ist on-time. Der Wecker wird um vier Uhr klingeln."

„Wie schade. Zum ersten Mal in meinem Leben hätte ich mich über eine Flugverspätung gefreut."

„Und zum ersten Mal in meinem Leben gehe ich nicht gerne zum Fliegen."

„Ich mache uns nach dem Aufstehen ein Frühstück", schlug Hanna vor.

„Das hört sich verlockend an."

„Und wenn du nichts dagegen hast, lege ich mich nochmal ins Bett, nachdem du weg bist. Ich muss erst morgen Nachmittag in der Redaktion sein."

Jens zog seine Stirn in Falten. „Mir ist es lieber, wenn du morgen früh mit mir aus dem Haus gehst."

Hanna schaute ihn für einen Augenblick irritiert an, zuckte mit der Schulter. „O.K. Wenn du meinst."

Er zog sie eng zu sich, küsste sie sanft auf die Stirn. „Danke, Darling."

„Wann kommst du wieder zurück nach Deutschland?"

„In zwei Wochen."

„Das ist lang."

„Ja, leider."

„Wo fliegst du hin?"

„Mexiko City."

„Für zwei Wochen?"

Jens lachte. „Aber nein. Dort habe ich nur einen Tag frei. Von da fliege ich nach Seattle, zwei Tage später nach Anchorage, einen Tag später nach Los Angeles. Dort habe ich drei freie Tage. Anschließend weiter nach Chicago, Miami, Calgary und New York, jeweils mit Übernachtungen. Und dann nach Hause."

„Ich werde dich sehr vermissen", sagte Hanna. Er nickte.

Sie gingen früh ins Bett. Hanna streichelte sanft über seinen Oberkörper. Er hatte seine Augen geschlossen, schien ihre Berührungen zu genießen.

„Es kommt mir vor, als würde ich dich schon sehr lange kennen", sagte er müde.

„Mir geht es auch so. Ich fühle eine starke Verbundenheit zu dir und kann mir eine gemeinsame Zukunft immer besser vorstellen."

„Und ich wünsche mir nichts sehnlicher."

Ein Gefühl der Wärme durchströmte ihren Körper. „Jens, ich möchte, dass du mir etwas versprichst."

Er öffnete die Augen, schaute sie an. „Was denn?"

„Versprich mir, der Mann zu bleiben, der du jetzt bist. Versprich mir, dich nie zu verändern."

Er küsste ihre Stirnnarbe.

„Ich verspreche es dir. Und ich werde mich ganz besonders gut um dich kümmern."

„Ich liebe dich", hauchte sie in sein Ohr.

„Und ich liebe dich", flüsterte er zurück.

Ihre Hand glitt unter die Decke, zu seinen Hüften. Er drehte sich mit dem Rücken zu ihr.

„Ich bin müde", sagte Jens. „Und ich brauche den Schlaf, um morgen fit zu sein."

Hanna kuschelte sich an ihn. Sie spürte seine Wärme und seinen ruhigen Atem.

24

Los Angeles, 11. Mai 2014

„Der Fahrer geht mir auf den Sack“, schimpfte Dirk. „Digitales Fahren. Kennt nur Vollgas und Vollbremsung.“

Sie saßen im Minivan, der sie vom Airport zum Hotel brachte. Jens drehte sich zur Seite, lehnte seinen Kopf an die Scheibe und schloss die Augen. Konnte Dirk nicht einfach sein Maul halten?

Vor einer halben Stunde waren sie in Los Angeles gelandet. Es war später Vormittag, die Sonne strahlte wie fast immer hier. Sie erreichten das Hotel am Redondo Beach. Palmen und der Geruch des Meeres begrüßten sie. Sie checkten an der Hotelrezeption ein und gingen zum Aufzug.

„Ich werde heute Abend nicht zum Essen rausgehen“, sagte Dirk. Jens nickte.

Auf seinem Zimmer angekommen, schrieb er noch eine E-Mail an Hanna und legte sich ins Bett.

Um 17:30 Uhr Ortszeit klingelte der Wecker. Jens hatte sechs Stunden geschlafen. Er fühlte sich frisch und ausgeruht. 20 Minuten später joggte er im Fitnesscenter *GoldenGym* direkt neben dem Hotel auf dem Laufband und danach stemmte er an den Kraftmaschinen Gewichte. Es war ein gutes Gefühl, seine Muskeln zu spüren, ein Gefühl der Stärke. Als er zurück auf seinem Zimmer war, stieg er in die Dusche. Das heiße Wasser prasselte auf seinen vernarbten Körper. Er schloss die Augen und freute sich auf den Abend.

Nach dem Duschen bestellte er ein Taxi.

Um 20:50 Uhr verließ er das Hotel.

25

Los Angeles, Venice Beach, 11. Mai 2014

Jennifer Edwards stellte ihr Auto auf dem Parkplatz vor dem *Venice Fishing Pier* ab. Der Tisch war für 21:30 Uhr bestellt,

Jennifer war zu früh dran. Auf keinen Fall wollte sie zuerst im Restaurant sein. Sie stieg aus, setzte sich auf die Bank und beobachtete die Leute. Jennifer war aufgeregt, schon seit Stunden spürte sie dieses wunderbare Kribbeln im Magen. Sie hatte ein gutes Gefühl. Ob es diesmal ein Volltreffer war?

Vor zehn Tagen hatte Nikolas sie auf der Datingsite *Love and Harmony* angeschrieben. Inzwischen hatten sie schon mehrmals telefoniert. Er kam aus Deutschland, hatte aber vor, nach L.A. umzuziehen. Business, sagte er. Der Typ schien reich zu sein und er war ein Gentleman, beim Schreiben und am Telefon immer höflich, immer zuvorkommend. Er war sogar ein Romantiker, hatte ihr in einem E-Mail-Anhang ein Liebesgedicht geschickt. Hoffentlich hatte er auch sexuell was zu bieten. Ob ihm Bondage gefiel?

Zwei kreischende Möwen lenkten ihre Gedanken ab. Sie flogen mit akrobatischen Manövern über die vereinzelt stehenden Palmen und über dem Parkplatz. Hoffentlich kackten sie nicht auf ihr Auto.

Eine Gruppe Jugendlicher rollte unüberhörbar mit Longboards über dem *Ocean Front Walk*. Bei einem der Jungs stand ein bulliger Hund mittlerer Größe als Passagier auf dem Rollbrett. Der Hund wirkte entspannt, schien schon oft mitgefahren zu sein. Die Menschen schauten der Gruppe nach, viele schmunzelten.

Jennifer benutzte die Kamera ihres Handys als Spiegel, zupfte ihre Haare zurecht und zog die Lippen nach. Nikolas musste bald auftauchen.

Ein Typ stand vor dem Eingang des indischen Restaurants. Mittlere Größe, gepflegte Erscheinung. Sie sah ihn nur von hinten, doch das könnte er sein. Jennifer stand auf und überquerte den *Ocean Front Walk*. Als sie das Restaurant betrat, sprach der Mann mit einem Kellner.

„Nikolas?“, fragte sie zögernd.

Der Typ drehte sich zu ihr um, sie spürte ihr Herz kräftig schlagen.

„Guten Abend, Jennifer. Du siehst wunderbar aus.“ Er strahlte sie aus seinen tollen blauen Augen an.

26

Frankfurt, 12. Mai 2014

„Um was geht es diesmal?", fragte Sigrid.

„Komm erst mal rein."

Hanna hatte ihre Freundin angerufen und da Sigrid sowieso in Frankfurt war, hatte Hanna beschlossen, ihr die Sache bei einer Tasse Kaffee zu erzählen.

Sie setzten sich an den Küchentisch, Hanna schenkte frisch gebrühten Kaffee ein.

„Also, wo drückt der Schuh?", fragte Sigrid.

Hanna stellte die Tasse weg, strich sich eine Haarsträhne hinters Ohr zurück. „Es gibt da ein Problem."

„Das ist ja nichts Neues."

„Ich habe einen Mann kennengelernt."

„Du meinst, du bist verliebt?"

Hanna nickte.

„Sagtest du nicht gerade eben, dass es ein Problem gibt?"

„Ich weiß nicht, ob ich meinem Gefühl– ob ich ihm – trauen kann."

„Wie kommst du darauf?"

„Es kann sein, dass er mich anlügt."

Sigrid schüttelte mitleidig den Kopf. „Du hast aber auch ein Pech mit den Typen. Kennst du die andere Frau?"

„Nein, darum geht es nicht."

„Erzähl doch mal von Anfang an."

Hanna berichtete von Jens, von dem wunderbaren Kribbeln im Bauch, von der tiefen Zuneigung.

„Ja, ja. Alles schön und gut. Aber was ist mit den Lügen?", fragte Sigrid ungeduldig.

„Als ich das erste Mal bei ihm war, klingelte sein Telefon. Er ging ins Nebenzimmer, drückte die Tür zu. Doch sie fiel nicht ins Schloss und stand einen Spalt breit offen. Einige Wortfetzen drangen zu mir durch. Ich hörte ihn sagen, dass er den Auftrag annehmen würde."

„Na und?"

„Als er ins Wohnzimmer zurückkam, behauptete er, seine Firma habe versucht, ihn in seinen freien Tagen zu einem Flug zu überreden, was er aber angeblich abgelehnt hat."

„Hast du ihn nicht darauf angesprochen?"

„Doch, hab's zumindest versucht. Aber er fiel mir ins Wort und sagte, dass er nicht darüber sprechen wollte."

Sigrid beugte sich nach vorne, zog verwundert ihre Augenbrauen hoch.

„Du hast nicht nachgebohrt? So kenn ich dich gar nicht."

„Tja, ich mich auch nicht. Ich wollte wohl die schöne Stimmung nicht stören."

Sigrid lehnte sich wieder zurück, zuckte mit den Schultern. „Bestimmt ein Missverständnis."

„Ich habe ein wenig nachgeforscht und vor zwei Tagen herausgefunden, dass er mich angelogen hat, als er von seinen Eltern erzählte."

„Du hast deinem neuen Freund nachspioniert?"

„Ich war misstrauisch, wollte Klarheit haben. Was hättest du denn an meiner Stelle getan?"

Sigrid zuckte mit den Schultern. „Und was hast du herausgefunden?"

„Seine Mutter war angeblich eine bekannte Konzertpianistin. Seine Eltern sind bei einem Flugzeugunfall ums Leben gekommen, sagte er."

„Und das stimmt nicht?"

„Es gab keinen Unfall, bei dem ein Ehepaar Bachmann ums Leben gekommen ist. Es gab auch nie eine Konzertpianistin mit dem Namen Bachmann, die seine Mutter sein könnte."

„Vielleicht hießen seine Eltern ja früher anders."

Hanna schüttelte den Kopf. „Das hätte ich auch herausgefunden."

„Warum stellst du ihn nicht zur Rede?"

„Das werde ich, sobald er aus Nordamerika zurückkommt. Ich wollte nur vorher deine Meinung hören."

„Ich bin mir sicher, dass es eine Erklärung gibt."

Hanna nickte. „Danke. Es tut gut, mit dir darüber zu sprechen."

„Hast du ein Foto von ihm?"
„Klar."
Hanna zeigte ihr auf dem Handy Fotos von Jens.
„Wow. Der sieht ja gut aus. Wie ein Draufgänger, ein Abenteurer."
„Aber noch wichtiger sind seine inneren Werte."
„Ich wünsche dir von ganzem Herzen, dass du mit diesem Jens den passenden Partner gefunden hast."
„Das wäre wunderbar. So eine Enttäuschung wie mit Vincenzo möchte ich nicht wieder erleben."

27

Los Angeles, 12. Mai 2014

Jennifer lag nackt auf ihrem Bett, Nikolas beugte sich zu seinem roten Rucksack, der auf dem Boden stand. Langsam öffnete er den Reißverschluss, zog etwas hervor. Ihr Herz schlug höher, als sie einen dunkelblauen Seidenschal erkannte.

Er faltete den Schal zusammen und strich damit über ihre Wange. Der kühle Stoff fühlte sich aufregend an. Er wickelte den Schal um ihren Kopf und verknotete ihn. Es war befremdlich, nichts mehr zu sehen ... und es war aufregend. Obwohl sie ihn erst seit zwei Wochen kannte und gestern das erste Mal getroffen hatte, fühlte sie eine tiefe Vertrautheit, wie sie es noch nie vorher erlebt hatte. Ob die Drinks einen Anteil daran hatten?

Nach dem Dinner gestern Abend waren sie am *Ocean Front Walk* spazieren gegangen und er hatte sie dabei in den Arm genommen. Er war zurückhaltend gewesen, ein Kavalier eben. Jennifer hatte schnell erkannt, dass er sie nicht ausnutzen würde. Sie hatte ihn mit nach Hause nehmen wollen, doch er hatte abgelehnt und von Anstand und Ehre gesprochen. Leider. Aber dafür schien er heute Abend richtig gut abzugehen.

Sie liebte seine Muskeln, er war unglaublich sexy. Jennifer konnte es kaum erwarten, seine harte Männlichkeit tief in ihrem Leib zu spüren.

War endlich ihr Traumprinz erschienen? Zwar gab es Anzeichen, dass er ihr nicht ganz die Wahrheit gesagt hatte, doch es würde schon seine Gründe haben. Vielleicht verheiratet oder noch gebunden. Es gab mit Sicherheit eine Erklärung dafür. Nikolas drehte Jennifers Arme so, dass die Handflächen nach oben zeigten. Sanft liebkosten seine Finger ihren rechten Handteller, wanderten weiter zur Armbeuge. Es war wie der Hauch eines Kusses, der behutsam über ihren Arm streifte. Obwohl er sie kaum berührte, durchströmte eine Woge der Begierde ihren Körper. Sie zitterte vor Erregung, ein leises Stöhnen entwich ihrem Mund.

„Oh, Nikolas. Das ist wunderbar."

Wenn sie sich manchmal selbst an diesen hochsensiblen Stellen streichelte, strahlte ein elektrisierendes Kribbeln durch ihren Körper. Nun aber, da ihre Augen verbunden waren und dieser liebevolle Mann sie so behutsam berührte, empfand sie dieses Gefühl um ein Vielfaches intensiver. Jennifer räkelte sich in glühender Vorfreude. Er unterbrach das Spiel der sanften Berührungen.

„Hör nicht auf", bettelte sie.

„Aber nein Darling, ich fange gerade erst an", raunte er sanft in ihr Ohr. „Jetzt kommt das Seil."

„Ein Seil?" Jennifer war für einen Moment irritiert. Gestern wollte er aus Prinzip noch nicht mit ihr ins Bett und nun wollte er sie ans Bett binden? Wusste er, dass sie es liebte, gefesselt zu werden? Hatte sie ihm davon erzählt? Bestimmt nicht. Sie wollte ihn ja nicht verschrecken.

„Keine Sorge, liebe Jennifer. Wir probieren es einfach nur aus. Es beschert dir eine wunderbare Steigerung der Lust. Wir können ja jederzeit aufhören."

„Ich weiß nicht …" Jennifer heuchelte Zurückhaltung.

„Schade. Ich dachte, du vertraust mir."

„Tu ich ja auch. Fessel mich."

Er machte sich wieder an dem Rucksack zu schaffen. Sie hörte ein kratzendes, schabendes Geräusch. Es musste das Seil sein. Er schien es ganz langsam über die Verzahnung des Reißverschlusses zu ziehen. Dieses Geräusch, schon fast neckisch in seiner Langsamkeit, befeuerte ihr Verlangen. Sie spürte ihren erregten Pulsschlag.

„Ich werde dich jetzt ganz vorsichtig fesseln", flüsterte er liebevoll in ihr Ohr.

„Ziehst du dich nicht aus?", fragte Jennifer zweifelnd. Ging es doch zu schnell mit dem Vertrauen?

„Gleich, nachdem du gefesselt bist."

„Ich fühle mich nicht ..."

„Aber Jennifer, hattest du nicht gesagt, dass du mir vertraust?"

Er klang enttäuscht.

Ach, zum Teufel mit dem Zweifel. Die heilige Maria Magdalena passte schließlich auf.

„Mach alles mit mir, was du willst", stöhnte sie.

„Sehr gut, Jennifer." Er hauchte ihr einen Kuss auf die Lippen. Lustvoll räkelte sie sich auf dem Bett. Mit starkem Griff knotete Nikolas das Seil um ihr rechtes Handgelenk. Sie liebte dieses Wechselspiel von sinnlicher Zärtlichkeit und männlicher Kraft. Er zog ihren Arm am Seil schräg nach hinten an den oberen Rand des Bettes, wo er es um den Bettpfosten wickelte. Sie spürte die kühle Luft der Klimaanlage unter ihrer rasierten Achselhöhle, spürte, wie er sich über ihr bewegte, ganz vorsichtig, um ihr nicht wehzutun. Sie hörte das Scheuern und Schaben des Seiles, als er es um den Holzpfosten des Bettrahmens schlang.

Ihre anderen Sinne versuchten, den Verlust des Sehens zu kompensieren. Jedes Geräusch und jede Berührung empfand sie viel durchdringender. Sie kannte es aus ihren Besuchen im BDSM-Club. Doch nun, da sie so etwas wie Liebe spürte, war es noch intensiver.

Er machte sich am Bettrahmen zu schaffen, band das Seil um ihr linkes Handgelenk. Anschließend fesselte er ihre Fußgelenke an die beiden unteren Bettpfosten. Sie lag nun mit gestreckten Armen und Beinen auf ihrem Bett. Die Vorstellung, ihm hilflos ausgeliefert zu sein, war unglaublich erregend.

„Bist du bereit für die Überraschung?“, flüsterte er mit tiefer Stimme.

„Ich bin für alles bereit.“ *Nimm mich endlich.*

„Sehr gut. Jetzt kommt der Knebel.“

„Muss das sein?“

„Hast du Angst?“

„Nein“, log sie. Er schien es zu spüren.

„Keine Sorge, Darling. Wenn es dir nicht gefällt, dann musst du nur mit dem Kopf schütteln und ich nehme den Knebel sofort wieder raus. Es wird dir gefallen, glaube mir.“

„Ich glaube dir.“

War es unmoralisch, sich beim ersten Sex schon auf Bondage einzulassen? Sie wollte Nikolas auf keinen Fall enttäuschen. Außerdem liebte sie es ja und sie war verdammt geil, spürte die glitschige Nässe zwischen ihren blankrasierten Schamlippen. Erfolgreich verdrängte Jennifer die gesellschaftlichen Scheiß-Normen. Moral war etwas für Feiglinge. Ihre anfänglichen Zweifel waren ein unnötiger Schutzreflex. Es gehörte sich schließlich für eine anständige Frau, bei solchen Dingen zu zweifeln.

Es raschelte. Sie wusste, dass es Papiertaschentücher aus der Box waren, die neben dem Bett stand.

„Öffne deinen Mund.“ Seine Finger spielten zärtlich an ihren Lippen. Jennifer sperrte den Mund weit auf, er stopfte die Tücher hinein. Als die Tücher ihren Gaumen berührten, konnte sie ein Würgen nicht unterdrücken.

„Ssssch, Jennifer, es wird gleich besser sein. Halt still.“

Er wickelte etwas Elastisches um ihren Kopf.

„Ein Theraband zur Fixierung“, erklärte er mit sanfter, beruhigender Stimme. Es stank nach Gummi. Nur durch die Nase konnte sie noch atmen.

„Versuche zu schreien.“

Ein unterdrücktes Gemurmel kam aus ihrem Mund. Nicht sehr laut. Sie hörte sich durch die Nase schnaufen, der Gummi presste auf ihren Mund. Er hatte unrecht. Es wurde nicht besser, das Würgegefühl war noch da. Ihr Atem ging heftiger. Im Club wurde sie bisher erst einmal geknebelt. Der Afroamerikaner hatte ihr damals einen weichen Gummipfropfen mit Vanillegeschmack in den Mund gesteckt. Das war viel angenehmer als diese Scheißtücher.

„Jennifer, du bist unglaublich bescheuert."

Was sagte er da? Und was war mit seiner Stimme los? Sie klang plötzlich anders. Fremd. Kalt. Einbildung?

Sie schüttelte mit dem Kopf, wollte den Knebel wieder loswerden, wollte das Spiel beenden. Er reagierte nicht.

„Du möchtest, dass ich dich losbinde?"

Sie nickte.

„Da hast du Pech, mein Darling. Dafür ist es zu spät."

Angst verdrängte ihre Geilheit. Sie wollte ihm sagen, dass ihre Freundin von ihm wusste, und versuchte, gegen den Knebel zu sprechen. Sein Lachen klang dämonisch.

Schmerzhaft riss sie an den Fesseln, verdrehte ihre Handgelenke, versuchte, sich zu befreien. Er beugte sich zu ihr, flüsterte in ihr Ohr. „Du wirst jetzt etwas erfahren, was kaum ein lebender Mensch weiß."

Heilige Mutter Magdalena. Was passierte da gerade?

„Du wirst erfahren, dass es ein Leben nach dem Tod gibt."

Jennifer bäumte sich auf, ihr wurde schwindelig vor Entsetzen.

Was waren das für Geräusche? Kramte er in seinem Rucksack? Sie riss an den Fesseln. Es war sinnlos. Etwas Schweres fiel auf ihren Bauch. Reflexartig spannte sie ihre Bauchmuskeln an.

Er zog den Seidenschal von ihrem Kopf. Sie starrte in das Gesicht eines Fremden. Da waren immer noch die gleichen kurzen Haare, die gleiche Nase, die gleichen blauen Augen. Doch das Gesicht war nun hart und unverzeihlich. Dieser Mann strahlte etwas Böses aus. Warum hatte er Handschuhe an?

Er holte eine kleine Flasche aus dem Rucksack, tränkte ein Tuch mit Flüssigkeit. Es stank nach Desinfektion, er wischte über den Bettrahmen. „Ich muss die Spuren verwischen und alles reinigen, was ich bisher in deiner Wohnung angefasst habe", erklärte er, als er ihren Blick sah. Er ging mit dem Fläschchen ins Esszimmer. Als er einige Minuten später wieder zurückkam, zog er ein eingerahmtes Foto aus dem Rucksack, zeigte es ihr.

„Ist sie nicht eine wunderbare Frau?"

Jennifer sah eine schlanke Frau mit halblangen Haaren. Sie hatte eine Narbe über der Stirn.

„Sie ist eine Nonne, die vor 400 Jahren schon mal gelebt hat, so wie ich."

Jennifer weinte. Sie erkannte, dass sie einem Irren ausgeliefert war. Nikolas strich über das Foto und stellte es auf den Nachttisch. Er zog sich aus, rollte seine Kleider sorgfältig zusammen und stopfte sie in eine Plastiktüte. Aus dem Rucksack holte er etwas Schwarzes. War das ein Taucheranzug? Er zog das Ding an. Hosenteil, langärmliges Oberteil. Er zog auch eine Gummimütze über den Kopf.

„Du wunderst dich darüber, warum ich dieses Ganzkörperkondom anhabe?"

Jennifer starrte ihn entsetzt an.

„Überleg mal."

Sie kannte plötzlich die Antwort. In ihrer Panik schnaufte sie heftig durch die Nase.

„Es wird keine Spuren von mir geben. Keine DNA, keine Fingerabdrücke. Nichts, was auf deinen Mörder hinweisen könnte."

Wild warf Jennifer den Kopf hin und her. Der verdammte Knebel. Jennifers Magen krampfte sich zusammen. Sie würgte.

Diabolisch lächelnd setzte er sich auf das Bett, beobachtete sie, tätschelte ihren Bauch. „Reiß dich zusammen, Jennifer. Wenn du in den Knebel kotzt, erstickst du."

Inzwischen war sie klatschnass geschwitzt.

Oh nein. Bitte lass das alles nur ein Albtraum sein.

Sie hob ihren Kopf an, um zu sehen, was da auf ihrem Bauch lag.

„Genau, Jennifer. Es ist eine Geflügelschere. Eine kräftige Schere mit gezahnten Schneideflächen. Damit kann ich einen fetten Weihnachtstruthahn zerlegen, und auch noch ganz andere Sachen."

Er legte seine Hand über ihre linke Brust. Ihr Herz hämmerte in seiner Handfläche. Sie wollte sich wegdrehen, bäumte sich auf, aber sie konnte ihm nicht entkommen.

Er schloss seine Augen und hob den Kopf zur Decke, atmete tief ein, hielt die Luft an und atmete lange aus. Jennifer hyperventilierte.

Heilige Maria Magdalena. Bitte lass mich nicht sterben.

Er öffnete seine Augen. Es waren die schrecklichsten Augen, die sie je gesehen hatte. Sie waren leblos, drangen in ihre Seele ein. Es waren die Augen eines Dämons. Sie wusste nun, dass sie nicht mehr lange leben würde.

Er nahm das Foto, sprach die Frau darauf an. „Du verfluchte Nonne, bald bist du dran."

Nikolas stellte das Foto ab und setzte die Schere mit den gespreizten Spitzen auf Jennifers Bauchhaut. Der Druck an den Spitzen wurde stärker, ihre Haut riss auf. Jennifer wand sich und versuchte, sich wegzudrücken. Doch das verstärkte nur den Schmerz.

„Schhhhh, Darling. Ganz ruhig. Du kannst nichts mehr tun."

Warmes Blut floss in einem dünnen Rinnsal seitlich an ihrer Hüfte hinunter.

Er packte ihren rechten Zeigefinger, zog ihn brutal gegen das gefesselte Handgelenk, der Finger knackte. Mit seiner freien Hand setzte er die Schere vor dem hinteren Fingerknöchel an. Die Schneideblätter schlossen sich.

28
New York / Los Angeles, 18. Mai 2014

Der Fluglotse gab die Startfreigabe durch:

„Worldcargo 752, Wind 260 with 8 knots, cleared for Take Off Runway 31 left."

Copilot Dirk Schilling sprach die Startfreigabe zurück, Jens drückte die vier Schubhebel halb nach vorne. 430 Tonnen setzten sich langsam in Bewegung. Am Bildschirm in der Mitte der Konsole überprüfte Jens, ob alle vier Turbinen gleichmäßig beschleunigten, dann drückte er auf den Knopf für die automatische Schubeinstellung. Wie von Geisterhand bewegten sich die vier Hebel bis zum berechneten Wert nach vorne.

Jens wurde sanft in die Rückenlehne gedrückt. Bei 300 Stundenkilometer hob der Jumbo ab. Kurz nach dem Take-off vom JFK-Airport in New York drehten sie nach Nordosten. Jens warf einen letzten Blick auf die Stadt. Der Central Park zeigte sich als grünes Rechteck inmitten von Wolkenkratzern.

In acht Stunden, Hanna. In acht Stunden bin ich da.

*

Zur gleichen Zeit, 4000 Kilometer weiter westlich, erreichte Lieutenant Andrew Jernkins von der L.A. Mordkommission mit seinem neuen Assistenten den Tatort.

„Stopp. Nicht reinkommen." Taylor Malone, der *Medical Examiner*, kam aus dem Appartement geeilt. Seine langen grauen Haare waren unter der blauen Haube versteckt. Den Mundschutz hatte er heruntergezogen. Mit seiner Hakennase sah er aus wie ein Zauberer aus einer Fabelwelt.

Andrew kniff die Augen verärgert zusammen. „Du hast mir doch vorhin am Telefon gesagt, dass ihr in einer Stunde hier fertig seid."

„Dann habe ich mich eben getäuscht."

„Danke Taylor, am Sonntagnachmittag hab ich ja sonst nichts zu tun."

Andrew war sauer. Er wollte die Zeit viel lieber mit seiner Freundin verbringen.

„Nerv nicht, Andrew. Die Jungs von CSI sind auch noch nicht fertig. Ich rufe euch, wenn wir so weit sind.“ Taylor verschwand wieder im Appartement.

„Leck mich am Arsch, Sir Taylor Malone“, brummelte Andrew leise vor sich hin. Sein neuer Assistent Sergeant Noah Bishop lehnte an der Wand neben dem Eingang zur Wohnung. „Ist dieser Malone tatsächlich geadelt?“

Andrew lachte. „Das *Sir* haben wir ihm angehängt, weil er sich wie ein versnobter Adeliger benimmt. Er versteht sich nur auf eine Sache, doch darin ist er ein Wunderknabe. Melone wird nur bei den schweren Fällen eingesetzt. Unter uns gesagt ...“ Andrew senkte die Stimme und winkte Noah verschwörerisch näher zu sich, „ich glaube, der Typ ist nicht ganz dicht.“

Andrew musste fast lachen, als er das entsetzte Gesicht seines neuen Kollegen sah. Der junge Sergeant war seit wenigen Wochen in der Einheit. Bisher hatten sie erst zwei Mordfälle gemeinsam bearbeitet, doch die waren einfach gewesen. Eifersuchtsmord und Raubmord. In beiden Fällen waren die Täter schnell gefasst gewesen. Ob es diesmal auch so sein würde?

„Bin gespannt, was uns da drinnen erwartet“, sagte Noah. Er starrte auf die Fotos auf seinem Smartphone. Sie waren von den beiden Streifenpolizisten gemacht worden, die die Leiche gefunden hatten.

„Gefallen dir die Fotos?“, fragte Andrew.

„Wer kann so gestört sein, Boss?“

„Das werden wir herausfinden.“

„Ich kann es kaum erwarten, den Tatort zu untersuchen.“

Andrew wollte ihn belehren, doch Noah kam ihm zuvor. „Ja, ja. Ich weiß: Erst Spuren sichern, dann rumschnüffeln.“

Der Leichengestank, der aus dem Appartement wehte, ließ Andrew würgen. Er ging ein paar Schritte von der offenstehenden Tür weg und lehnte sich an die Balustrade. Das CSI-Team, die Spurensicherung, kam aus dem Appartement. Sie steckten in weißen Overalls, trugen Mundschutz, Haube und Gummihandschuhe.

„Was habt ihr gefunden?", fragte Andrew den Leiter des CSI-Teams, Jeff Miller, der seine Maske abnahm.

„Das Übliche. Haare, Fingerabdrücke, Hautschuppen und eingetrocknete Körperflüssigkeiten."

„Ist doch ein guter Anfang", meinte Andrew.

„Ihr könnt reinkommen", rief Taylor aus der Wohnung. Die beiden Polizisten setzten ihre weißen und parfümierten Gesichtsmasken auf und gingen ins Schlafzimmer. Überall am Boden waren eingetrocknete Blutspuren. Noah stoppte abrupt, als er die Leiche sah. „Scheiße!" Der Ton seiner Stimme war durch den Gesichtsschutz leicht gedämpft. Obwohl er durch die Fotos vorgewarnt war, schien er erschüttert zu sein. Die Frau auf dem blutdurchtränkten Bett war kaum als solche zu erkennen.

„Das war eine Schlachtung", sagte er betroffen.

Die Leiche war ans Bett gefesselt, alle Finger und Fußzehen fehlten. Die Wangen waren aufgeschlitzt, die Haut zum Teil abgezogen. Ihr Brustkorb war aufgebrochen, eine Geflügelschere steckte darin. Die Rippen waren zum Teil durchtrennt, Organe hingen aus dem Körper. Die fortgeschrittene Leichenfäulnis verbreitete einen käsig schaurigen Gestank.

Sir Taylor, der gerade Gewebeproben entnahm, drehte sich genervt zu Noah um.

„Was ist los junger Mann? Wenn du Probleme mit dem Anblick hast, solltest du den Job bei der Polizei kündigen und zur Heilsarmee gehen."

„Kannst du uns was zu der Leiche sagen?", fragte Andrew.

„Wie lange bist du schon bei der Kripo?" Taylor drehte sich nun zu Andrew.

„Frag nicht so blöd."

„Frag du nicht so blöd. Du weißt so gut wie ich, dass ich keine Aussagen treffe, bevor ich hier fertig bin. Also verschone mich mit deinem Gelaber."

Andrew verdrehte die Augen. Taylor war nun mal ein Arschloch.

„Ihr könnt euch jetzt umsehen. Ich bin in wenigen Minuten hier fertig", sagte Taylor und widmete sich wieder der Leiche.

Andrew lief mit seinem Assistenten durch die Wohnung, sie kamen in die Küche. Die Tür am Schrank unter dem Waschbecken war geöffnet, ein Eimer stand unter dem Abfluss. Die Spurensicherung hatte den Siphon ausgebaut und mitgenommen. Der Fotograf, der inzwischen eingetroffen war, machte Fotos. Andrew und Noah wollten ihm nicht im Weg stehen und inspizierten die anderen Räume. Die Wohnung war nicht durchwühlt worden, keine Anzeichen von Diebstahl oder Raub. Als Andrew zurück ins Schlafzimmer kam, war Taylor fertig mit seiner Erstuntersuchung.

„Tja", er streifte die blutbeschmierten Gummihandschuhe ab und schmiss sie in die Plastiktüte, die ihm von seinem Assistenten aufgehalten wurde.

Andrew wusste, was jetzt auf ihn zukommen würde.

„Weiblich, Mitte 40, schlank, blonde halblange Haare, mäßig gepflegte Erscheinung ..."

„Seit wann ist sie tot?", unterbrach Andrew ungeduldig.

„Die Klimaanlage war ausgeschaltet."

„Kannst du mal ne klare Antwort geben?

Taylor schüttelte verständnislos den Kopf. „Der reduktive Abbau des Proteins zu Peptiden und in weiterer Folge zu Aminosäuren führt bei Wärme schneller zur Entstehung der biogenen Amine wie zum Beispiel Tyramin, und deswegen entsteht der typische Leichengeruch."

„Taylor! Wie lange ist die Leiche tot?", fragte Andrew gereizt.

Taylor blickte gelassen zu dem Lieutenant. „Seht ihr die grünliche Leichenfäulins, die vor allem am Unterbauch treibt?"

Die beiden Polizisten nickten.

„Sulfmethämoglobin."

„Was?", fragte Noah. Taylor seufzte, als ob es eine lästige Pflicht wäre, den jungen Polizisten ausführlich aufzuklären.

„Was lernt ihr nur heutzutage auf der Polizeischule? Es ist doch ganz einfach: Die Leichenfärbung wird durch das Sulfmethämoglobin verursacht. Es wird durch Schwefelwasserstoff aus Hämoglobin gebildet und diffundiert durch Gasdruck aus den Gefäßen. Dadurch kommt es auch zu dem typischen Leichengestank und zur Auftreibung des Rumpfes."

Andrew hörte genervt zu, während Noah beschämt nickte und so tat, als verstünde er.

„Aufgrund der Tatsache, dass die Klimaanlage ausgeschaltet war, gepaart mit der casperischen Regel ..."

„Taylor!" Andrew hatte die Nase voll.

„... und aufgrund der Leichenfäulnis in den aufgetriebenen Weichteilen in Verbindung mit den Fäulnisblasen, die bereits aufgerissen sind, hat der anaerobe fermentative Vorgang eingesetzt und die Zellfermente spalten regellos Eiweiß ..."

„Taylor!"

„Andrew?", fragte der Forensiker, als wisse er nicht, warum der Lieutenant so aufgebracht war.

„Seit wann ist sie tot?"

„Ach ja, du willst wissen, seit wann sie tot ist." Taylor kratzte sich am Hinterkopf. „Seit etwa sechs Tagen, nehme ich an."

„Seit Montag also."

„Deine Intelligenz hat mich schon immer beeindruckt."

„Kannst du uns auch etwas über die Todesursache sagen?"

Der Forensiker wollte gerade loslegen, da fiel ihm Andrew ins Wort. „Kurz und knapp, Taylor, bitte."

Taylor schaute die beiden an und schüttelte den Kopf.

„Nach meiner Erkenntnis ist sie nicht direkt durch die Verletzungen gestorben."

„Sondern?"

„Es scheint mir, dass die Frau vielmehr durch den Blutverlust das Bewusstsein, und in weiterer Folge das Leben verloren hat."

„Sie wurde also gefoltert."

„Definitiv. Der Täter wusste genau, wie er das Opfer möglichst lange quälen konnte."

„Ein Sadist?"

„Bestimmt."

„Ist das Opfer vergewaltigt worden?"

„Nein. Am Tag ihres Todes hatte sie keinen Geschlechtsverkehr."

Andrew machte sich Notizen. Die Spurensicherung und die ausführliche Untersuchung der Leiche im gerichtsmedizinischen Institut würden weitere Antworten bringen.

„Danke Taylor. Rufst du mich an, wenn du die endgültige Untersuchung abgeschlossen hast?“

„Aber gerne doch, mein lieber Andrew, wie jedes Mal.“

Die Polizisten verließen den Tatort. Vor dem Appartement nahmen sie ihre Gesichtsmasken ab und schnauften durch. Noah hatte plötzlich eine Zigarette in der zittrigen Hand.

„Ich dachte, du hast aufgehört mit dem Rauchen?“

Noah nickte. „Eigentlich schon. Nun bin ich aber froh, dass ich noch eine Packung in der Tasche hatte.“

Andrew nickte verständnisvoll. „Ich fang oben im dritten Stock an. Wenn du fertig bist mit der Kippe, befragst du die Nachbarn im Erdgeschoss.“

*

Abends ließen sie sich erschöpft in ihre Bürostühle fallen.

„Nicht viel für den Anfang“, sagte Andrew enttäuscht. „Keiner hat was gesehen oder gehört. Erst der Leichengestank hat die Bewohner aufmerksam gemacht.“

„Das Opfer scheint keinen engen Freundeskreis gehabt zu haben“, stellte Noah fest.

„Aber sie hat bestimmt Verwandte, Bekannte. Die überprüfen wir als Nächstes.“

„Und sie arbeitet vielleicht als Kellnerin. Ich hab solche Klamotten im Flur gesehen.“

Andrew nickte. „Gut aufgepasst. Wir werden uns darum kümmern.“

*

Am Montagmorgen lag der Bericht des Gerichtsmediziners vor. Taylors Meinung bei der Erstuntersuchung hatte sich bestätigt.

Zwei Stunden später klingelte Andrews Diensthandy.

„Der Täter war ein Profi", sagte Jeff vom CSI-Team. „Kaum Spuren. So etwas habe ich noch nie erlebt. Der Abgleich mit der Datenbank ergab keine Treffer."

„Kein verwertbares Material für eine DNA-Analyse?"

„Doch. Von mehreren Männern haben wir Hautschuppen, Fingerabdrücke und Haare gefunden. Der meisten Spuren sind schon älter. Nur von einem Mann gab es frische Spuren. Ein paar Hautschuppen, zwei schwarze Haare. Für einen Besucher ist es eigentlich unmöglich, so wenig Hinweise zu hinterlassen. Der Täter muss so eine Art Schutzkleidung getragen haben."

„So wie ihr?"

„Ja."

„Vielleicht ist der Täter ja einer von euch."

„Haha."

„Sonstige Spuren?"

„Leider nicht."

„Danke, Jeff."

Andrew legte auf.

Verdammt. So wenig Anhaltspunkte hatte ich noch nie.

Am Nachmittag kam Noah aufgeregt in Andrews Büro.

„Hey Boss. Neues aus der Technik-Abteilung. Sie haben sich das Mobiltelefon von Jennifer Edwards vorgenommen. Hier ist die Liste mit den Ein- und Ausgängen der letzten drei Wochen. Und die Liste mit all ihren Kontakten."

„Sehr gut. Geh die Telefonliste durch."

Noah grinste. „Schon passiert. Jennifer hatte am Tag vor ihrem Tod, am Montag also, ihre Freundin gesprochen. Eine gewisse Maria Gonzales."

„Und?"

„Ich habe gerade mit ihr telefoniert. Sie war sehr zurückhaltend. Hat nur erwähnt, dass Jennifer eine neue Männerbekanntschaft hatte."

„Ist Mrs. Gonzales jetzt zu erreichen?"

„Sie hat Angst und möchte nichts mit uns zu tun haben."

Andrew blies frustriert die Luft aus. „Eine Illegale. Na Klasse. Ich will sie sprechen. Ruf nochmal bei ihr an und sage ihr, dass sie sich entscheiden kann zwischen Abschiebung oder Zeugenbefragung."

„Das ist Erpressung."

„Das ist zielorientierte Fahndung."

29

Frankfurt, 19. Mai 2014

„Es klingelte. Hanna eilte zur Tür und öffnete. Endlich war er zurück. Sie spürte ein herrliches Prickeln in ihrem Magen, als Jens sie anstrahlte. Er stellte den Koffer ab.

„Jens. Endlich bist du ..."

Er zog sie zu sich, sie küssten sich leidenschaftlich.

„Ich habe dich vermisst, mein Liebster."

„Und ich habe mich noch nie so sehr darauf gefreut, wieder nach Hause zu kommen."

„Komm schnell rein."

„Ich muss meine Uniform ausziehen, steck schon viel zu lange darin." Jens stellte seine Pilotentasche in die Ecke und wuchtete den imposanten Koffer auf den Hocker vor dem Spiegel. Hanna las die nicht zu übersehende Aufschrift. „Ein *Security-Suitcase*? Was machst du denn damit?"

„Brauche ich gelegentlich für meinen Job", sagte Jens belanglos. Klack, klack. „Als Sicherheitsbeauftragter meiner Firma hab ich manchmal eine spezielle Ausrüstung dabei und dafür brauche ich diesen Koffer. Zum Glück passen da auch meine privaten Klamotten rein, sonst müsste ich mit zwei Koffern reisen."

„Und das ist so eine spezielle Ausrüstung?", fragte Hanna und zeigte auf die Schaumstoffhülle.

Jens lächelte und zog ein fremdartiges Gerät daraus hervor.

„Rate mal, was das ist?"

„Sieht aus wie ein elektrotechnisches Gerät für medizinische Zwecke."

Jens schüttelte den Kopf. „Das Gerät erkennt Sprengstoffe. Ein Prototyp. Ich teste es auf die Alltagstauglichkeit im Flugbetrieb."

„Und nun willst du auch meine Wohnung auf Explosivstoffe testen?", fragte Hanna belustigt.

Er lachte. „Natürlich nicht. Wenn ich nach Frankfurt zurückkomme, schließe ich das Gerät normalerweise in meinem Büro in der Firma ein. Doch diesmal hab ich mir den Umweg gespart, wollte schnellstmöglich zu dir."

„So gefällt mir das." Hanna strich über seinen Nacken. Sie hatte genug von dem Explosivgerede.

„Bist du hungrig?", flüsterte sie in sein Ohr.

„Ein wenig."

„Ich habe Antipasti vorbereitet."

„Klasse. Ich ziehe mich schnell um."

„Und ich mache dir inzwischen einen doppelten Espresso."

Hanna ging in die Küche.

In Jeans und T-Shirt kam Jens zwei Minuten später zurück und setzte sich zu ihr an den Tisch.

„Das waren die längsten zwei Wochen meines Lebens", sagte sie, während sie eingelegte Auberginen, getrocknete Tomaten und Paprika auf die Teller verteilte.

„Vielleicht kann ich es so arrangieren, dass ich in Zukunft nicht mehr für diese langen Flugumläufe eingeteilt werde."

„Das wäre schön."

Hanna hielt ihre Tasse in der Hand, schaute Jens verliebt an. Sie mochte seine Lachfalten, seine blauen Augen, seine Lebenslust. Sie mochte alles an ihm. Aber nun musste sie ihre quälenden Fragen stellen.

„Liebling, mir liegt etwas auf dem Herzen."

„Was ist es, Darling?"

Sie stellte die Tasse auf den Tisch. „Hast du mich angeschwindelt?"

Jens, der gerade ein Stück Tomate mit der Gabel in den Mund nehmen wollte, hielt mitten in der Bewegung inne. „Was?" Seine Stirn war in Falten gelegt.

„Hast du mich angeschwindelt, als du mir von deinen Eltern erzählt hast?“
Er legte die Gabel zurück auf den Teller.
„Wie kommst du denn darauf?“
„Du sagtest mir, dass deine Eltern bei einem Flugzeugabsturz ums Leben gekommen sind.“
Jens nickte.
„Du sagtest auch, dass deine Mutter Konzertpianistin war.“
Er nickte immer noch. War sein Blick vorwurfsvoll? Hanna musste schlucken. „Liebling, kann es sein, dass du etwas vor mir geheim halten möchtest?“
„Willst du sagen, dass ich dich anlüge?“
„Ich habe das Gefühl, die Geschichte, die du mir über deine Eltern erzählt hast, stimmt nicht.“
Er saß wortlos da, sein Blick schmerzte, doch Hanna brauchte Klarheit.
„Ich habe nichts über einen Flugzeugabsturz einer Pianistin namens Bachmann gefunden. Es gibt auch keine Pianistin Bachmann, die deine Mutter sein könnte. Jens, geht es hier um ein Missverständnis? Oder habe ich etwas falsch verstanden?“
Er lehnte sich nach vorne, zog seine Augenbrauen hoch. „Du hast mich ausspioniert?“
„Nun ja, ich wollte ...“ Hanna rang nach Worten. „Ich wollte mehr über den Mann erfahren, den ich liebe. Was ist falsch daran?“
Jens nickte, lehnte sich wieder zurück und atmete tief durch. „Nichts ist falsch daran.“ Er stand auf, ging zum Fenster, stemmte die Hände in die Hüften. Hanna schaute auf seinen Rücken, wartete ab. Er schien zu überlegen. Sie hörte das Ticken der Wanduhr. Jens drehte sich zu ihr um, verschränkte seine Arme vor der Brust.
„Du hast recht.“
„Du hast mich angelogen?“
„Ich habe dir nicht die Wahrheit gesagt.“
„Aber … warum? Verdammt noch mal. Warum?“ Hanna spürte erwachende Wut. Sie sprang auf, der Stuhl fiel um.

„Der Mann, den ich liebe, lügt mich an. Warum? Jens. Warum zur Hölle lügst du mich an?"

„Weil ich mich schäme. Ich bin nicht stolz auf meine Eltern."

„Das ist kein Grund für eine Lüge."

„Für mich schon."

„Jetzt ist ein guter Zeitpunkt, mir die Wahrheit zu sagen."

In einer Geste der Verzweiflung fuhr er mit den Fingern durch seine Haare. Er verschränkte die Hände hinter dem Kopf, schloss die Augen und atmete tief durch. Hanna wartete ab, hörte wieder das Ticken der Uhr. Er öffnete die Augen, steckte seine Hände in die Hosentaschen.

„Meine Eltern haben mich nie geliebt. Ich wurde von Kindermädchen erzogen. Als ich zehn Jahre alt war, wurde ich in ein katholisches Internat gesteckt."

Jens zögerte, räusperte sich und sprach weiter. „Das Internat war die Hölle. Dort habe ich auch gelernt, meine Eltern zu hassen."

„Oh Liebling, das tut mir leid." Ihre Wut verrauchte.

„Die Pfaffen fanden heraus, dass ich Talent zum Musizieren hatte. Ich musste die Orgel spielen. Spielte ich schlecht, wurde ich verprügelt und manchmal auch ..." Jens zögerte, presste die Lippen aufeinander.

„Was?"

„Ich war ein Pfaffenopfer."

Hanna war erschüttert. Nun verstand sie, warum Sexualität nicht wichtig war für Jens.

„Jetzt weißt du, warum ich so gut Klavier spielen kann."

„Leben deine Eltern noch?"

„Das weiß ich nicht, will es auch nicht wissen. Für mich sind sie tot."

„Jens. Ich hatte ja keine Ahnung."

„Die Pfaffen haben versucht, mir die christlichen Werte beizubringen."

„Und dabei haben sie selbst aufs Schlimmste dagegen verstoßen", stellte Hanna fest.

„Genau. Meine Eltern waren wohlhabend. Als ich volljährig war, haben sie mir eine große Summe Geld überwiesen. Genug für ein sorgenfreies Leben. Sie haben sich von ihrer elterlichen Verpflichtung freigekauft. Nach dem Abi tingelte ich für ein paar Jahre durch die Welt, dann wurde ich Pilot. Ich musste mit meiner Vergangenheit abschließen, ein neues Leben beginnen."

„Ich kann dich sehr gut verstehen."

„Bist du nun zufrieden?", fragte Jens.

„Na ja, es gibt da noch eine Sache."

Jens seufzte. „Also los."

„Als ich das erste Mal bei dir war, klingelte dein Telefon. Nach dem Gespräch sagtest du mir, dass deine Firma dich gefragt hatte, ob du in deiner freien Zeit einen Flug übernehmen könntest."

Jens nickte, sprach kein Wort.

„Die Tür war angelehnt. Ich habe dich sagen hören, dass du einen Auftrag annimmst."

„Ja und?"

„War es tatsächlich deine Firma, die angerufen hat?"

Jens schüttelte lächelnd den Kopf. „Ich bin froh, dass du die Fragen stellst. So können wir Missverständnisse aus dem Weg räumen."

Er ging zu ihr, küsste sie auf die Stirnnarbe und nahm sie in den Arm.

„Also, war es deine Firma?"

Er drückte sie sanft von sich, schaute sie an. „Ja, am Telefon war meine Firma. Ein Mitarbeiter aus Crewcontrol wollte wissen, ob ich in meinen freien Tagen einen Flug übernehmen würde. Ich habe abgelehnt. Dann fragte er mich noch, ob ich einen Auftrag als Sicherheitsberater annehmen würde. Ich sollte für eine andere Frachtairline eine Sicherheitsüberprüfung durchführen. Diesen Auftrag habe ich angenommen."

Hanna lächelte. Sie nahm seinen Kopf in ihre Hände, küsste ihn leidenschaftlich.

„Verzeih meine Zweifel, Liebling. Mir fällt ein Stein vom Herzen."

„Du bist Journalistin. An solche Fragen muss ich mich wohl gewöhnen.“

„Musst du nicht.“ Für Hanna war die Welt wieder in Ordnung. Er hatte ihre Zweifel zerstreut. Sie hatte sich grundlos gesorgt. Jetzt war alles gut.

„Oh“, sagte Jens. „Das hatte ich ganz vergessen.“

„Was?“

„Komm mit.“ Er zog Hanna an der Hand in den Flur, wühlte in seiner Fliegertasche.

„Hier ist es.“ Er hatte eine kleine verpackte Schachtel in der Hand.

„Ein Geschenk? Was ist es?“

„Pack es aus.“

Hanna riss die Verpackung auf und schaute auf das Schmuckstück. Es war ein goldener Vogel, der aus dem Feuer aufstieg.

„Phönix aus der Asche?“

Jens nickte. „Du hast Schlimmes in Nigeria durchlebt. Doch du hast es zurück ins Leben geschafft, so wie der Phönix.“

„Augenblick.“ Hanna nahm ihr Amulett ab. Es war der GPS-Sender, der ihr in Nigeria das Leben gerettet hatte. Den Sender hatte sie an einer stabilen Halskette um den Hals getragen.

„Leg es mir an.“

Sie drehte ihm den Rücken zu, er legte den Phönix um ihren Hals.

„Wie sieht es aus?“

„Wunderbar. Es passt sehr gut zu dir.“

„Es wird mein neuer Talisman sein.“

Der GPS-Sender war sowieso zu groß, um ihn am Hals zu tragen. Sie würde einen anderen Platz dafür finden.

Hanna drehte sich zu Jens und schlang die Arme um seinen Nacken.

„Du siehst müde aus“, erkannte sie.

„Kein Wunder. Ich bin schon sehr lange auf den Beinen.“

„Du solltest schlafen.“

„Gute Idee. Doch zuerst möchte ich duschen.“

„Du weißt, wo das Badezimmer ist. Frische Handtücher liegen im Schrank."

Er zog einige Kleidungsstücke aus seinem geöffneten Koffer, ging ins Badezimmer und sang *What a wonderful world.*

Lächelnd räumte Hanna in der Küche das Geschirr weg. Als sie damit fertig war, ging sie zurück in den Flur und bewunderte ihr neues Amulett im Spiegel. Dabei stieß sie mit dem Knie gegen den Koffer, der auf den Boden kippte. Ein Teil der Kleider und das Prüfgerät fielen heraus.

Oh Mist.

Hanna ging in die Hocke, inspizierte das Gerät in der Schaumstoffhülle. Es schien keinen Schaden genommen zu haben. Aber der Koffer sah aus, als sei er beschädigt. Die eine Hälfte der Kofferschale schien zersprungen zu sein. Es war wie eine Kofferschale in der Kofferschale. Sie drückte die Schalen wieder zusammen und hob den Koffer zurück auf den Hocker. Als sie die auf dem Boden verstreuten Kleidungsstücke aufsammelte, kam Jens aus der Dusche. Er war barfuß, trug nur ein Badetuch um die Hüften. Mit dem zweiten Handtuch trocknete er seine Haare ab. „Was machst du da?"

„Ich bin mit dem Knie an deinem Koffer hängen geblieben. Er ist runtergefallen und ich räume gerade wieder die Sachen ein. Ich bin mir nicht sicher, ob ich was kaputtgemacht habe."

Mit ernstem Blick ging Jens zum Koffer, untersuchte ihn.

„Das Explosivspürgerät ist auch rausgefallen", sagte Hanna entschuldigend.

Jens zog die Hülle ab, untersuchte das Gerät und nickte. „Scheint in Ordnung zu sein. Die dicke Schaumstoffhülle hat wohl ihren Zweck erfüllt."

„Die eine Kofferschale ist zudem aufgeplatzt und war zweigeteilt. Ich habe die beiden Teile wieder zusammengedrückt."

Jens untersuchte den Koffer, fuhr mit den Fingern an den Rändern entlang. „Das ist schon mal passiert", sagte er. „Auf Qualität kann man sich heutzutage nicht mehr verlassen."

„Tut mir leid."

„Schon gut. Ich bin müde, möchte mich gerne hinlegen."

„Wenn du möchtest, lege ich mich mit dir hin, streichele dich in den Schlaf."

„Sehr gerne." Jens lächelte.

Es war früher Abend. Hanna ließ das Rollo im Schlafzimmer herunter. Durch die dünnen Querschlitze kam noch etwas Tageslicht ins Zimmer, deswegen war es nicht völlig dunkel. Wegen der drückenden Schwüle legten sie sich nackt aufs Bett. Die Tür war offen, die Fenster gekippt, ein leichter Lufthauch umwehte sie. Er lag auf dem Rücken, behutsam liebkoste sie seinen Oberkörper mit den Fingerspitzen.

„Du musst bald wieder fliegen, nicht wahr?"

„Ja leider. In einer Woche, nächsten Montag. Es wird wieder ein langer Trip sein. Noch länger als der Letzte. Sechzehn Tage. Erst am 10. Juli lande ich wieder in Frankfurt."

„Aber nun haben wir eine Woche für uns."

„Ja", sagte Jens.

„Und jetzt schlaf gut", flüsterte sie ihm ins Ohr.

Sein Brustkorb hob und senkte sich kaum merklich. Sie spürte beim Streicheln seine Narben.

„Mir gefällt, was du tust", sagte er schläfrig. „Du kannst dir gar nicht vorstellen, wie sehr ... wie sehr ich deine Nähe ..." Jens schien eingeschlafen zu sein.

Hanna zog das dünne Bettlaken bis zu seinem Bauch hoch und schlich leise aus dem Schlafzimmer. Noch war sie nicht müde. Die Zeit wollte sie nutzen, um einen Artikel fertig zu schreiben. Somit konnte sie morgen früh länger bei Jens bleiben. Sie freute sich auf die nächsten Tage mit ihm. Zu dumm, dass Hanna tagsüber in der Redaktion arbeiten musste.

30

Frankfurt, 20. Mai 2014

Marius schaute sie mit verliebten Augen an. Das konnte er gut. Dummerweise wollte sie schon wieder Zärtlichkeit. Er küsste ihr runzeliges Gesicht, das mit Make-up zugekleistert war.

„Habe ich dir heute schon gesagt, dass du eine wunderbare Frau bist?“, flüsterte er in ihr Ohr.

Charlotte lächelte. „Nein, aber das weiß ich ja.“

Wollüstig räkelte sie sich in dem riesigen Himmelbett. Sie liebte es, stundenlang verwöhnt zu werden. Rückenmassage, Sex, Fußmassage, Sex … Es war anstrengend, sie zu befriedigen.

„Komm tiefer, mein Lieber. Meine Muschi verlangt nach deiner Zunge.“

Im letzten Augenblick konnte Marius ein frustriertes Seufzen unterdrücken.

„Aber gerne, Schatz. Es macht mich glücklich, dich zu beglücken, because I love you.“

Er zögerte.

Wie lange soll ich mir das noch antun?

Vor knapp zehn Monaten hatte er sie kennengelernt. Die Mitgliedschaft auf der Datingsite für exklusive Partnerschaft reicher Senioren kostete 3000 Euro im Jahr, doch es war gut investiertes Geld. Marius war mit seinen 36 Jahren alles andere als ein Senior, doch auf der Plattform fand er willige und vor allem reiche Schlampen. Es war eine Marktlücke, die reichen Weiber sehnten sich nach dem Geschwafel von Liebe und nach Zärtlichkeit. Charlotte war ein Volltreffer, ein Sechser mit Zusatzzahl.

Marius liebte schlanke, große und sportliche Frauen mit kleinen Brüsten. Dummerweise war Charlotte genau das Gegenteil: klein, fett, mit riesigen Hängetitten. Und sie stank. Wenn sie ihre grauenhafte Baumwollunterhose auszog, spürte Marius regelmäßig aufkommende Übelkeit.

Leider war sie mit ihren 65 Jahren immer noch rattenscharf. Nur mit Viagra schaffte Marius es, sie zu befriedigen.

„Was ist los, mein Lieber? Keine Lust zu lecken?"

„Doch, Schatz." Er hasste es, wenn sie ihn so nannte. Er hasste es, wenn sie ihn *braver Junge* nannte, er hasste eigentlich alles an ihr. Nur ihr Geld und die Geschenke nicht.

Sie grunzte, während er sie mit der Zunge bearbeitete.

„Oh ja, … mein Lieber. Besorgs … besorgs mir."

Der Brechreiz erwachte. Marius versuchte sich abzulenken. Während er seine Zunge kreisen ließ, dachte er an das Penthouse und den Porsche Panamera. Schöne Geschenke. Nein, Geschenke waren es nicht. Es war die gerechte Entlohnung für Schwerstarbeit.

Ihr ganzes Leben lang hatte man ihr das Geld in den fetten Arsch gesteckt. Reich geboren, reich geheiratet, und, als ihr Mann vor zwei Jahren bei einem Unfall mit dem Ferrari draufging, Erbin eines dreistelligen Millionenvermögens. Nie musste sie auch nur einen Finger krumm machen. Bitch.

„Oh ja, oh ja. Ich … ich komme, oh, ich komme!"

Sie spritzte ab, und er musste sie nicht einmal ficken. Marius war erleichtert.

Er legte sich auf den Rücken, sie kuschelte sich an ihn. Es dauerte einige Minuten, bis sie wieder zu Atem kam. Was würde passieren, wenn sie einen Herzinfarkt erleidet?

Ich muss den Deal möglichst schnell eintüten.

„Sei ein braver Junge und massiere meine Füße. Hier ist das Öl." Dämlich grinsend reichte Charlotte ihm die Flasche.

„Aber gerne, mein Schatz."

Marius träufelte Öl in seine Hand, rieb es warm und massierte ihre Füße. Sie grunzte wieder.

„Ich kann es immer noch nicht glauben", sagte Marius, um das Gespräch in die richtige Richtung zu lenken.

„Was kannst du nicht glauben?"

„Dass du mir *A.C.I.* anvertraust. Das ehrt mich und ich kann es nicht erwarten, dir zu zeigen, wie gut ich die Firma führen werde."

„Wie gut du die Firma führen wirst?" Charlotte richtete ihren Oberkörper auf, stützte sich auf den Unterarmen ab und schaute Marius mit hochgezogenen Augenbrauen an. Ihre schlaffen Titten hingen seitlich neben der fetten Wampe. Widerlich.

„Was willst du tun?“, fragte sie auffordernd.

Auf diesen Moment hatte Marius gewartet. Vor Kurzem hatte Charlotte ihm die Finanzanalyse und Kennzahlen des Unternehmens gegeben. Nun konnte er zeigen, was er draufhatte.

„Die vier Geschäftsführer verdienen viel zu gut, they don`t deserve it. Zudem bezahlen sie die Mitarbeiter übertariflich und ein Viertel der Belegschaft könnte sowieso entlassen werden. Ich schmeiße drei der Geschäftsführer raus, stutze die Belegschaftskosten in normale Bereiche zurück. Dadurch werde ich den Gewinn vor Steuern um geschätzte 20 % steigern. Much more profit, babe.“

„Babe?“

Marius grinste. „Yes my babe. Much more profit.“

Charlotte glotzte ihn ausdruckslos an. Bestimmt war sie tief beeindruckt von seinen Managerfähigkeiten.

„Was ist dein Job?“

„Was ist denn das für eine komische Frage?“

„Was arbeitest du? Wie verdienst du dein Geld? Los sag es mir.“

„Aber Schatz, das weißt du doch.“

„Sag‘s mir.“

Marius schnaufte frustriert aus.

„Ich bin Kriminaloberkommissar und stellvertretender Leiter der Mordkommission K11 in Frankfurt.“

„Genau. Du bist ein kleiner Kriminalbeamter, kannst vielleicht Verbrecher jagen. Von Unternehmensführung verstehst du jedoch rein gar nichts.“

„Aber ich …“

„Mach dich nicht lächerlich, Marius. Du hast keine Ahnung vom Business und von Industriebau schon gar nicht. Ich habe die Geschäftsführung vor Jahren eingesetzt, als es der Firma schlecht ging. Sie haben *A.C.I.* zu einem hochprofitablen Unternehmen aufgebaut und den Umsatz vervielfacht. Sie und das Personal haben ihren Lohn mehr als verdient. Ich dachte, du hast die Zahlen gesehen.“

„Natürlich habe ich …"

„216 Arbeitsplätze sind inzwischen langfristig abgesichert und ich werde nicht zulassen, dass ein kleiner, ahnungsloser Beamter daran etwas ändert. Du bekommst die Firma nur, wenn du die Geschäftsführer ihren Job machen lässt und nicht dazwischenfunkst. Habe ich mich klar ausgedrückt?"

Marius schluckte und zwang sich zu einem Lächeln.

Ich hasse sie.

„Wie du willst, Schatz, wie du willst."

„Habe ich mich klar ausgedrückt?"

„Ja, mein Schatz. Du hast dich sehr klar ausgedrückt."

Verfluchte Schlampe. Sobald ich die Firma habe, schicke ich dich zum Teufel.

Für den Augenblick musste Marius sich die Erniedrigung gefallen lassen. Doch der Preis war es wert. Als Alleineigentümer von A.C.I. würde Marius ein gemachter Mann sein. Der Notartermin war schon bestimmt. Nicht mehr lange, dann würde Marius Unternehmer sein und den demütigen Job bei der Kripo an den Nagel hängen.

„Warum massierst du meine Füße nicht mehr, mein Lieber?"

Charlotte legte sich wieder auf den Rücken. Am liebsten hätte Marius ihr die Faust ins Gesicht geschlagen. Doch er lächelte und massierte weiter.

„Und noch was, mein Lieber."

„Ja?"

„Nenn mich nie mehr *babe*."

31

Los Angeles, 21. Mai 2014

„Ich schlage vor, du führst die Vernehmung", sagte Andrew auf den Weg zum *Hermosa Pier*, wo sie die Mexikanerin Maria Gonzales treffen wollten.

Noah grinste. „Sehr gerne."

„Ich werde mit den Belehrungen anfangen", ergänzte Andrew, „dann kannst du auf mein Zeichen übernehmen."

Nicht viele Menschen waren um diese Zeit hier. Die beiden Kriminalbeamten liefen zügig bis zum Ende des Piers. Noah stupste seinen Boss an.

„Ob sie das ist?"

Eine Frau mit langem schwarzem Haar lehnte am Geländer und schaute auf die Wellen. Sie war schon von Weitem als Lateinamerikanerin zu erkennen.

„Miss Gonzales?", fragte Andrew, als sie näherkamen.

Sie drehte sich um. Nervös blickte sie an den Polizisten vorbei am Pier entlang.

Andrew und sein Assistent zeigten ihre Polizeimarken und stellten sich vor. „Sie haben gestern am Telefon mit mir gesprochen", erklärte Noah.

„Muss ich reden?", fragte Frau Gonzales.

„Sie werden reden wollen. Doch zuerst muss ich Ihnen Ihre Rechte aufsagen."

Als Andrew anfing, sie über ihr Aussageverweigerungs- und Zeugnisverweigerungsrecht aufzuklären, fiel sie ihm ins Wort.

„Was ist mit Jennifer? Sie haben mir nicht gesagt, was mit ihr los ist. Ich erreiche sie auch nicht am Telefon. Es ist was passiert, nicht wahr?"

Andrew nickte. Frau Gonzales starrte ihn an. Tränen kullerten aus ihren Augen. „Natürlich ist ihr was passiert. Sonst wären Sie nicht hier. Hab ich recht?"

Andrew nickte wieder.

„Ist Jennifer verletzt? Ich habe immer wieder versucht, sie anzurufen, doch sie hebt nicht ... "

„Jennifer Edwards ist tot."

Frau Gonzales legte die Hand vor ihren Mund. Ihre Augen waren weit aufgerissen. Mit ruhiger Stimme beendete Andrew die Belehrung und nickte Noah zu.

„Frau Gonzales, haben Sie …"

„Sie wurde umgebracht, nicht wahr? Sonst würde doch die Polizei nicht mit mir sprechen wollen."

Noah nickte. Maria Gonzales lief ein paar Schritte am Holzgeländer entlang, schlang die Arme um ihren Körper, als würde sie frieren. Sie blickte auf das Meer.

Noah wollte ihr folgen, doch Andrew hielt ihn an der Schulter zurück und schüttelte den Kopf. Eine Minute lang geschah nichts. Miss Gonzales stand da wie eine steinerne Statue. Die frische Seebrise spielte mit ihren Haaren. Sie schniefte, wischte sich mit dem Handrücken über die Nase, drehte sich zu den Polizisten und kam mit hoch erhobenem Kopf zurück.

„Wie?", presste sie hervor.

„Das wissen wir noch nicht genau. Die Untersuchungen laufen."

„Warum?"

„Um eine Antwort darauf zu finden, sind wir hier."

„Nach dem *Wer* brauche ich wohl nicht zu fragen."

„Da können Sie uns vielleicht weiterhelfen."

Miss Gonzales atmete tief durch. „Finden Sie das Schwein."

„Das werden wir. Helfen Sie uns dabei?"

„Was wollen Sie von mir wissen?"

„Wie war Ihr Verhältnis zu Miss Edwards?", fragte Noah. Er hatte einen kleinen Schreibblock und einen Stift in der Hand.

„Wir sind gute Freundinnen."

„Wie oft sahen Sie sich?"

„Unregelmäßig. Manchmal sehen wir uns für eine ganze Woche nicht, dann wieder jeden Tag."

„Wo hat Miss Edwards gearbeitet? Wer könnte sie vermisst haben?"

„Sie hat genug Geld aus einer Erbschaft. Um unter Leute zu kommen, und ich glaube, auch aus Langweile, bedient sie gelegentlich im *Pacific-Fish*. Familie hat sie keine mehr. Ihre Eltern sind bei einem Unfall ums Leben gekommen. Deswegen auch die Erbschaft."

„Wann hatten Sie den letzten Kontakt mit ihr?"

„Vor fast zwei Wochen."

„Geht es genauer?"

Miss Gonzales überlegte einen Augenblick. „Am Montag vor einer Woche. Sie rief mich an."

Andrew und Noah schauten sich an. Es war der Todestag.

„Welche Uhrzeit?"

„Am späten Vormittag, gegen elf. Sie brauchte ein fleischfreies Kochrezept, weil sie ihre neue Bekanntschaft, einen Mann aus Deutschland, zum Abendessen zu sich nach Hause einladen wollte."

„Was hat sie über diesen Mann erzählt?"

„Dass er ausgesprochen charmant ist, höflich und sympathisch. Kavalier alter Schule. Sie schwärmte von seinem knackigen und muskulösen Körper. Es muss mächtig gefunkt haben bei ihr. Sie war total verliebt, und ich habe ihr noch Mut gemacht. Oh mein Gott."

„Wann haben Sie Miss Edwards das letzte Mal gesehen?"

„Zwei Tage vor dem Telefongespräch, am Samstag. Wir waren Pizza essen am Redondo Pier. Sie war betrübt, weil schon wieder so ein Dreckskerl sie verarscht hatte."

„Und kurz darauf traf sie diesen besonderen Mann? Miss Edwards scheint sich schnell getröstet zu haben", stellte Noah fest.

Miss Gonzales funkelte ihn böse an. „Was wissen Sie von Liebe? Wie alt sind Sie überhaupt?"

„Mein Alter tut nichts zur Sache", verteidigte sich Noah und lenkte das Gespräch wieder in die richtige Richtung. „Was hat Miss Edwards noch erzählt?"

„Nikolas heißt er. Geschäftsmann. Er hat öfters in L.A. zu tun."

„Woher kannten sich die beiden?"

„Aus dem Internet. Sie standen schon seit einiger Zeit im Kontakt. Als er nach L.A. kam, lud er sie zum Abendessen ein, beim Inder am Venice Beach. Sie verstanden sich auf Anhieb.

Jenny meinte, dass er verständnisvoll war wie kein anderer Mann zuvor. Er konnte zuhören, interessierte sich für ihr Leben und war reich. Noch nie habe ich sie so glücklich erlebt."

„Nach nur einem Tag?"

Frau Gonzales schaute kampfbereit zu Noah.

„Ja genau. Nach nur einem Tag. Aber sie kannten sich ja auch schon von der Datingsite und vom Telefonieren."

„Auf welcher Datingsite haben sich die beiden kennengelernt?"

„Keine Ahnung. Dass er nicht hier lebte, stört Jenny natürlich. Doch er sagte ihr, dass er wegen der Geschäfte sowieso nach L.A. ziehen wollte."

„Welche Geschäfte?"

„Irgendwas mit Computer.

„Gibt es Hinweise, Besonderheiten, die uns weiterhelfen könnten?", fragte Noah.

Miss Gonzales schnaufte tief durch, schien zu überlegen. „Ja. Jenny glaubte, dass er flunkerte. Sie hatten vor ihrem ersten Treffen mehrmals telefoniert und auch die Kamera an. Einmal hatte Jenny im Hintergrund eine Uniformjacke mit goldenen Streifen gesehen, die über einem Stuhl hing."

„Hat sie ihn nicht darauf angesprochen?"

„Hat sie. Er sagte, die Jacke sei von seinem Bruder."

„Doch das glaubte Miss Edwards nicht?"

Frau Gonzales schüttelte den Kopf. „Jenny hatte eine Woche später bei dem Abendessen am Venice Beach nach seiner Familie gefragt. Nikolas sagte, dass seine Eltern tot seien, Geschwister hatte er nicht erwähnt."

„Dieser Nikolas scheint also gelogen zu haben", stellte Noah fest.

„Jenny meinte, dass er vielleicht noch verheiratet war und deswegen seine wahre Identität verstecken wollte."

„Und das störte sie nicht?"

„Alle guten Männer sind doch verheiratet. Doch vielleicht kommt ja bald die Scheidung und da muss man rechtzeitig zur Stelle sein. Eine Affäre ist die beste Möglichkeit, sich zu positionieren, bevor eine andere auftaucht."

Andrew schmunzelte.

„Was sagte Miss Edwards noch über ihre neue Bekanntschaft?“, fragte Noah.

„Ein Mann mit Prinzipien, der wohl mächtig Kohle hat. Keiner dieser Typen, die nur eine Frau flachlegen wollen. Nach dem Abendessen ließ er sich von ihr vor seinem Hotel absetzen. Keine schleimige Anmache, keine Aufdringlichkeit, keine zweideutigen Anspielungen.“

„Welches Hotel?“

„Shade Hotel am Redondo Beach. Ein Nobelschuppen.“

„Und weiter?“

„Sie wollten sich am nächsten Tag wiedersehen. Am Montag also. Diesmal mit Dinner bei ihr zu Hause.“

„Gibt es auch einen Nachnamen?“

„Hat sie mir nicht gesagt.“

„Weitere Indizien, die uns helfen könnten?“

„Na ja, er ist eigentlich zu klein, sagte Jenny. Sie misst 1,76 Meter, und er hat sie kaum überragt. Mich hatte das gewundert, da sie normalerweise auf große Männer steht. Doch bei diesem Kerl war irgendwie alles anders. Sie war verrückt nach ihm.“

„Hat sie noch weitere Körpermerkmale beschrieben? Haarfarbe? Hautfarbe?“

Miss Gonzales schüttelte gedankenverloren den Kopf. „Nein. Ich glaube nicht. Halt doch, schwarze kurze Haare, hat Jenny gesagt. Und mir fällt noch was ein.“ Frau Gonzales zog ihr Smartphone aus der Tasche, suchte etwas darin und gab das Telefon Noah.

„Jenny hatte mir was geschrieben.“

„Geschrieben?“

„Ja. Ne Textmessage. Hier.“

Die Polizisten schauten auf den Text im Display.

Hey Maria! Wahnsinnstyp!!! TOOOLLLLE blaue Augen!!! Sogar seine Brustnarben sind sexy!!! WOW!!! Jenny ist hoffnungslos verliebt in Nik aus GERMANY!!!!!

Andrew sah, dass die Nachricht am Montagabend, in der Mordnacht, geschrieben wurde.

„Können Sie uns die Unterhaltung weiterleiten? Sie haben ja schon meine E-Mail-Adresse“, sagte Noah.

„Natürlich.“ Miss Gonzales tippte konzentriert auf ihrem Handy und einen Augenblick später erschien auf Noahs Telefon eine E-Mail mit der Konversation im Anhang.

„Vielen Dank, Miss Gonzales. Sie haben uns sehr geholfen“, sagte Andrew. „Sollte Ihnen noch etwas einfallen, können Sie mich jederzeit anrufen. Jederzeit, verstehen Sie?“

Frau Gonzales nickte wieder. „Werde ich.“

Die Kriminalbeamten verabschiedeten sich.

„Und wie machen wir jetzt weiter?“, fragte Noah auf dem Weg zum Wagen.

„Recherche am Computer. Ein deutscher Geschäftsmann, der letzte Woche in L.A. war, vielleicht ein Pilot. Daraus lässt sich doch eine schöne Suche formieren.“

32

Frankfurt, 26. Mai 2014

Sanft strich Igor mit den Fingerkuppen über den Bildschirm, zeichnete die Konturen ihres dürren Körpers und ihres Gesichtes nach. Sie stand mit der Tasse in der Hand neben dem Küchentisch. Sah sie traurig aus?

Am Morgen hatte Jens sich von Hanna verabschiedet. Erst in sechzehn Tagen würde er wieder zurückkommen. Die arme Hanna war nun ganz alleine. Dachte sie jedenfalls.

Nachdem Jens vor einer Woche aus den USA zurückgekommen war, verbrachten sie jede Nacht zusammen. Manchmal übernachteten sie bei ihm, manchmal bei ihr. Die beiden Turteltäubchen waren richtig scharf aufeinander.

„Ganz schön verliebt, verfluchte Nonne.“

Sie klappte den Laptop auf, setzte sich aber nicht. Die Tasse hielt sie immer noch in der Hand. Während sie trank, tippte sie mit der freien Hand auf der Tastatur. Igor sah auf seinem Computer, dass sie ein Worddokument öffnete. Sie stellte die

Tasse ab, stützte sich mit beiden Händen auf den Tisch und schaute mit leicht schräg geneigtem Kopf neugierig auf den Bildschirm. Igors Pulsschlag erhöhte sich. Genauso herablassend hatte sie in Bamberg auf ihn geschaut. Sie schien zu überlegen, nickte, setzte sich und bearbeitete mit ihren knochigen Fingern die Tastatur. Es waren dieselben knochigen Finger, die damals über seinen Kopf strichen.

„Hast dich nicht verändert in all der Zeit."

Die Nonne schrieb an einem neuen Artikel, der Keylogger zeigte ihren Text an. Wollte sie ihre Gedanken von Jens ablenken?

„Ein schöne Show spielen wir beide", flüsterte Igor. „Und du ahnst nichts davon. Bald werde ich deinen Körper und deinen Geist zerstören, wie du es mit mir gemacht hast. Bald."

Er zitterte vor Erregung bei der Vorstellung, wie sie nackt und gefesselt vor ihm lag und auf das Werkzeug starren würde.

Nach wenigen Minuten stand die Nonne auf. Igor sah sie für einen kurzen Augenblick im Flur auf Bildschirm Nummer zwei, bevor sie im Badezimmer verschwand. Dort gab es keine Kamera.

„Musst wohl pissen. Beeil dich, Hure, ich will dich schnell wiedersehen."

Igor hatte die totale Kontrolle über ihr Leben. Und er wusste alles über sie. Ihre Eigenheiten, Stärken, Schwächen, Vorlieben, Abneigungen, nichts blieb ihm verborgen. Er wusste, was in Nigeria passiert war, kannte ihre berufliche und private Entwicklung, ihre Krankenakte, ihre Blutgruppe … einfach alles. Dieses Wissen machte sie für ihn berechenbar.

Plötzlich waren alle Bildschirme schwarz. Verärgert sprang Igor auf, drückte auf den Lichtschalter – nichts. In der Küche lief der Kühlschrank nicht mehr, das Display der digitalen Uhr war schwarz.

Er rannte zum Sicherungskasten, riss ihn auf. Alle Sicherungen waren drin. Stromausfall.

Igor holte den Ordner *Service* aus dem Schrank, suchte die Telefonnummer des Stromanbieters.

„Vor Ihrem Haus werden Arbeiten am Stromnetz ausgeführt", sagte die Frau. „Haben Sie den Wurfzettel in Ihrem Briefkasten nicht gelesen?"

„Glauben Sie, ich würde anrufen, wenn ich den Zettel gelesen hätte?"

„Wohl nicht", antwortete die Frau kleinlaut.

„Wie lange?", fragte Igor.

„Drei Stunden. Um 15 Uhr haben Sie wieder Strom, vielleicht auch früher."

Igor legte auf.

Drei Stunden ohne Kontrolle. Für eine erfolgreiche Jagd war Kontrolle eine unabdingbare Voraussetzung. Zumindest hatte er ihre Standortposition durch die GPS-Tracker. Aber er wollte sie sehen.

Solle er zu ihr fahren, um sie aus den Büschen heraus zu beobachten? Nein, nicht tagsüber. Igor musste Geduld haben.

Er schmierte sich ein Brot, biss lustlos darauf herum, ging zurück in den Kontrollraum, öffnete den Computer, kam nicht ins Internet. Natürlich. Der Router brauchte ja auch Strom. Er aktivierte den Hotspot seines Handys. Somit konnte er zumindest über den kleinen Bildschirm Daten abrufen. Die Vorbereitungen für Singapur waren abgeschlossen, Igor überprüfte sie nochmal, alles passte.

Er zog die kurze Sporthose an, wärmte sich zehn Minuten mit dem Springseil auf und stemmte Gewichte. Anschließend umwickelte er seine Handknöchel mit Binden, drosch auf den Sandsack ein. Bei jedem Schlag brüllte er seine Wut hinaus. Irgendwann war er erschöpft.

Dürre Nonne, was machst du jetzt gerade? Trinkst du Kaffee? Starrst du mit deinen grünen Augen wieder auf den Computer?

Verschwitzt blickte er auf die schwarzen Bildschirme an der Wand. Ein schmerzhafter Anblick.

Noch zwei Stunden.

Er holte das elektronische Tagebuch aus dem Versteck, seine Bibel. Igor setzte sich in den knarrenden Ledersessel, las das jüngste Ereignis und schloss die Augen. Die Erinnerung an

Jennifer, an die wunderbare Nacht in L.A.. Die weit aufgerissenen Augen, der sich windende Körper, das Blut, die Verzweiflung. Schöne Erinnerungen, doch seine Gedanken schweiften zur Nonne. Die Sehnsucht nach ihr war mächtig. Frustriert klappte Igor den Laptop zu, schaute auf die Bildschirme.

Verfluchte Nonne. Ich will dich sehen.

Noch eineinhalb Stunden.

Es war nicht möglich, nicht an die Nonne zu denken. Nicht zu wissen, was sie gerade machte, trieb ihn zur Verzweiflung. Immer wieder blickte er auf die Uhr, lief nervös vor der Bildschirmwand auf und ab, faltete die Hände hinter seinem verschwitzten Kopf.

„Meine liebe Hanna, pass gut auf dich auf. Dir darf nichts passieren. Ich brauche dich unversehrt für das große Finale."

Er ging ins Badezimmer. Klack, klack, er betätigte den Lichtschalter. Nichts. Er duschte im Dunkeln, kam zurück zu den Bildschirmen. Schwarz. Das Bedürfnis nach Kontrolle wurde unerträglich. War Sehnsucht so etwas wie seelischer Schmerz? War es vergleichbar mit körperlichem Schmerz?

Igor setzte sich, legte den linken Fuß auf seinen rechten Oberschenkel und schnitt mit dem Messer in die nackte Fußsohle. Es war ein vertrautes Gefühl, anders als das starke Verlangen, die Nonne wieder sehen zu können. Blut tropfte auf den Boden. Igor rieb über die Schnittwunde und leckte an seinem Finger. Der Geschmack tröstete. Er drückte wieder seinen Finger in die Wunde, presste ihn tiefer hinein. Die Nerven sendeten stechende Impulse. Es war gut, Leben zu spüren.

Igor sah das Foto von ihr auf dem Tisch, nahm es in die Hand, strich darüber. Es war nun blutverschmiert. Eine Hitzewelle strömte durch seinen Körper. Die Sehnsucht nach ihr war eine Qual. Er schaute auf die dunkeln Bildschirme.

„Komm schon, Miststück, komm schon. Ich will dich sehen."

Es piepste, das Licht ging an, die Bildschirme erwachten zum Leben. Igor war glücklich, als er sie am Küchentisch vor ihrem Laptop sah.

„Da bist du ja wieder."

Igor war erleichtert und irritiert. Wie konnte man Sehnsucht haben nach einem Haufen Knochen und Fleisch? Es fing doch genauso schnell an zu stinken wie Schweinefleisch, verrottete genauso schnell.

Die Nonne holte einen Topf aus dem Schrank, füllte Wasser ein, stellte ihn auf den Herd, wollte ihn einschalten, zögerte.

„Darling", flüsterte Igor, „willst du kochen? Ob ich dich kochen soll?"

Nein, nein. Das würde ja viel zu schnell gehen. Doch vielleicht sollte ich einen kleinen Teil von dir kochen. Einen Fuß? Wie der wohl schmecken würde? Eine Prise Salz, etwas Pfeffer. Lecker. Wirst du seelischen Schmerz spüren, wenn du siehst, wie ich das Fleisch von deinem Fuß fresse?

Sie setzte sich wieder vor ihren Laptop.

„Du verfluchtes Dreckstück spielst die unschuldige Journalistin. Doch mich kannst du nicht täuschen."

Igor stand auf, lief an den Bildschirm, strich wieder über ihr Gesicht.

„Ich wache über dich, dir wird nichts passieren. Du gehörst mir."

Während er sie beobachtete, wurde plötzlich eine neue, eine großartige Idee geboren. Noch war das Gedankenbaby ein runzeliges Etwas. Doch Igor spürte die Genialität der Idee.

Seelische Schmerzen sind schlimm.

Igor strich wieder mit den Fingern über den Bildschirm, über ihre Gesichtszüge.

Seelenschmerz brauchst du, bevor ich dich abschlachte, mein Liebling.

Mir wird etwas Gutes einfallen.

Sie seufzte, legte ihren Kopf in die Hände, schaute verträumt aus dem Fenster.

Hatte sie Sehnsucht? Nach Jens?

Bald werden wir uns wiedersehen, bald.

Sie stand auf, schaute auf den Topf mit dem Wasser, schaltete den Herd noch immer nicht ein, ging ins Schlafzimmer. Die Nonne schien müde zu sein. Sie legte sich mit den Kleidern aufs Bett. Kurze Zeit später schlief sie.

Die Kamera war im Rauchmelder versteckt, Igor sah auf sie hinunter. Zärtlich strich er über den Bildschirm und glaubte, ihren Duft zu riechen.

33

Frankfurt, 02. Juni 2014

Wütend knallte Marius den roten Schnellhefter auf seinen Schreibtisch.

„Fuck!"

Er atmete tief durch, stand auf und lief verärgert in seinem Büro hin und her. Was für eine Demütigung. Sollte er sich wie einen Sklaven behandeln lassen? Er war immerhin stellvertretender Leiter der Mordkommission K11.

„Verfluchter Staatsanwalt."

Marius setzte sich zurück an seinen Schreibtisch und öffnete wieder den Schnellhefter. Der dünne Stapel Papier war mit gelben Trennstreifen in drei Teile untergliedert. Auf dem äußeren Rand des einen Streifens stand *Original.* Auf dem anderen Streifen *Übersetzung.* Der dritte Teil bestand aus einem einzigen Blatt, dem Deckblatt. Neumann, der Staatsanwalt aus Frankfurt, hatte den dritten Teil dazu geheftet. Die Anweisung war eine Frechheit:

> *Für KOK Fischler.*
> *Arbeiten Sie sich in die Akte ein. Durchleuchten Sie die Hintergründe der Piloten, aber kein Kontakt. KHK Schulz wird den Fall übernehmen, sobald er wieder aus dem Krankenstand zurück ist. Melden Sie ihm Ihre Ergebnisse.*

„Melden Sie ihm Ihre Ergebnisse?", schrie Marius laut. „Du kannst mich am Arsch lecken."

Niemand durfte so erniedrigend mit Marius umgehen. Auch kein bescheuerter Staatsanwalt. Einen Marius Fischler konnte man nicht so einfach aufs Abstellgleis schieben.

Ich bin nicht dein Knecht, Mister fucking Neumann.

Und seinem Vorgesetzten wollte Marius schon gar nichts melden. Klaus hatte ihn bisher immer ausgebremst. Aus Neid, mit Sicherheit. Marius war gutaussehend, klug, hatte Charisma. Klaus war klein, übergewichtig und arbeitete mit Methoden aus dem letzten Jahrhundert. Und nun war Klaus krank.

Eigentlich hatte Marius keine Lust mehr, sich bei der Kripo zu engagieren, denn gedanklich war er bereits Unternehmer. Doch zum Handlanger wollte er sich nicht erniedrigen lassen und dieser Fall war eine perfekte Gelegenheit, sich zu beweisen. Mit dem Fall konnte Marius für einen würdigen Abgang sorgen. Dieser verstaubte und ineffiziente Beamtenhaufen konnte ihn mal kreuzweise.

Sie hatten ihn lange genug ausgebremst. Seine Fähigkeiten wurden in der Behörde nicht anerkannt, die Beurteilungen, die alle zwei Jahre gemacht wurden, waren eine Frechheit. Seine Vorgesetzten waren tatsächlich der Meinung, seine Leistungen seien nur mäßig. Nur mäßig! Einzig die letzte Beurteilung vor fast zwei Jahren war ihm gerecht geworden. Marius hatte sich gut mit seinem damaligen Chef verstanden. Der hatte Verständnis für die Bitte um eine angemessene Bewertung. Marius hatte sich wie ein Bettler gefühlt. In diesem Beamtensystem kam man nur als Arschkriecher weiter, Leistung zählte nicht. Deswegen sah Marius bei der Behörde keine Zukunft. Ein letzter Fall, ein glänzender Abschluss, und Tschüss.

Marius legte die Beine auf den Schreibtisch, verschränkte die Arme hinter dem Kopf, schloss die Augen und überlegte, wie er vorgehen sollte.

Nach wenigen Minuten fing er an zu grinsen. Na klar. Es war ja ganz einfach. Die Akte lag zwar auch in digitaler Form vor, nicht aber das Deckblatt mit der Anweisung. Marius riss das Blatt vom Staatsanwalt aus dem Schnellhefter, knüllte es zusammen und feuerte es in den Papierkorb. Wenn jemand fragen sollte, war die Anweisung eben verloren gegangen, oder die Sekretärin hatte vergessen, sie einzuheften. Das Glück gehörte den Mutigen. Und sollte die kleine Manipulation tatsächlich auffliegen, war es auch egal, denn Marius würde sowieso bald kündigen. Er stellte sich vor, wie blöd Klaus und der Kriminalrat glotzen würden. Es war ein geiles Gefühl, unabhängig von solchen Idioten zu sein.

Nachdem dieses lächerliche Problem gelöst war, konnte Marius sich entspannt dem Fall widmen. Zufrieden blätterte er durch die Akte. Die USA hatten das Rechtshilfeersuchen an das Bundeskriminalamt geschickt. Da die zu befragenden Personen allesamt im Großraum Frankfurt wohnten, hatte das BKA das Ersuchen an das Polizeipräsidium Frankfurt weitergegeben.

Es ging um eine verstümmelte Frauenleiche in Los Angeles. DNA und Fingerabdrücke vom Tatort waren sichergestellt worden. Eine erste Spur führte nach Deutschland. Ein Pilot könnte es gewesen sein, ergab eine Zeugenaussage.

Die Amis hatten herausgefunden, dass zur Tatzeit acht deutsche Piloten in L.A. gewesen waren: vier Piloten von der Lufthansa, zwei von der Charterfluggesellschaft Air Germany und zwei von der Frachtfluggesellschaft Worldcargo. Die Spurensicherung in L.A. hatte alle Hotelzimmer durchsucht, in denen die betreffenden Piloten abgestiegen waren. Es gab viele unterschiedliche Fingerabdrücke und DNA-Proben, doch die passten nicht zu den Spuren am Tatort. Auch die Spuren in den Fahrzeugen, mit denen die Piloten zum Airport gebracht worden waren, hatten keine Übereinstimmungen erbracht.

Das war allerdings kein Beweis dafür, dass nicht doch einer der Piloten der Täter sein könnte.

Marius pfiff leise durch die Zähne, als er die nächste Seite durchlas. Der Minivan, der die Piloten von Worldcargo zum Airport transportiert hatte, war als gestohlen gemeldet und unauffindbar. Was für ein sonderbarer Zufall. Auch der Zimmerbrand im Hotel, in dem die Piloten von Worldcargo untergebracht waren, stank zum Himmel. Es war das Zimmer gewesen, in dem der Kapitän gewesen ist.

Noch hatte keiner der acht Piloten den Status eines Verdächtigen oder Beschuldigten. Doch das konnte sich schnell ändern, wie Marius wusste. Die Anfrage war eindeutig: Überprüfung aller Piloten, Befragung und nach Möglichkeit DNA-Proben und Fingerabdrücke. Sollte einer der Tests positiv sein, vorläufige Festnahme. Es war Marius klar, dass in diesem Fall die Amis einen Auslieferungsantrag stellen würden und er, Marius, würde als leitender Ermittler den Täter überführen.

Er rieb sich motiviert die Hände und legte los. Sein erstes Telefonat führte er mit dem LBA, dem Luftfahrtbundesamt in Braunschweig. Im Laufe des Nachmittags sprach er mit den Flugbetriebsleitern der Airlines und mit den Flugärzten, bei denen die Piloten jedes Jahr untersucht wurden. Doch aus fucking Datenschutzgründen durften keine Informationen per Telefon oder E-Mail übermittelt werden. Marius gab Peter Gessner, einem der Kriminaloberkommissare, den Auftrag, Informationen zu sammeln und die Datenbank zu checken. Nun musste Marius auf erste Ergebnisse warten, doch er hatte bereits einen Verdacht.

*

Zwei Tage später kam Peter ins Büro und übergab Marius den Bericht.

„Warum hat das so lange gedauert?“, fragte Marius genervt.

„Weil die beteiligten Behörden nicht schneller geantwortet haben und weil auch noch andere Sachen auf dem Tisch liegen.“

„Was hast du herausgefunden?“

„Bisher ist keiner der Piloten aufgefallen oder registriert.“

„So so. Keiner der Piloten ist bisher aufgefallen. Das muss gar nichts bedeuten, not at all.“

„Natürlich nicht. Not at all“, sagte Peter arrogant.

„Du kannst gehen.“

Marius schaute seinem Untergebenen hinterher, bis er die Tür hinter sich geschlossen hatte. Peter hatte schon immer Probleme, ihn als Vorgesetzten anzuerkennen. Wie fast alle Mitarbeiter im K11 war auch Peter Klaus’ Stiefellecker. Doch ihm, dem Stellvertreter, verweigerten sie oft ihre Loyalität. Die Respektlosigkeit ging Marius mächtig auf die Nerven. Aber damit musste er sich nicht mehr lange herumärgern. Marius lächelte bei den Gedanken an die neidvollen Gesichter seiner Kollegen.

Er überflog Peters Bericht und widmete sich danach der Liste, die er angefertigt hatte. Dort waren die relevanten Informationen über die acht infrage kommenden Piloten gesammelt: Name, Alter, Airline, Größe, Augenfarbe und Körperbau.

Marius verglich die Liste, die er bisher über den Täter kannte: Alter zwischen 40 und 50 Jahre, blaue Augen, Veganer, Narben am Körper, nicht größer als 1,80 Meter, sportlich und vielleicht ein Pilot.

Auf der Liste gab es noch einige Lücken, doch schon jetzt, ohne Befragung und ohne DNA, wusste Marius, dass sich sein Verdacht bestätigen würde.

Bei manchen Piloten passte der Körperbau, bei anderen die Größe, Augenfarbe oder *mittleres Alter*. Doch es gab nur einen Piloten, bei dem alle Hinweise zutrafen. Er pfiff durch die Zähne.

„Fucking bastard. Mit mir hast du wohl nicht gerechnet."

Marius griff zum Telefon. Es wurde Zeit, weitere Aufträge an die Mitarbeiter von K11 zu verteilen.

Eine Stunde später lehnte Marius sich zufrieden zurück.

Jens Bachmann, Kapitän bei Worldcargo, bald hab ich dich.

*

Am nächsten Tag kam Kriminaloberkommissar Roland Kippes in Marius' Büro.

„Hier ist das Ergebnis." Schwungvoll schmiss Roland eine dünne Mappe auf den Tisch. „Ich habe Bachmanns Dienstpläne der letzten drei Jahre überprüft. Mehrmals gab es ungeklärte Morde in den Städten, in denen der Kapitän aufgetaucht war. Allerdings passieren in den Großstädten der Welt fast täglich Morde. In Afrika, Russland und Südamerika ist die Rate am höchsten."

„Parallelen?"

„In mehreren Fällen wurden Frauen verstümmelt."

„Very good. Das bestätigt meinen Verdacht. Wir werden heute noch zu Bachmann fahren, ihn befragen und DNA und Fingerabdrücke von ihm besorgen."

„Geht nicht. Der Flugbetriebsleiter von Worldcargo hatte gesagt, dass der Kapitän noch für über eine Woche in Asien unterwegs ist."

„Fuck."

Roland zuckte mit den Schultern. „Dann befragen wir ihn eben nächste Woche."

„Danke für deinen wertvollen Ratschlag. Du kannst jetzt gehen."

So ein Mist. Nächste Woche würde Klaus wieder zurück sein. Das verkomplizierte die Sache. Doch Marius würde seinen Chef einfach vor vollendete Tatsachen stellen.

Ich mache ihm schon klar, dass ich die Sache alleine regeln werde. Und zwar auf meine Art.

34

Singapur, 08. Juni 2014

Der Einwinker kreuzte die roten Leuchtstäbe über dem Kopf. Jens trat behutsam auf die Bremsen. Der Jumbo wippte sanft ins Bugfahrwerk, kam zum Stehen und Jens setzte die Parkbremse. Ein Bodenmitarbeiter stöpselte am Fahrwerk ein Headset ein und war nun mit der Cockpitcrew über die Intercom-Anlage verbunden.

„Welcome in Singapore, Captain. Cocks are in place", sagte der Mitarbeiter. Es war die Bestätigung, dass die wuchtigen Bremsklötze an Ort und Stelle waren. Jens löste die Parkbremse, die Boeing 747 rollte ein paar Zentimeter zurück in die Klötze.

„Chocks holding", bestätigte der Mann am Headset. Die Bremsklötze hatten das Flugzeug fest im Griff.

Karl-Heinz Förster, der Copilot, schaltete die hydraulischen Systeme und das rote Blinklicht an der Außenseite des Jumbos aus, das Zeichen für das Bodenpersonal, dass es nun gefahrlos am Flugzeug arbeiten konnte. Frachttüren und Beladeluken wurden geöffnet, der Tanklaster fuhr unter die linke Tragfläche, die Techniker begannen mit ihren Wartungsarbeiten und das Servicepersonal kam an Bord. Nachdem die beiden Piloten die *shut-down-checklist* abgearbeitet hatten, füllte Jens das technische Logbuch aus.

„Drei freie Tage in Singapur“, sagte Karl-Heinz freudestrahlend.

„Hast du Pläne?“

„Oh ja. Ich habe ne lange Einkaufsliste. Doch morgen früh gehe ich hier hin.“ Karl-Heinz deutete auf einen Prospekt und zeigte ihn Jens. „Singapur hat den besten Regenwald-Zoo der Welt. Ich werde früh da sein, weil ab Mittag wegen des Feiertags großer Andrang sein wird. Kommst du mit?“

Jens lächelte. „Nein. Ich muss am Computer arbeiten.“

„Wie langweilig.“

„Stimmt.“

„Übermorgen fahre ich mit der Fähre nach Bintan Island. Da bist du aber dabei, oder?“

Jens schüttelte den Kopf. „Sorry, ich hab echt viel zu tun.“

Eine Stunde nach der Landung empfingen die beiden Piloten ihre Zimmerschlüssel am Empfang des Pan Pacific Hotels. Es lag mitten in der Stadt und war mit einer riesigen Shoppingmall verbunden.

„Wollen wir uns morgen zum Abendessen treffen?“, fragte Karl-Heinz auf dem Weg zum Aufzug. „Ich kenne ein tolles Restaurant am Clark Quay.“

„Hört sich gut an. Treffen wir uns um 19 Uhr in der Lobby?“

„Perfekt. Da bin ich längst vom Shoppen zurück. Bis morgen Abend, Jens.“ Im 17. Stockwerk stieg Karl-Heinz aus dem Aufzug.

*

Am nächsten Morgen war Igor schon früh wach. Lautlos sauste der gläserne Außenaufzug aus dem 35. Stockwerk nach unten. Schwach schimmerte Igors Spiegelbild in der Scheibe, dahinter zeichnete sich Singapurs dunkle Skyline ab. Noch war es dunkel, doch unzählige kleine Lichter aus den Zimmern der Hochhäuser zeigten ihm, dass die Stadt aufwachte. Kaum hörbar nahm Igor Sirenen wahr. Er erkannte vier blinkende Polizeiautos, die im Konvoi durch die Straßen fuhren. So etwas sah man nicht oft hier, denn Singapur war eine der sichersten Städte der Welt. Kriminelle hatten nichts zu lachen, auf Schwerverbrecher wartete die Todesstrafe. Doch für diejenigen, die Regeln und Gesetze befolgten, war es absolut unbedenklich, in Singapur zu leben. Igor lächelte. Und natürlich für diejenigen, die schlau genug waren, sich nicht erwischen zu lassen.

Mit leisem Zischen öffnete sich die Doppeltür des Aufzuges. Es herrschte bereits geschäftiges Treiben in der imposanten Empfangshalle.

Igor wusste, dass der gesamte Bereich von Kameras überwacht wurde, deswegen trug er einen falschen Bart, Sonnenbrille und Perücke. Sein roter Rucksack hing lässig über der Schulter.

„Ich habe meine Schlüsselkarte auf dem Zimmer vergessen. Können Sie mir eine Neue aushändigen?", fragte Igor an einem der Rezeptionstische. Um Missbrauch zu verhindern, hatte das Personal klare Anweisung. Igor wusste, dass die Angestellten nach Zimmernummer, Name, Geburtsdatum und der Personalnummer von Worldcargo fragen mussten.

„Karl-Heinz Förster, Zimmernummer 1725, geboren am 15. Mai 1969, Worldcargo-Personalnummer 5294. Sie haben mich doch gestern beim Check-In gesehen, oder nicht?", fragte Igor herausfordernd.

Die junge Asiatin in dem langen, orchideengemusterten Uniformkleid lächelte verlegen. „Tut mir leid, Mister Förster. Ich muss trotzdem vergleichen."

Natürlich musste sie das. Und natürlich hatte sie ihn gestern nicht gesehen. Hier gingen täglich Hunderte, vielleicht Tausende von Gästen ein- und aus.

Sie verglich seine Angaben mit den Daten in ihrem Computer und programmierte eine neue Schlüsselkarte. Lächelnd händigte sie die Karte mit beiden Händen und leichter Verbeugung aus.

Eine Minute später saß Igor in der Nähe des Eingangs zum Restaurant. Er setzte sich so in den Sessel, dass er jeden sehen konnte, der zum Frühstücken kam. Es war 06:25 Uhr. In fünf Minuten würde das Frühstücksbüfett eröffnet.

Die *Straits Times* hatte er von der Rezeption mitgebracht. Er faltete die Tageszeitung auf, über den Rand beobachtete er die Gäste, die zum Empfangspult am Restaurant kamen.

Karl-Heinz hatte ein volles Tagesprogramm. Um ganz sicherzugehen, dass er auch früh aufstand, hatte Igor sich mit Tonverzerrung als Hotelangestellter ausgegeben, der aus Versehen bei dem Copiloten angerufen hatte. Am Klang der Stimme hatte Igor erkennen können, dass Karl-Heinz schon wach gewesen war.

Es dauerte nicht lange, bis der Copilot zum Frühstück auftauchte. Igor stand auf und ging. Kurz darauf öffnet er mit der Schlüsselkarte die Tür 1725.

Er zog ein kleines Fläschchen aus dem Rucksack und schüttete eine durchsichtige Flüssigkeit in die halbvolle Wasserflasche auf dem Nachttisch. Es war eine Mischung aus einem Abführmittel und einem schwach wirksamen Gift. Aus dem Rucksack kramte er zwei der Halbliterflaschen, die vom Hotel in den Zimmern bereitgestellt wurden, und tauschte sie mit denen im Raum aus. Förster würde am späten Nachmittag Magenschmerzen haben und sich die Seele aus dem Leib scheißen.

*

Als Jens Bachmann am Nachmittag aus der Stadt zurückkam, blinkte das Zimmertelefon. Er hob ab und hörte sich die Sprachnachricht an:

„Hallo Jens, hier ist Karl-Heinz. Ich fühle mich miserabel. Hab wohl ne Magenverstimmung, es ging nach dem Zoobesuch los. Du musst heute Abend ohne mich ausgehen."

*

Kurz nach 21 Uhr schwang Igor seinen roten Rucksack auf die Rücksitzbank und stieg ins bestellte Taxi. Es hatte geregnet, der Asphalt glänzte und die Leuchtreklamen spiegelten sich darin.

Nach 30 Minuten Fahrt war Igor am Ziel. Großzügig entlohnte er den Taxifahrer, stieg aus und schlug die Tür zu.

Der Distrikt Geylang wurde von alten, nur wenige Stockwerke hohen Gebäuden dominiert. Igor spürte den Charme des letzten Jahrhunderts. An manchen Straßenecken waren Überwachungskameras installiert, doch mit der großen Sonnenbrille und der tief ins Gesicht gezogenen Mütze war er nicht erkennbar. Hier war es dreckiger als in der restlichen Stadt, Geylang erinnerte ein wenig an Bangkok. Tagsüber war das Viertel eine beliebte Einkaufsstraße mit vielen kleinen Läden. Nachts erwachte in den Lorongs, den Seitenstraßen und in Dutzenden von Bordellen das Nuttengeschäft.

Igor atmete tief durch. Aufmerksam beobachtete er die vorbeiströmenden Passanten. Die Straßenrestaurants waren gut besucht, in den kleinen Geschäften tummelten sich die Menschen. Die meisten der Passanten waren Männer, darunter viele Touristen. Viele Nutten waren jetzt auf der Straße zu sehen.

Eine altvertraute Erregung durchströmte seinen durchtrainierten Körper. Der leicht erhöhte Herzschlag war ein Zeichen seiner erwachenden Gier.

Scheinbar ziellos schlenderte er die Straße entlang, doch er ließ sich von seinem Instinkt leiten. Nach einer halben Stunde bemerkte er die Nutte auf dem weißen Plastikstuhl neben dem Parkplatz. Die Inderin war schlank, Anfang 40, hatte schwarze, gewellte Haare, ein breites Kinn und funkelnde Augen. Der rote Punkt auf ihrer Stirn – das Bindi – war ein Zeichen dafür, dass sie verheiratet war.

Die Inderin trug ein knappes rotes Oberteil und einen langen Rock. Ihr Bauch lag eine Handbreit frei.

Igor ging auf sie zu, blieb stehen und nickte freundlich. Sie musterte ihn mit einem Lächeln. Mit dem schwarzen, langärmligen Hemd, der beigefarbenen Hose und den schwarzen Schuhen war er gut angezogen. Sie dachte wahrscheinlich, von einem zahlungskräftigen Kunden angesprochen zu werden.

„Guten Abend ... äh, hübsche Frau. Vielleicht hast du ja ... na ja, du weißt schon ... Lust ... mir ein wenig G-G-Gesellschaft zu leisten.“ Verlegen schaute Igor auf den Boden.

„Aber gerne, hübscher Mann.“

35

Frankfurt, 08. Juni 2014

Mit freiem Oberkörper und leicht gespreizten Beinen stand Marius vor seinem Spiegel im Flur. Seine Daumen hatte er lässig im Gürtel eingehakt. Er sah wirklich gut aus, stellte er fest. Er musste zwar den Bauch einziehen, aber schließlich war er ja auch nicht mehr der Jüngste.

Er war ein Draufgänger, ein Frauenheld, ein T-Rex des einundzwanzigsten Jahrhunderts.

Marius spannte seinen Bizeps an, bewunderte ihn im Spiegel. Die Eiweißpillen waren ne Wucht. Nur Deppen quälten sich stundenlang im Fitnessstudio. Marius wusste, wie er mit Minimalaufwand zum gewünschten Ergebnis kommen konnte. Auch Charlotte liebte seine Muskeln und natürlich seine Männlichkeit.

Es klingelte. Marius küsste seinen Bizeps und schaute auf den Bildschirm der Sprechanlage.

Dieter. Fuck. Viel zu früh.

Sein Freund wollte ihn zu einer Kneipentour abholen, aber darauf hatte Marius keinen Bock. Doch er wollte Dieter die neue Wohnung zeigen.

„Komm hoch ins zwölfte Stockwerk“, sagte Marius in die Sprechanlage, als er den Türöffner drückte. Schnell zog er sein Hemd über.

Sie kannten sich seit ihrer Schulzeit und trafen sich meist einmal im Monat zum Trinken. Dieter war ein arbeitsloser

Schmarotzer, der ständig in Geldnot war. Doch der Versager war gelegentlich und für wenig Geld bereit, gewisse Dienste zu erledigen. Behördengänge etwa, manchmal reinigte Dieter auch das Auto für Marius oder spielte den Chauffeur, wenn Marius trinken wollte. Zudem war er ein ausgezeichneter Zuhörer. Dieter war immer fasziniert, wenn Marius über seinen Job oder von Frauen erzählte.

„Hey Alter, biste bereit für die Kneipe?“, fragte sein Freund, als er in die Wohnung kam.

„Mir ist kurzfristig was dazwischengekommen. Der Kriminalrat braucht mich.“

„Der Kriminalrat? Am Pfingstsonntag?“

„Für Verbrechen gibt es keinen Feiertag, genauso wenig für die Verbrechensbekämpfung.“

„Um was geht es?“

„Um einen Piloten, der Frauen bestialisch verstümmelt.“

„Wow. Erzähl!“

„No way. Top secret.“

„Ach so. Schade. Und wegen der Geheimsache musst du zu Hause bleiben?“

„Ich muss erreichbar sein.“

„Das geht doch auch in der Kneipe.“

„Ich muss vielleicht am Computer arbeiten. Aber wir können uns hier ein Bier genehmigen.“

„Du darfst Bier trinken, wenn du im Dienst bist?“

„Ich trinke ein alkoholfreies, du kriegst ein richtiges.“

Dieter schaute sich um und pfiff durch die Zähne. „Geile Hütte. Als Polizist muss man richtig fett verdienen, um sich so etwas leisten zu können.“

„Ich bin nicht nur Polizist“, sagte Marius verärgert. „Ich bin Kriminaloberkommissar und stellvertretender Leiter der Mordkommission. Nenn mich nie mehr Polizist!“

„Sorry, natürlich bist du mehr als ein Polizist.“

„Zudem wollen sie mich befördern. Ich soll unbedingt die Leitung der Mordkommission übernehmen.“

„Echt? Du bist doch erst seit zwei Jahren in der Abteilung.“

„That's right. Aber meine Aufklärungsquote ist so gut, dass der Kriminalrat auf mich aufmerksam geworden ist. Außerdem ist mein Chef ne Flasche. Sit down. Ich hole das Bier."

Marius ging in die Küche. Er ließ sich Zeit dabei. Dieter sollte Gelegenheit haben, sich gründlich umzusehen. Mit zwei Flaschen in der Hand kam Marius zurück ins Wohnzimmer und setzte sich zu Dieter auf das teure Ledersofa von Rolf Benz.

„Ich hab dich vor ein paar Tagen mit deiner neuen Kiste gesehen", sagte Dieter. „Ey, Hammer Alter!"

„Ein Porsche Panamera."

„Wann darf ich damit zum Waschen fahren?"

„Are you nuts? Die Karre hat 570 PS und geht ab wie eine Rakete. Von 0 auf 100 in weniger als 4 Sekunden. So ein Geschoss bringt dich um, wenn du nicht weißt, wie man damit umgeht."

„Zeigst du's mir?"

„Maybe. Ich möchte ja nicht mein Leben riskieren, wenn du mich mal wieder fahren sollst."

„Die Kiste hat bestimmt 100.000 gekostet."

Marius lachte schallend. „Du hast ja keine Ahnung."

„Wie viel?"

„Das Doppelte."

„Wahnsinn. Und was zahlst du an Miete für die geile Wohnung?"

„Miete? Das Appartement habe ich natürlich gekauft."

„Das ist ja irre. So ein Penthouse zentrumsnah kostet bestimmt 500.000 Mäuse."

Marius schüttelte lächelnd den Kopf. „Du hast echt keine Ahnung. Die Hütte hat mich ne kappe Million gekostet."

Dieter lehnte sich verschwörerisch nach vorne. „Mal ehrlich, auch wenn du ein hohes Tier bei der Kripo bist und bestimmt ne Stange Geld verdienst, aber ..."

„Was aber?" Marius wusste, was jetzt kommen würde. Mit seiner Besoldungsgruppe A10 und der Zulage kam er gerade mal auf knapp über 4000 Euro brutto. Das war peinlich und vor allem nachprüfbar.

„Aber reicht das für so ein Leben?"

Marius schaute Dieter an, überlegte, was er sagen sollte. Die Wahrheit durfte sein Freund natürlich nicht erfahren.

„Ich habe ein Feeling für gute Geldanlagen. Aktien, Bitcoin, Spekulationen und solche Sachen. Wenn man einmal den Grundstock gelegt hat, geht alles von alleine. It's simple."

„Kannste mir nicht nen Tipp geben?"

„Für ne Geldanlage? Wie viel kannst du denn investieren?"

„Na ja, 100 Euro vielleicht."

Marius lachte wieder. „Wenn du noch zwei Nullen anhängst, dann ist das vielleicht ein kleiner Anfang."

„Kannst du mir 10000 Euro leihen? Mit deinem Tipp werde ich das Geld schnell vermehren und dann kann ich es ..."

„Forget it. Bin schon oft gefragt worden, Geldgeschäfte zwischen Freunden mache ich aus Prinzip nicht.

Dieter trank einen großen Schluck und rülpste. „Du hast es gut. Die Weiber sind scharf auf dich, du hast ein gutes Händchen für Geldgeschäfte und nen geilen Job bei der Kripo. Genial."

Marius beugte sich nach vorne, sprach etwas leiser. „Ich sag dir jetzt etwas im Vertrauen. Behalte es aber bloß für dich. It's confidential."

„Na klar. Du weißt ja, bei mir ist ein Geheimnis gut aufgehoben."

„Ich bin so fucking good in Geldgeschäften, dass ich kündigen werde. Nur so kann ich meine Arbeitszeit vergolden."

„Bist du verrückt? So einen Job darfst du niemals aufgeben."

„Why not?"

„Einen Beamtenstatus gibt man nicht auf. Außerdem erwartet dich ja eine große Karriere bei der Kripo."

Marius lehnte sich lächelnd zurück. „Die fucking Karriere und die Beförderung gehen mir am Arsch vorbei. Bei der Kripo ist es boring, meine Fähigkeiten verkümmern dort. Ich werde Unternehmer und übernehme eine Firma mit über 200 Mitarbeitern. Ist ein Schnäppchen, weil das Unternehmen kurz vor dem Konkurs steht. Doch ich weiß, wie ich den Laden wieder in Schwung bringen kann. I fucking know."

„Aber du hast doch gar keine Erfahrung als Unternehmer."

„Ist mir angeboren, kannst es auch Talent nennen. Zudem werde ich fähige Manager einsetzen."

„So wie mich?"

Marius schüttelte lächelnd den Kopf. „No way."

„Du bist ein Glückspilz."

„Glück muss man sich verdienen. Für meinen Erfolg musste ich richtig hart arbeiten. Very hard. Und es macht Spaß."

Dieter nickte anerkennend. „Ich beneid dich echt, Alter."

„Du solltest endlich arbeiten gehen. Das ist die Basis zum Erfolg."

„Ja, ja. Versuch ich ja. Hatte halt viel Pech im Leben. Aber das wird sich bald ändern. Ich spüre es."

„Das sagst du schon, seit wir die Schule verlassen haben. Wenn du nicht endlich auf die Beine kommst, wirst du nie ein gutes Leben führen können."

„Du hast gut reden. Was soll ich denn machen?"

Marius zuckte mit den Schultern. Das war nicht sein Problem. Das Gewinsel wollte er sich nicht länger anhören. Marius schaute auf die Uhr. „Oh Mist. Mir fällt ein, dass ich noch ein Dokument für den Kriminalrat vorbereiten muss. Tut mir leid, du musst gehen."

„Kein Problem. Vielleicht klappt es ja in den nächsten Wochen mit unserer Kneipentour."

Dieter trank den letzten Schluck aus seiner Flasche und verabschiedete sich. Marius schloss die Tür hinter ihm, ging zurück ins Wohnzimmer und lümmelte sich in den Sessel. Es tat gut, bewundert zu werden.

Er schaute auf das Telefon. *Ich sollte Madam wieder mal anrufen. Charlotte hat seit zwei Tagen nichts von mir gehört. Ich muss sie bei Laune halten.*

36

Singapur, 09. Juni 2014

Harshada Singh lebte gefährlich. Vergewaltigung, Verschleppung und auch der Tod waren durchaus möglich, sogar hier in Singapur. Erst vor wenigen Wochen war wieder eine ihrer Kolleginnen ermordet worden.

Doch Harshada, mittlerweile 41 Jahre alt, war schon seit über 20 Jahren im Geschäft. Ihr konnte keiner etwas vormachen. Sie war vorsichtig und ihr Bauchgefühl hatte sie noch nie im Stich gelassen. Leider waren ihre goldenen Jahre vorbei. Sie war zu alt und wusste nicht, wie es weitergehen sollte. Eine indische Frau in ihrem Alter hatte es schwer in diesem Geschäft. Die Einkünfte wurden immer geringer. Letzten Monat konnte sie die Miete mal wieder nicht pünktlich zahlen und ihr wurde mit Kündigung gedroht.

Mit einem Seufzer setzte sie sich auf den weißen Plastikstuhl neben dem Parkplatz. Jeden Monat musste sie 1000 Singapurdollar für diesen Standort zahlen. Doch das war immer noch besser, als in einem der zahlreichen Hurenhäuser zu arbeiten.

Harshada zupfte ihren roten Choli zurecht und strich dabei stolz über ihre hochgedrückten Brüste. Der Push-up-BH hatte eine extra dicke Schaumstoffeinlage, somit wirkte ihre Oberweite besonders sexy.

Harshada achtete darauf, möglichst gerade zu sitzen, damit ihr Bauch keine Falten warf. Sie wusste, dass viele Männer geil auf Sex mit einer verheirateten Frau waren, deswegen trug sie das Bindi auf der Stirn.

Harshadas Hauptkunden waren inzwischen nicht mehr die westlichen Stadtbesucher, sondern indische und chinesische Männer. Ah, Chinesen. Sie konnte die stinkenden Allesfresser nicht ausstehen. Und geizig waren die auch noch.

Harshada strich sich durch ihre schwarzgelockten Haare und schaute zu den Einkaufsläden gegenüber der Straße. Reges Treiben beherrschte die frühe Nacht. Immer mehr Männer tauchten auf. Ein Chinese kam auf sie zugelaufen. Herablassend stand er mit verschränkten Armen neben ihr und musterte sie hochnäsig. „Wie viel?“, fragte er. Knoblauchgestank wehte ihr entgegen.

Harshada lehnte sich in ihrem Stuhl zurück und schaute zu ihm auf. „70 Dollar für eine halbe Stunde.“

Hier im Rotlichtmilieu lagen die Preise für eine Stunde Sex bei 50 Dollar, doch bei diesem Widerling wollte sie die Beine nicht für weniger breit machen.

„Du denkst wohl, du bist was ganz Besonderes. 40 Dollar kriegst du für ne Stunde.“

„Nein danke. Und nun hau ab. Du verscheuchst mir die Kunden.“

Der Chinese zog geräuschvoll Schleim hoch, rotzte direkt neben ihre Füße und verschwand.

Wenige Minuten später kam ein attraktiver Mann zielstrebig auf sie zugelaufen. Harshada straffte ihren Rücken noch mehr. Der Mann wirkte sportlich und hatte kurzes schwarzes Haar. Er war elegant angezogen, die schwarzen Schuhe poliert. Er sah aus, als habe er viel Kohle. Harshada hatte einen Blick dafür. Der Ring an seinem Finger sah aus wie ein Ehering. Verheiratete Männer waren meist die besten Kunden. Nur die Sonnenbrille und seine Schildmütze wirkten störend.

Er blieb stehen und lächelte ihr unsicher zu.

„Guten Abend ... äh, hübsche Frau. Vielleicht hast du ja ... na ja, du weißt schon ... Lust ... mir ein wenig G-G-Gesellschaft zu leisten.“

Verlegen schaute er auf den Boden.

„Aber gerne, hübscher Mann.“

37

Singapur, 10. Juni 2014

Dumpfes Donnergrollen. Igor öffnete die Augen. Ein schmaler Lichtstreifen drückte sich durch den Spalt am Vorhang. Die gedimmte, schwachrote Anzeige des digitalen Weckers zeigte 17.32 Uhr. Er hatte den ganzen Tag geschlafen.

Der langanhaltende Donner kam näher. Igors Herzschlag nahm Fahrt auf, pulsierte kräftig in seinem Brustkorb. Bum bum ... bum bum ... bum bum ... bum bum.

Der Tropenregen prasselte sintflutartig ans Fenster, der Gewittersturm entfaltete tosend seine Kraft. Die grellen Blitze tauchten das Zimmer in eruptives, gleißendes Licht. Gleichzeitig erschütterte ein ohrenbetäubender Donner das Gebäude. Hier oben, im 35. Stockwerk des Pan Pacific Hotels, hatte Igor das Gefühl, im Zentrum des Gewitters zu sein.

Erst am Morgen war er nach einer berauschenden Nacht ins Hotel zurückgekommen. Das langsame Erlöschen ihres Lebens hatte seinen Geist mit Energie gefüllt und nun beglückwünschte ihn die Natur mit Donner und Blitz.

Igor schwang sich aus dem Bett und streckte sich. Er fühlte sich großartig. Die liebe Harshada hatte es mit seiner Hilfe geschafft. Ihre Seele reiste nach Hause ins Universum. Bestimmt freute sie sich, schließlich war sie eine Hindu und glaubte an die Wiedergeburt. So wie der Hinduismus erzählte jede Religion in irgendeiner Weise davon. Die Erscheinungsform *Mensch* existierte nur den Bruchteil einer Millisekunde im Lebenszyklus der Unendlichkeit und Igor kannte die Zusammenhänge.

Er atmete tief durch, lächelte. Die Erinnerung an letzte Nacht war so intensiv, dass er den Angst- und Schmerzgeruch der Nutte noch in der Nase hatte. Aus ihrem aufgeschnittenen Leib hatte es nach halb verdautem Mageninhalt gestunken. Irgendwas mit Curry und Knoblauch musste sie vorher gefressen haben. Wie es wohl aus dem Leib der Nonne stinken würde?

Der Donner wurde schwächer, das Gewitter zog ab. Igor tastete nach der Fernbedienung und mit leisem Surren glitten die schweren Vorhänge zur Seite. Obwohl noch immer dunkle Wolken den Himmel verdeckten, brauchten Igors Augen einen Augenblick, um sich an das Tageslicht zu gewöhnen.

Durch das bodentiefe Fenster hatte er einen grandiosen Ausblick über die Stadt. Die gewaltigen dunklen Wolken zogen majestätisch langsam ab und gaben den Blick frei auf das spektakuläre Marina Bay Sands Hotel, das die Skyline von Singapur dominierte. Die mehrere Hundert Meter lange Plattform auf den drei wuchtigen Hotelsäulen erinnerte an ein überdimensionales Surfbrett. Die Palmen darauf bogen sich im nachlassenden Gewittersturm.

Nachdem Igor sich geduscht und rasiert hatte, machte er sich einen Tee, setzte sich vor seinen Laptop und loggte sich ins K11 ein. Noch hatte er Zeit. Erst in fünf Stunden würde der Takeoff sein.

Da Igor gelegentlich auch im Großraum Frankfurt mordete, war es von unschätzbarem Wert, der Kripo in die Karten sehen zu können. Deswegen hatte er schon vor drei Jahren einen Cyber-Angriff auf die Mordkommission in Frankfurt durchgeführt. Abteilung K11, Kapitaldelikte. Dort gab es 25 Mitarbeiter und somit 25 potenzielle Schwachpunkte.

Das Thema war so alt wie die Menschheit: Es ging um Angriff und Verteidigung. Das interne Netzwerk eines Unternehmens war unter dem Gesichtspunkt der Verteidigung nichts anderes als eine Burg im Mittelalter. Feindliche Truppen, Räuber und anderes Gesindel mussten abgewehrt werden. Eine Burg war kaum einzunehmen, wenn sie eine stark befestigte Verteidigungsmauer und nur einen Zugang hatte. Der wurde in der Regel durch eine Zugbrücke, ein Falltor und schwer bewaffnete Wachen gesichert. Selbst wenn der Angreifer es in die Burg schaffen sollte, war er immer noch weit von der Schatzkammer entfernt. Viele weitere Mauern und Hindernisse waren zu überwinden.

In der Welt des Netzwerkes war die Firewall die Verteidigungsmauer, die Anti-Viren-Software stand für Zugbrücke, Falltor, Wachsoldaten und weitere Hindernisse.

Ein direkter Angriff auf ein gut gesichertes System war mühselig und vielleicht sogar unmöglich. Doch es gab andere Methoden. Social Engineering war das Zauberwort. So wie auch bei anderen Angriffen hatte Igor bei der Kripo die schwächste Stelle der Verteidigung genutzt: den Menschen. Eine ungeliebte Sekretärin und ein verklemmter Kriminaloberkommissar waren seine Helfer. Zu ihnen hatte er über Drittpersonen ein Vertrauensverhältnis aufgebaut. Zwei Monate später war der erste Angriff erfolgt. Igor hatte eine modifizierte RAT-Spyware installiert und somit einen versteckten Backdoor-Zugang mit integriertem Keylogger. Über einen weiteren E-Mail-Anhang hatte er die Köder-Payload platziert. Nachdem am nächsten Morgen der Dienstcomputer der Sekretärin hochgefahren war, kam die Fehlermeldung. Der Druckertreiber musste neu installiert werden. Ein Mitarbeiter der IT-Abteilung kam und loggte sich mit seinem Passwort auf dem infizierten Computer ein, um den Fehler zu beheben. Somit hatte Igor das ADMIN-Passwort ergattert. Damit konnte er sich durch das Netzwerk von K11 bewegen. Er hatte verschiedene Scans gestartet, um weitere Passwörter zu finden und anschließend seine bisherigen Spuren verwischt. Doch er war noch tiefer in das System eingedrungen, hatte einen harmlosen Virus auf dem Rechner des Kriminaloberkommissars installiert. Die IT-Spezialisten waren auf die Falle reingefallen. Jedes Passwort war für Igor sichtbar geworden. Von nun an hatte er für immer Zugriff auf das stark gesicherte Netzwerk der Mordkommission. Kein Update, keine Softwareänderung konnte ihn seitdem rausschmeißen. Seit diesem Angriff hatte Igor die höchsten Zugriffsrechte, er hatte SYSTEM-Rechte. Er hatte auch Zugriff auf den Datenspeicher, der mit den anderen Kripostellen deutschlandweit verbunden war.

Das monotone Geräusch des prasselnden Tropenregens verstummte, der Donner des abziehenden Gewitters war nur noch als weit entferntes Gemurmel zu hören. Igor stellte die Tasse zur Seite und flog mit den Fingern über die Tastatur. Wenige Augenblicke später hatte er sich eingehackt.

Es gab Neuigkeiten bei K11: Ein Rechtshilfeersuchen aus Los Angeles.

LAPD HOMICIDE OFFICE stand in großen Buchstaben auf der Titelseite. Ein rundes, blaues Emblem mit der US-Flagge und der Waage der Justitia gaben dem Dokument eine imposante offizielle Erscheinung.

TO PROTECT AND TO SERVE stand im Halbrund im unteren Teil des Emblems. *Zu schützen und zu dienen.* Bei Jennifer Edwards kam der Schutz zu spät.

Die Spuren führten nach Hessen, deshalb landete das Rechtshilfeersuchen bei der Mordkommission in Frankfurt. Der Leiter, erster Kriminalhauptkommissar Klaus Schulz, war ein erfahrener Polizist und hatte einen scharfen Verstand, wie Igor längst wusste.

In dem Bericht stand, dass die Piloten befragt werden sollten. Zunächst ging es um ein nachweisbares Alibi. Die Piloten sollten auch nach einer freiwilligen DNA-Probe und nach Fingerabdrücken gefragt werden.

Im nächsten Bericht war zu lesen, dass bei den ersten Piloten bereits Ergebnisse vorlagen. Sie hatten Alibis für die Tatzeit und die erkennungsdienstlichen Maßnahmen waren negativ.

Auf der Liste der Piloten stand auch der Name Jens Bachmann, doch er konnte erst befragt werden, wenn er zurück in Frankfurt sein würde.

Das konnte spannend werden. Da Bachmann zu erkennungsdienstlichen Maßnahmen gezwungen werden konnte, war es ratsam, einer DNA-Probe zuzustimmen.

38

Frankfurt/ Bad Orb, 11. Juni 2014

Bestens gelaunt setzte sich Hanna an ihren Schreibtisch in der Redaktion. Morgens war Jens in Frankfurt gelandet und hatte auf dem Weg nach Hause bei ihr angerufen. Er war durch die Nacht geflogen und würde jetzt ein paar Stunden schlafen. Heute Nachmittag würde sie zu ihm kommen. Sie hatte ab morgen Urlaub genommen und dann stand das Wochenende vor der Tür. Vier Tage mit Jens. Erst am Montag musste sie wieder arbeiten.

Hanna schaltete den Laptop ein, checkte die E-Mails.

„Ich brauche dich", sagte Jürgen Hofstetter, der zu ihr an den Schreibtisch gelaufen kam.

„Auch dir einen schönen guten Morgen, lieber Jürgen. Wie kann ich dir helfen?"

„Ja, ja. Guten Morgen. Hast du schon von Laurent Gbagbo gehört?"

Hanna rollte ihren Bürostuhl zurück, dachte nach. „Der Name sagt mir was. War er nicht Präsident der Elfenbeinküste? Ist vor ein paar Jahren abgewählt worden, hatte das aber nicht akzeptiert, es gab Aufstände, stimmt's?"

„Stimmt. Eine Welle der Gewalt erschütterte das Land und er wird dafür verantwortlich gemacht. Ihm wird vorgeworfen, seine Anhänger aufgestachelt zu haben."

„Ja genau. Ich erinnere mich."

„Seit November 2011 sitzt Gbagbo in Den Haag im Gefängnis. Es geht um Verbrechen gegen die Menschlichkeit. Er soll die Verantwortung tragen für mindestens siebenhundertfachen Mord und für unzählige Vergewaltigungen."

Hanna spürte die erwachende Wut. Ungerechtigkeit und Gewalt gegen Frauen machten sie rasend. Tyrannen wie Gbagbo wollte sie am liebsten eigenhändig die Kehle durchschneiden.

Jürgen zog einen freien Bürostuhl zu sich und setzte sich neben Hanna.

„Der Prozess nimmt Fahrt auf und ich glaube, bei der kommenden Vorverhandlung gibt es einen Durchbruch. Über hundert Zeugen werden gegen ihn aussagen. Diesmal werden die Anwälte Gbagbo nicht schützen können."

„Das hoffe ich."

„Ich möchte, dass du nach Den Haag fliegst und den Prozess verfolgst. Interviews mit Zeugen, vielleicht kommst du sogar an Gbagbo ran."

„Das ist keine gute Idee."

„Warum?"

„Ich könnte vielleicht nicht widerstehen und würde ihm die Eier abschneiden."

Jürgen lächelte. „Das gäbe eine gute Schlagzeile. Schmerzensgeld und Klagekosten würde die Redaktion übernehmen."

„Versprochen?"

„Ich traue dir das sogar zu."

Hanna lächelte. „Wann ist der Prozess?"

„In zwei Tagen. Du fliegst morgen hin. Viele Zeugen werden bis zum Wochenende in Den Haag bleiben. Du schaffst es bestimmt, einige …"

„Stopp! Das … es geht nicht."

„Ja, ja. Ich weiß. Du hast morgen und Freitag Urlaub. Wir verschieben ihn einfach auf nächste Woche."

„Nein."

Jürgen schaute sie beschwörend an. „Komm schon. Ich brauche dich."

„Ich habe keine Zeit. Du musst jemand anders suchen."

Jürgen seufzte. „Judith sollte nach Den Haag fliegen, hat aber einen Todesfall in der Familie. Gerd und Andrea sind im Urlaub, Sascha ist krank und die anderen Kollegen arbeiten an Sachen, die keinen Aufschub dulden."

„Meine Urlaubstage sind schon verplant. Tut mir leid."

Jürgen nahm seine Brille ab, schmiss sie achtlos auf den Schreibtisch. Er fuhr sich mit den Fingern in einer Geste der Verzweiflung durch die Haare, atmete durch und schaute Hanna tief in die Augen.

„Es ist ein Notfall."

„Ich kann dir nicht helfen. Diesmal nicht."

„Hanna. Bitte. Die Öffentlichkeit muss doch von Gbagbo erfahren, von seinen Schandtaten. Vor allem Frauen haben unter seinem Einfluss gelitten. Vielleicht kannst du deine Pläne ja ändern. Verschiebe sie einfach um eine Woche."

Hanna verschränkte die Arme, schaute ihren Chef an. „Du hast ja recht. Die Öffentlichkeit muss von solchen Typen wie Gbagbo erfahren und ich würde liebend gerne nach Den Haag gehen. Doch die nächsten Tage sind mir sehr wichtig."

Jürgen nickte resignierend, zuckte mit den Schultern und stand auf. „Okay. Dann wird es leider keinen Artikel über

Gbagbo geben. Sehr schade, aber davon geht die Welt auch nicht unter.“

Er lief zurück in sein Büro.

Hanna schaute ihm gedankenversunken hinterher.

Verdammt. Die Menschen müssen von diesem Verbrecher erfahren. Der Artikel sollte auf jeden Fall geschrieben werden. Aber ich kann nicht. Ich habe Jens viel zu selten gesehen in den letzten Wochen.

Hanna versuchte, an ihre Arbeit zu denken und öffnete das Dokument auf ihrem Laptop. Es ging um eine Schmiergeldsache bei einem Rüstungskonzern, doch sie konnte sich nicht konzentrieren. Gbagbo tauchte immer wieder in ihren Gedanken auf. Und Jens.

Genervt klappte Hanna den Laptop zu, ging ins Büro ihres Chefredakteurs.

„Okay. Ich fliege.“

Jürgen grinste. „Danke Hanna. Ich schicke dir die Unterlagen zum Prozess als E-Mail.“

Hanna ging zurück zu ihrem Schreibtisch, arbeitete sich in den Prozess ein und bestellte Flug und Hotel für Den Haag.

Am Nachmittag verstaute sie ihren Laptop in der Tasche, verabschiedete sich und eilte davon. Sie freute sich auf den Abend und die Nacht bei Jens. Sie hatte Glück und schaffte es, mit ihrem Golf noch vor dem Berufsverkehr aus Frankfurt rauszukommen. Sie fuhr auf der A66 Richtung Fulda.

Eine Stunde, nachdem sie losgefahren war, klingelte sie an seiner Haustür. Schlief er noch? Die Schmetterlinge waren wieder da. Es war ein aufregendes Gefühl.

Jens öffnete freudestrahlend die Tür. „Hallo Darling.“

Sie schlang die Arme um seinen Hals und küsste ihn leidenschaftlich.

„Endlich bist du wieder zurück“, flüsterte sie ihm ins Ohr. „Ich habe dich sehr vermisst.“

„Und ich dich.“

„Wie war dein Flug?“

„Langweilig. Magst du Kaffee?“

„Ja gerne.“

„Komm mit.“

Hanna setzte sich auf die Arbeitsplatte, stützte sich mit den Händen an der Kante ab und beobachtete Jens, der die Kaffeebohnen prasselnd in die Handmühle schüttete.

„Wo hast du denn diese antike Kaffeemühle her?"

„Auf dem Flohmarkt gefunden. Gefällt sie dir?"

„Sehr sogar."

Jens drehte an der Kurbel. Das mahlende Geräusch steigerte die Lust auf Kaffee. Als Jens ihn aufbrühte, durchzog intensiver Kaffeegeruch die Küche.

„Komm her, Liebling", sagte Hanna. Noch immer auf der Arbeitsplatte sitzend, öffnete sie einladend Arme und Beine. Jens stellte den Wasserkocher zur Seite und drückte sich an sie. Hanna umschlang ihn, wollte ihn am liebsten nie mehr loslassen.

„Der Kaffee wird kalt", sagte er nach einigen Momenten des Glücks, wand sich sanft aus ihrer Umklammerung und schenkte die Tassen ein.

„Spielst du mir wieder auf dem Klavierflügel vor?", fragte Hanna, nachdem sie getrunken hatten.

„Natürlich, komm mit."

Er zog sie ins Wohnzimmer, sie nahmen ihre Tassen mit. Jens setzte sich an den aufgeklappten Flügel. Wie Hanna es schon kannte, erklangen zuerst nur einzelne Töne. Scheinbar zusammenhanglos, unwillkürlich. Doch schnell formten sie eine sanfte Melodie. Ein angenehmes Prickeln floss über ihren Rücken. Sie stand schräg hinter ihm, in einer Hand die Tasse, mit der anderen strich sie über seinen Nacken.

„Die Zeit in Asien kam mir unendlich lang vor", sagte er, während er eine langsame Melodie spielte.

„Mir auch Liebling", flüsterte sie.

„Du kannst dir gar nicht vorstellen, wie sehr ich mich auf unsere gemeinsamen Tage freue."

„Es ist etwas dazwischengekommen."

Jens stoppte abrupt das Klavierspiel, drehte sich zu ihr.

„Was denn?"

„Ich muss morgen früh nach Den Haag fliegen. Dringende Sache. Ich habe zugestimmt, meinen Urlaub zu verschieben.

Mein Flugzeug geht um 11 Uhr. Um 9.30 Uhr will ich einchecken, ich muss also gegen acht losfahren. Wenn es gut läuft, komme ich am Freitagabend wieder aus Holland zurück. Dann haben wir immer noch das Wochenende. Ich muss am Montag zwar arbeiten, doch zumindest am Abend und in der Nacht können wir noch zusammen sein, bevor du wieder wegfliegst."

Er zuckte mit den Schultern. „Darauf freue ich mich."

„Wohin führt dich dein nächster Trip?", fragte Hanna.

„Südamerika. Am 25. komme ich zurück. Danach habe ich zwei Wochen frei."

„Und ich werde mir für diese Zeit zwei Wochen Urlaub nehmen. Vielleicht können wir ja wegfahren oder wegfliegen", meinte Hanna.

Jens nickte. „Schon mal mit nem Privatflugzeug geflogen?"

„Nein."

„Wie wär's, wenn ich für ein paar Tage eine einmotorige Cessna chartere?"

„Und du bist mein Privatpilot?"

„Genau."

„Hört sich genial an. Wo fliegen wir hin?"

„Das entscheiden wir kurzfristig, je nach Wetterlage."

„Ich kann es kaum erwarten."

Jens spielte wieder auf dem Klavier.

39

Frankfurt, 12. Juni 2014

Klaus Schulz stand am Fenster in seinem Büro, strich sich über seine Glatze und schaute auf den Polizeihof, als die Tür aufgerissen wurde. Marius kam mit wichtigem Blick auf den Schreibtisch zugelaufen.

Seine Füße zeigten nach außen und erinnerten Klaus wie so oft an den Watschelgang von Charly Chaplin. Eine vertraute, abstoßende Parfümwolke schlug Klaus entgegen, als der solariumgebräunte Gockel näherkam.

„Ich habe nicht gehört, dass du angeklopft hast“, sagte Klaus.

„Wie geht es dir?“, fragte Marius.

„Gut. Nimm Platz!“

Marius setzte sich auf den Stuhl vor dem Schreibtisch. Klaus hatte ihn für die Standardbesprechung zu sich bestellt.

„Was gibt es Neues im Dezernat?“, fragte er. „Klär mich mal auf, was in meiner Abwesenheit passiert ist.“

Marius hatte zwei Schnellhefter dabei. Er öffnete den blauen und sprach von den Vorkommnissen aus dem täglichen Geschäft der Mordkommission.

„Warum hast du keine Hausdurchsuchung bei dem Beziehungsmord in Rödelheim beantragt?“, fragte Klaus nach einiger Zeit.

„Die … na ja, ich will noch abwarten.“

„Es wäre deine Aufgabe gewesen, den Durchsuchungsbeschluss rechtzeitig anzufordern.“

„Das mach ich noch.“

„Nein. Das mache ich jetzt.“

„Ich hatte es nicht vergessen“, sagte Marius protestierend. „Wollte nur weitere Informationen sammeln, kümmere mich noch darum.“

„Ich mache das, hab ich gesagt.“ Genervt strich Klaus durch seinen Vollbart. Sein Stellvertreter war ein Meister darin, Ausreden zu erfinden.

„Also gut.“ Trotzig klappte Marius den blauen Plastikordner zu und öffnete den roten. Abwechselnd lehnte er seinen Kopf nach rechts und links in Richtung Schulter. Wie Klaus längst wusste, dehnte er immer seine Halsmuskeln, wenn er aufgeregt war.

„Die Amis haben ein offizielles Rechtshilfeersuchen gestellt“, sagte Marius mit wichtiger Stimme.

„Ich weiß, ich habe vorhin schon mit dem Staatsanwalt gesprochen.“

„Es ist sinnvoll, wenn ich den Fall weiterhin leite. Du kommst aus dem Krankenstand. Ich mache mir Sorgen um dich. Very much.“

„Das ist ja was ganz Neues." Klaus war überrascht. Solche Töne hatte er noch nie von Marius gehört.

„Du hast doch diese Sache mit dem Herzen, nicht wahr? Mensch Klaus, du musst auf dich aufpassen. No fucking stress. Du solltest dich schonen."

„Du willst das Rechtshilfeersuchen bearbeiten, um mich zu schonen?"

„Und weil ich mich tief in den Fall eingearbeitet habe. Es ist sinnvoll, dass ich dranbleibe. Makes a lot of sense."

Das Denglisch von Marius ging Klaus gewaltig auf die Nerven.

„Und wie würdest du vorgehen?"

„Ich habe bereits mit drei Piloten gesprochen. Die Protokolle siehst du in dem Ordner. Sie haben Alibis. Ich will die restlichen Piloten noch befragen, die erkennungsdienstlichen Maßnahmen anwenden und ich wette, dass einer von ihnen der Täter ist. Die Indizien sprechen eine klare Sprache. Der Fall ist fucking eindeutig."

„Die Wahrheit ist selten fucking eindeutig. Das solltest du inzwischen wissen."

„Ja, natürlich. Also was ist nun? Bleibt es dabei, dass ich den Fall zu Ende bringen kann?"

„Ich werde darüber nachdenken."

„Da gibt es doch nichts …"

„Schluss jetzt! Ich werde mir die Akte anschauen und dann entscheiden, wer den Fall leitet."

Marius starrte Klaus an. „Schnelles Handeln ist wichtig und ich bin bestens in …"

„Wieso schnelles Handeln?"

„Vor zehn Jahren hat eine junge Frau wegen zu lang anhaltender Ermittlungen ihr Leben verloren."

„Raus!" Energisch zeigte Klaus mit dem Finger auf die Tür.

„Soll das nochmal …?"

„Hast du mich nicht verstanden? Raus jetzt!"

Trotzig watschelte Marius davon und schlug die Tür hinter sich zu.

Verdammt, die Herzschmerzen waren wieder da.

Als Leiter des K11 hatte Klaus eine sehr gute Aufklärungsquote. Sein Rezept dafür war denkbar einfach: Denken – fragen – denken – zweifeln – denken – handeln.

Doch vor etwa zehn Jahren hatte er einmal zu viel gedacht und einen Mordverdächtigen zu spät festgenommen. Das Resultat war ein ermordetes unschuldiges Mädchen. Klaus hatte sich geschworen, nie mehr einen solch schwerwiegenden Fehler zu machen. Trotzdem blieb er seinem ansonsten bewährten Motto treu.

Während er wieder zum Fenster ging, fasste er sich an die Brust. Die Erholung der letzten beiden Wochen schien schon am ersten Tag in der Dienststelle aufgezehrt zu sein. Hätte er doch der OP zustimmen sollen?

Im Innenhof stürmten zwei Streifenpolizisten zu einem Dienstwagen und brausten davon. Nachdem sie das Tor passiert hatten, schalteten sie Blaulicht und Martinshorn ein. Klaus wischte sich den Schweiß von der Stirn und atmete ein paarmal tief durch. Die Schmerzen verschwanden, nur noch ein leichtes Drücken auf der Brust blieb übrig. Klaus holte die Pillenbox aus der Schublade. Seit einem halben Jahr nahm er nun schon die Medikamente. Er kam sich vor wie eine wandelnde Apotheke. Nitro-Kapseln, Blutgerinnungshemmer, Statine, Betablocker. Doch immerhin waren mit den Medikamenten und der Lebensumstellung die Beschwerden geringer geworden. Nur noch ein Jahr, dann würde er in Pension gehen und ein entspanntes Leben genießen. Angeln, Ruhe und gelegentliche Reisen mit seiner Frau Hiltrud.

Es klopfte, Hubert Vogt kam ins Büro. Er war Leiter des K61, Organisierte Kriminalität. Die beiden Freunde kannten sich schon seit 20 Jahren.

„Mensch Klaus, schön, dich wieder zu sehen. Ich hab mir Sorgen gemacht."

Frustriert blies Klaus die Luft aus. „Schon wieder einer, der sich Sorgen macht."

„Hab ich was Falsches gesagt?"

„Nein, nein. Setz dich. Kaffee?"

„Gerne."

Klaus schaltete Kaffeemaschine und Wasserkocher ein.

„Um was machst du dir Sorgen?“

„Du warst zwei Wochen krank. Das Herz, stimmt's?“, fragte Hubert.

Klaus nickte. „Der Arzt wollte mich unters Messer legen, doch ich hatte etwas dagegen.“

Mit einer Tasse Kaffee und einer Tasse Grünen Tee ging er zum Schreibtisch, setzte sich.

Hubert nippte vom Kaffee und stellte ihn zurück auf den Tisch. „Ich möchte mich über deine Krankheit unterhalten.“

„Ich aber nicht“, sagte Klaus knapp. Hubert hatte sich bisher noch nie für Krankheiten anderer interessiert. Heute war der Tag der Überraschungen.

„In letzter Zeit habe ich öfters Herzschmerzen“, sagte Hubert. „Ich befürchte, den gleichen Scheiß zu haben wie du. Nun wüsste ich gerne, wie das bei dir angefangen hat.“

„Ach so. Du machst dir keine Sorgen um mich, sondern um dich.“

„Wie konntest du nur auf die Schnapsidee kommen, ich könnte mich ernsthaft um dich sorgen?“

Lächelnd griff Klaus nach der Kaffeetasse und zog sie von Hubert weg.

„Darauf solltest du von nun an verzichten.“

Hubert wollte protestieren, hielt aber den Mund, als Klaus den Kopf schüttelte. „Bei mir fing es mit Schmerzen im Brustbein an, die bis hier oben strahlten“, erklärte Klaus und zeigte dabei an die Seite seines Halses. „Ich wurde kurzatmig, hatte Schweißausbrüche und mir wurde oft schlecht.“

„Oje. Einen Teil der Symptome kenne ich bereits“, sagte Hubert traurig.

„Wieso warst du noch nicht beim Arzt?“

Hubert blies die Luft raus. „Das möchte ich vermeiden, hoffe, dass es wieder besser wird.“

„EKG und Ultraschall tun nicht weh und geben dir Gewissheit.“

Hubert nickte. „Wie genau lautet deine Diagnose?“

„Koronare Herzkrankheit. Chronisch. Die Adern sind angeblich verkalkt, zu wenig Blut rauscht da durch."

„Wie kam es dazu?"

„Vererbung und schlechter Lebensstil, meint mein Arzt. Mein Onkel hatte auch Herzprobleme. Schweinebraten, Rauchen, keine Bewegung und solche Sachen. Aber wie du ja bestimmt mitbekommen hast, habe ich mich inzwischen umgestellt. Kein Fleisch mehr, möglichst gar keine tierischen Fette."

„Fisch?"

Klaus schüttelte den Kopf. „Kaum noch. Es war auch nicht einfach, mit dem Pfeifenrauchen aufzuhören, doch mein Arzt hat mich mit guten Argumenten überzeugt. Ich muss nun spazieren gehen, Sport treiben."

„Vermisst du den Schweinebraten?"

Klaus nickte traurig. „Und der Stress spielt angeblich ne große Rolle. Ich habe schon geglaubt, übern Berg zu sein, doch vor zwei Wochen kam der Schmerz in der Brust zurück."

„Und?"

„Der Arzt wollte mich ins Krankenhaus zu einer Herzkatheteruntersuchung schicken. Wenn nötig, sollten Stents gelegt werden. Doch ich wollte nicht."

„Warum?"

Klaus überlegte, ob er die Wahrheit sagen sollte.

„Der Gedanke, dass ein Chirurg so nahe an meinem Herz rumschnippelt, gefällt mir nicht. Stell dir vor, der Arzt hat zittrige Hände."

„Schiss gehabt?"

„Halt nur deine Klappe! Du kneifst ja schon vor einem EKG."

„Haben die zwei Wochen zu Hause geholfen?"

„Ja. Ich war Angeln und hab viel gepennt. Das entspannte Leben ist gut fürs Herz. Ich musste Hiltrud versprechen, mich nicht mehr aufzuregen. Doch wenn man einen Marius Fischler als Stellvertreter hat, ist das gar nicht so einfach."

„Keiner in der Kriminaldirektion versteht, warum Marius den Job überhaupt bekommen hat."

Klaus zuckte mit den Schultern. „Seine letzte Beurteilung war überraschend gut. Damals war er bei D210 im Kriminalkommissariat eingesetzt."

„Am Flughafen?"

„Der Leiter dort stand kurz vor der Pensionierung. Ich nehme an, er wollte die Karriere von Marius nicht verbauen."

„War es nicht deine Entscheidung, wer dein Stellvertreter wird?"

„War es. Aber ich habe mich zu sehr auf das Urteil des Leiters von D210 verlassen. Entsprechend der letzten Beurteilung schien Marius sich deutlich verbessert zu haben. Tja, falsch gedacht. Ich hätte gerne Peter Gessner als Stellvertreter gehabt, er war zu diesem Zeitpunkt aber noch zu unerfahren. Nun werde ich die Dinge in die richtige Richtung lenken."

„Was hast du vor?"

Klaus lächelte. „Marius bekommt seine Chance."

Nach einem kurzen Smalltalk war Klaus wieder alleine. Er schaute sich die Liste mit den Piloten an. Einer von denen, die noch befragt werden mussten, war heute Morgen von einem Flug zurückgekommen.

Klaus griff zum Telefon.

„Guten Tag Herr Bachmann."

40

Frankfurt, 12. Juni 2014

Wie zu erwarten, hatte die Kripo gerade eben bei Jens Bachmann angerufen und ihren Besuch angekündigt. Eine Befragung zu dem Mord in L.A. Natürlich würden sie, wie bei den anderen Piloten auch, nach DNA und Fingerabdrücken fragen. In zwei Stunden wollten sie da sein. Es würde spannend werden.

Igor war noch vom Jetlag müde und legte sich aufs Bett. In Singapur wurde es jetzt schon Nacht und gestern, als die Nonne bei Jens war, hatte Igor auch nicht viel geschlafen. Er stellte den Wecker, um rechtzeitig für den Besuch wach zu sein, schloss die Augen und suhlte sich in seinen Rachegedanken.

Gefesselt, mit flehendem und schmerzverzerrtem Blick würde sie ihn anschauen. Wie lange es wohl dauern würde, bis sie um Gnade winselte? Zwei Minuten? Fünf? Noch keines seiner Opfer hatte es bisher geschafft, länger als zehn Minuten den Stolz aufrecht zu erhalten. Hanna Engels war stark. Igor hoffte, dass sie länger durchhalten würde. Für die Bestrafung würde er Werkzeuge aus der frühen Neuzeit und aus der heutigen Zeit benutzen.

Vielleicht auch glühendes Eisen oder kochendes Wasser? Auf jeden Fall eine Kombizange und ein Teppichmesser. Das war so herrlich praktisch. Der Gedanke an die Folter war faszinierend. Die Nonne würde sehr nass werden. Tränen, Schweiß, Pisse, und vor allem viel Blut.

Verdammt, der Blutverlust. Eine schreckliche Erkenntnis erwachte. Igors Hals wurde trocken, er spürte ein inneres Beben. Die Bestrafung der Nonne würde zu schnell ein Ende finden. Zwar war Igor ein Experte der Folter, aber spätestens nach dem zweiten Tag hatten die Opfer bisher den Abgang gemacht. Meistens gingen sie durch den großen Blutverlust drauf. Zwei Tage! Was waren schon zwei Tage im Angesicht der Ewigkeit?

Mit grässlicher Gewissheit erkannte er, dass es gar keine wirkliche Bestrafung war. Zeit und Tod löschten alles aus. Igor dachte an sein Erlebnis in Bamberg. Die Seele des kleinen Johannes war aus dem strebenden Körper ins Universum geflüchtet. Der Tod war eine Erlösung, befreite den Geist von allen Schmerzen und Erinnerungen. Die Seele war sofort geheilt, ruhte sicher und geborgen im Universum und die Folter war in Vergessenheit geraten. Nur weil Igor ein gottähnliches Wesen war und in seine frühere Existenz zurückreisen konnte, wurde die Erinnerung wieder zum Leben erweckt. Die Seelen normaler Menschen blieben jedoch geheilt. ‚Vergessen' bedeutete ‚nicht passiert'. Zwei mickrige Tage waren keine angemessene Bestrafung. Igor war ein Gefangener seiner eigenen Idee.

So eine Scheiße. Die Nonne musste viel länger leiden. Eine Woche, oder sogar einen Monat? Ja. Sie sollte einen Monat lang die Folter erleben. Doch wie sollte das funktionieren? Die Schmerzen waren nicht das Problem. Natürlich würde sie oft ohnmächtig werden, aber jedes Mal auch wieder zurückkommen. Igor war der König der Schmerzen, konnte sie gut dosiert verabreichen. Zudem gab es auch Medikamente, um die Schmerzspitzen abzuflachen und damit die drohende Bewusstlosigkeit abzufangen. Schon damals hatte die Nonne Weihrauch benutzt, um das Bewusstsein zu kontrollieren. Problematisch wurde es, wenn die Behandlung sich lange hinziehen sollte. Zwar war es möglich, auch ohne großen Blutverlust zu foltern, doch das verschaffte nicht die gewünschte Befriedigung. Nicht bei der Nonne. Spritzendes But gehörte einfach dazu.

Ein Mensch verreckte bereits, wenn er weniger als drei Liter Blut verlor, die dürre Nonne wahrscheinlich schon bei zwei. Wie konnte sie trotz Blutverlust für längere Zeit am Leben erhalten werden?

In dem Moment, als ihm die Antwort kam, klingelte der Wecker. Igor öffnete die Augen und stand auf. In wenigen Minuten würden die Kriminalpolizisten auftauchen.

41

Bad Orb, 12. Juni 2014

Der Kies knirschte unter ihren Sohlen, als sie ausstiegen.

„Schönes Bauernhaus“, stellte Klaus fest.

„Und bestimmt nicht billig. Erstaunlich, was man sich als Pilot leisten kann“, erwiderte Marius.

„Hast du ein Diktiergerät dabei?“

„Nein. Ich mache mir Notizen. Viele Befragte sind verschlossen und verspannt bei einem laufenden Diktiergerät.“

Klaus nickte. Sein Stellvertreter hatte damit nicht unrecht.

Marius klingelte, freundlich lächelnd öffnete der Kapitän die Tür.

„Guten Tag, Herr Bachmann. Ich bin Kriminalhauptkommissar Schulz und das ist Kriminaloberkommissar Fischler. Ich habe gestern mit Ihnen telefoniert. Vielen Dank, dass Sie sich Zeit für uns nehmen."

Klaus und Marius zeigten ihre Dienstausweise.

„Guten Tag. Ich bin gespannt auf Ihre Fragen. Kommen Sie rein."

Bachmann führte sie ins Wohnzimmer. Klaus schaute sich um. Ein Klavierflügel dominierte den Raum.

„Setzen Sie sich bitte. Wollen Sie etwas trinken?"

Die Kripobeamten lehnten ab.

„Sie spielen Klavier?", fragte Klaus.

„Gelegentlich."

Klaus kreuzte die Hände vor seinem dicken Bauch. Er war auf das Ergebnis dieser Befragung gespannt, und auf Marius.

Bachmann nahm im Sessel Platz. „Wie kann ich Ihnen helfen?"

Wie abgesprochen, übernahm Marius die Befragung. „Zuerst möchte ich bitte Ihren Ausweis sehen."

„Augenblick." Bachmann stand auf und verließ den Raum, kam kurz darauf mit dem Gewünschten zurück. Marius überprüfte den Ausweis, stellte einige Fragen zur Person und machte sich Notizen.

Marius räusperte sich. „Wie Sie bereits von meinem Kollegen wissen, geht es um ein Verbrechen in Los Angeles. Dazu habe ich ein paar Fragen an Sie."

„Ich fürchte, ich werde keine große Hilfe sein."

„Wir werden sehen." Marius beugte seinen Kopf zu den Seiten und dehnte seine Nackenmuskulatur. Es sah aus, als bereite er sich auf einen Kampf vor. Klaus wusste, was das bedeutete.

„In Los Angeles wurde eine Frau ermordet. Brutally killed", sagte Marius.

„Ich befürchte, das kommt nicht selten vor."

„Ein Deutscher war der Täter."

„Es gibt viele Deutsche in L.A."

„Wo waren Sie am 12. Mai?"

„Das ist schon ein paar Tage her. Ich muss mal überlegen."

„Ich wette, Sie wissen genau, wo Sie an diesem fucking Tag waren."

Klaus verengte die Augen zu Schlitzen. Diese Art Gesprächsführung war nicht abgesprochen. Außerdem schien Marius ein wenig zu aggressiv vorzugehen. Er wird es vergeigen, dachte Klaus.

„Augenblick, Herr Kriminaloberkommissar." Bachmann griff nach seinem Handy und suchte nach etwas. Klaus beobachtete ihn. Der Kapitän wirkte entspannt.

„Mein elektronisches Flugbuch", erklärte er. „Damit kann ich Ihnen auf die Minute genau sagen, wann ich geflogen bin und wo ich war. Ah ja. Hier ist es. Am 11. Mai sind wir in L.A. gelandet und am 13. wieder abgeflogen."

„Was haben Sie in L.A. gemacht? Fangen wir mit dem 11. Mai an." Marius hielt seinen Notizblock bereit.

Jens schaute wieder auf sein Smartphone, tippte darauf herum.

„Das war ein Sonntag." Während Jens seinen Tagesablauf beschrieb, beobachtete Klaus ihn genau. Der Kapitän sah nicht aus wie jemand, der etwas zu verbergen hatte. Klaus hörte aufmerksam zu, auch er machte sich Notizen.

„Und nun kommen wir zum nächsten Tag. Monday. Was haben Sie da gemacht?", fragte Marius.

Bachmann erzählte.

„Haben Sie ein Alibi für Montagabend, den 12. Mai?"

Der Pilot zögerte einen Augenblick, schien nachzudenken. „Ich wollte mich zum Abendessen mit meinem Copiloten treffen, er erschien aber nicht. So wie auch am Abend zuvor."

„Wie ist der Name des Copiloten?"

„Dirk Schilling." Marius notierte sich den Namen.

„Es gibt also niemanden, der Sie am Sonntagabend und am Montagabend gesehen hat?"

Bachmann zuckte mit den Schultern. „Niemand, der mich kennt."

„Ich fasse nochmal zusammen", sagte Marius. „Sie haben weder ein Alibi für den 11. noch für den 12. Mai."

Der Pilot nickte. „Sieht so aus."

„Tja, Herr Bachmann, diesmal laufen die Dinge wohl nicht zu Ihren Gunsten. Not at all. Die Beweise sind eindeutig. Wir wissen, dass Sie mit der Sache zu tun haben. Leugnen ist sinnlos."

Nanu? Klaus war überrascht. Marius wendete doch nicht etwa die Technik des Vorhalts an? Hatte er nicht gelernt, dass man das normalerweise nur bei Vernehmungen machte?

„Tut mir leid. Ich weiß nicht, wovon Sie sprechen", sagte Bachmann.

„Ich wette, das wissen Sie sehr genau", erwiderte Marius in aggressivem Ton.

Bachmann starrte ihn an. „Die Wette würden Sie verlieren."

„Hören Sie auf mit dem Theater. Sie haben die Frau in Los Angeles bestialisch ermordet. We simply know it." Marius schien sich in Rage zu reden.

Der Kapitän schüttelte den Kopf, lächelte abfällig.

„Ich muss Sie enttäuschen, Herr Fischler. Ihre Taktik geht nicht auf. Mit dem Mord habe ich nichts zu tun."

Marius beugte sich gereizt nach vorne. Seine Halsschlagader pulsierte deutlich sichtbar. Interessiert beobachtete Klaus das Schauspiel. Marius wirkte unbeherrscht, der Pilot kontrolliert. Oder abgebrüht? Die Situation drohte zu eskalieren. Klaus entschied sich, einzuschreiten.

„Herr Bachmann." Er sprach ruhig und besonnen. „Haben Sie die Frau in Los Angeles umgebracht?"

Der Kapitän lehnte sich zurück, schien zu überlegen.

Marius starrte Klaus mit hochrotem Kopf an. „Ich führe …"

„Nein. Marius. Ich führe jetzt die Befragung", stellte Klaus klar.

„Ich habe die Frau in Los Angeles nicht umgebracht", sagte Bachmann.

„Dann haben Sie bestimmt nichts dagegen, wenn Sie mir eine DNA-Probe und Ihre Fingerabdrücke geben."

Bachmann atmete aus, zögerte.

„Ha! Wusste ich es doch", rief Marius.

„Es gäbe wohl nur einen Grund, etwas dagegen zu haben", sagte der Kapitän. „Natürlich gebe ich Ihnen, was Sie wollen."

„Danke Herr Bachmann." Klaus legte zwei Blätter auf den Tisch. „Ein Merkblatt und eine Bestätigung, dass Sie mit den Proben einverstanden sind", erklärte er. Bachmann unterschrieb, ohne den Text zu lesen. Marius verschränkte seine Arme und schien innerlich zu explodieren. Es war Klaus egal. Er zog ein kleines Röhrchen aus der Tasche. Im Deckel des Röhrchens war ein Wattestäbchen befestigt, er reichte es Bachmann.

„Drücken Sie es bitte an Ihre Wangeninnenseite und reiben Sie daran."

Klaus nahm das Wattestäbchen wieder zurück, verstaute die DNA-Probe in dem Glaszylinder und holte das Färbekissen aus seiner Aktentasche. Er nahm die Finger von Jens, rollte sie im Färbekissen und anschließend auf den Vordruck.

„Danke, Herr Bachmann. Das war es fürs Erste."

„Was passiert jetzt mit mir?"

„Vorerst gar nichts. Sobald die Ergebnisse vom Abgleich mit Ihrer DNA-Probe und den Fingerabdrücken vorliegen, werde ich Sie informieren."

„Ich hoffe, es kann keine Fehler bei dieser Abgleichung geben. Ich möchte nämlich nicht unschuldig ins Gefängnis gesteckt werden."

„Keine Sorge, Herr Bachmann. Die Tests sind sehr zuverlässig."

Sie standen auf und verabschiedeten sich.

*

„Du bist mir in den Rücken gefallen", schimpfte Marius auf dem Weg zum Wagen.

„Halt den Mund und fahr. Ich muss nachdenken."

Schweigend fuhren sie zum Polizeipräsidium zurück.

Klaus hatte im Laufe seines Berufslebens ein gutes Gespür bekommen und erkannte meist, wenn jemand log oder etwas zu verbergen versuchte. Seiner Meinung nach war Bachmann entweder unschuldig oder ein verdammt gerissener Lügner.

*

Durch das Küchenfenster sah Jens, wie die Kriminalpolizisten wegfuhren. Sehr gut. Die Kripo verfolgte eine falsche Fährte. Er war zufrieden. Seine DNA würden sie mit Sicherheit nicht am Tatort finden.

42

Neu-Isenburg, 13. Juni 2014

Um acht Uhr stand Igor auf, ging nach nebenan in seine Einsatzzentrale und begann mit der Routineüberprüfung. Der GPS-Tracker auf seinem Smartphone zeigte ihm, dass die Nonne in Den Haag im Hotel war. Sie würde nachher in den Gerichtssaal gehen. Sie hatte dem Piloten gesagt, dass sie versuchen würde, den frühen Abendflug zurück nach Frankfurt zu schaffen. Um 19.30 Uhr würde sie landen und gleich zu ihrem Lover fahren. Dem Liebespaar würde noch das ganze Wochenende bleiben.

Igor setzte in der Überwachungs-App einen Alarm, der losgehen würde, sobald die Nonne von Den Haag Richtung Flughafen in Rotterdam abfuhr. Frühestens zwei Stunden später würde sie in Frankfurt landen.

Er öffnete den Laptop und hackte sich ins K11 ein. Schulz hatte den Bericht über Bachmanns Befragung geschrieben, ansonsten gab es kaum Bewegung in dem Fall.

Der Besuch der Kripo war interessant gewesen. Der inkompetente Fischler hatte sich wie ein Riesenarschloch benommen, doch Schulz war ein listiger Fuchs. Das machte die Sache spannend.

Igor stand auf, streckte sich. Wie würde die Nonne im Moment der Wahrheit reagieren? Er stellte sich ihre schreckensgeweiteten Augen vor, sah sie gefesselt vor sich liegen. Mit kahl rasiertem Kopf, Arme und Beine gespreizt und gefesselt, ihr Körper blutüberströmt. Um den Blutverlust auszugleichen, hatte er eine geile Idee. Igor setzte sich in seinen Sessel, das vertraute Geräusch des knarrenden Leders empfing ihn. Er öffnete den Laptop und gab die Suchbefehle ein. Nach einer Stunde hatte er einen Treffer: Brigitte Richter-Meyer, 57 Jahre alt, 109 Kilogramm schwer, arbeitslos und geschieden, Diabetikerin, Typ II, Blutgruppe A+. Sie lebte alleine in Bad Homburg in einem Hochhaus. Die fette Brigitte hatte das große Los gezogen. Mit ihrer Hilfe würde Igor die Nonne lange genug foltern können.

Er schickte Frau Richter-Meyer eine E-Mail und gab sich als Betreuer einer wissenschaftlichen Untersuchung von Diabetikern aus. Ein amerikanischer Forschungsauftrag, der auch in Deutschland durchgeführt wurde. Igor bot ihr 300 Euro, wenn sie einer kleinen Blutentnahme zustimmen würde.

Die E-Mail war mit Dr. Werner Pohl, DRC, Diabetes Research Center, USA, signiert und wirkte mit dem Siegel vertrauensvoll offiziell. Das Institut, den Doktor und einen vergleichbaren Forschungsauftrag gab es tatsächlich. Sollte die liebe Brigitte nachforschen, würde sie Bestätigung finden.

Im Anhang der E-Mail sendete Igor einen Untersuchungsauftrag der US-Regierung und eine Erklärung zu dem Verfahren. Die Erklärung würde sie sehen, die Payload jedoch nicht. Sobald sie den Anhang öffnete, würde sich die Überwachungssoftware installieren. Alles, was sie von da an auf ihrem Computer oder ihrem Handy machte, würde Igor überwachen können. Nun musste er nur noch auf ihre Antwort warten. Schon bald würde die fette Brigitte kein Problem mehr haben mit Übergewicht und Diabetes.

Zufrieden schaltete Igor die Musik ein, leise durchdrang Beethovens Musik die Dachwohnung. Der Bericht musste noch geschrieben werden. Auf Laptop Nummer 1 gab er die beiden Passwörter ein und legte seinen Finger zur Identifizierung auf den Sensor. Das elektronische Tagebuch öffnete sich. Ausführlich beschrieb Igor das Erlebnis in Singapur. Schade, dass Harshadas Seele sich nicht an die wunderbare Nacht erinnern würde. Sie ruhte nun geborgen in der kosmischen Unendlichkeit, losgelöst von allen irdischen Schmerzen, Sorgen und

Problemen, eingepackt in Glückseligkeit. Wüsste die Seele, wer dafür verantwortlich war, würde sie Igor bestimmt dankbar sein für die Erlösung von dem Joch ihrer menschlichen Existenz.

Es klingelte. Der Bewegungsalarm für die Nonne. Überrascht griff Igor nach dem Handy. Sie hatte Den Haag schon früher als geplant verlassen und war auf dem Weg Richtung Flughafen in Rotterdam. Er öffnete den Computer, loggte sich in das Buchungssystem der Airline ein, das er schon längst gehackt hatte.

Die Nonne war nun für den Flug um 17.20 Uhr eingecheckt. Sie würde also schon eine Stunde früher, um 18.30 Uhr, in Frankfurt landen und gegen 20 Uhr bei dem Piloten sein. Trotzdem war noch Zeit.

43

Frankfurt, 16. Juni 2014

Klaus saß vor dem Computer und schüttelte verärgert den Kopf, als Kriminaloberkommissar Peter Gessner durch die offene Tür ins Büro kam.

„Probleme?", fragte er.

„Mach die Tür zu und setz dich."

Klaus loggte sich aus dem Intranet aus. „Ich habe gerade gesehen, dass Marius eine weitere Deadline verpasst hat. Diesmal für den Antrag einer Hausdurchsuchung im Fall Kaiser. Während ich krank war, hat er sich anscheinend nur auf die Sache mit dem Rechtshilfeersuchen aus den USA konzentriert. Wie es bei dir gelaufen?"

Klaus hatte Peter mit einem weiteren Kollegen für eine Befragung zu dem Copiloten Dirk Schilling geschickt. Er hätte das gerne selbst übernommen, doch Klaus musste sich um zwei andere Fälle kümmern, überfällige Berichte schreiben und liegengebliebene Arbeit in drei laufenden Verfahren nachholen.

Das meiste waren Dinge, die sein Stellvertreter hätte erledigen sollen.

Peter öffnete seinen Notizblock. „Dirk Schilling behauptet, am 12. Mai, also am Abend, als der L.A.-Mord geschah, Roomservice geordert zu haben. Er gab die Order gegen 20 Uhr vom Zimmertelefon auf, etwa eine halbe Stunde später kam das Essen. Ich habe schon eine Anfrage an die Kollegen in L.A. geschickt. Sie werden die Angaben des Copiloten im Hotel überprüfen."

„Wirkt der Copilot in euren Augen glaubwürdig?"

„Ja. Dirk Schilling scheint ein überzeugendes Alibi zu haben. Er konnte mir auch sagen, was genau er bestellt hatte. Auch das wird noch überprüft. Ab etwa 21.30 Uhr hat er ein Bier in der Hotelbar getrunken. Schilling konnte uns die Quittung und Abbuchung vom Hotel zeigen."

„Gibt es Zeugen für die Hotelbar?"

„Keine anderen Gäste, aber Schilling hat sich mit dem Barkeeper über die Herstellung von Bier unterhalten. Die Kollegen in L.A. überprüfen den Zeugen."

„Warum war Schilling erst gestern erreichbar?"

„Urlaub bei Freunden in Holland, behauptet er."

„War er zu den erkennungsdienstlichen Maßnahmen bereit?"

Peter kratzte sich am Hinterkopf. „Na ja. Zuerst weigerte er sich. Ich machte ihm klar, dass er letzten Endes zu den Proben gezwungen werden könnte."

Nun bereute Klaus es, nicht doch bei der Befragung dabei gewesen zu sein. Zu gerne hätte er sich persönlich ein Bild von dem Copiloten gemacht.

Peter sprach weiter. „Schilling druckste herum und fragte, was geschehe, wenn Drogen nachgewiesen werden würden."

„Sieh mal an. Ein Pilot als Drogenjunkie."

„Ich versicherte Schilling, dass es nur um die Identifizierung des Mörders ginge und die DNA-Probe nicht auf Drogenkonsum überprüft wird. Erst dann war er zur Kooperation bereit."

Peter öffnete seine Umhängetasche. „Hier sind die DNA-Proben und Fingerabdrücke." Er legte den Glasbehälter mit dem Wattestäbchen und die Blätter mit den Fingerabdrücken auf den Tisch.

„Gut gemacht. Damit haben wir von allen acht Piloten die Proben."

„Ich bin gespannt, was bei dem DNA-Abgleich herauskommt."

Klaus nickte. „Jetzt müssen wir abwarten."

„Es gibt noch eine Sache, die du wissen sollest."

„Ich höre."

„Marius ist stinksauer. Er erzählt jedem, dass du ihn von dem Fall mit dem Rechtshilfeersuchen abgezogen hast, um ihm zu schaden. Er spricht von Mobbing."

„Ich habe ihn von dem Fall abgezogen, weil sein Verhalten bei Bachmanns Befragung unprofessionell war."

„Er erzählt, dass du ihn ins offene Messer hast laufen lassen."

„Marius war schon immer ein Meister darin, die Schuld bei anderen zu suchen."

Peter nickte und klappte seinen Notizblock zu. „Gibt's sonst noch was, Chef?"

„Ja. Wenn der Kriminalrat aus dem Urlaub zurück ist, werde ich ihm vorschlagen, Marius in eine andere Kommission zu versetzen. Er hat im K11 nichts verloren."

„Marius wird vor Wut kochen."

Klaus zuckte mit den Schultern. „Wahrscheinlich. Ich werde die Planstelle *Stellvertreter K11* neu ausschreiben. Wenn du dich darauf bewerben würdest, wären deine Chancen ausgesprochen gut. Allerdings müsstest du deine Teilzeit wieder aufgeben."

Peter lächelte. „Danke Chef. Werd's mir überlegen."

Er stand auf und wollte gehen, doch Klaus hatte noch eine Frage.

„Weißt du, warum Marius sich so einen teuren Wagen und die teuren Klamotten leisten kann?"

„Ja klar. Er vögelt reiche Witwen."

„Was?"

„Bei Haralds Verabschiedung vor zwei Monaten hatte Marius zu viel getrunken und prahlte mit seinem Geld. Marius hat nicht nur den Porsche und die teuren Klamotten, er hat nun auch eine Penthousewohnung in bester Lage. Als ich nach der Quelle seines Reichtums fragte, erzählte er mir voller Stolz seine Taktik."

„Taktik?"

Peter nickte. „Er umschmeichelt reiche, ältere Frauen. Die Damen lassen sich anscheinend nicht lumpen und greifen dem lieben Marius finanziell kräftig unter die Arme. Im Gegenzug ist er nett zu ihnen."

„Das erklärt einiges."

„Seit einiger Zeit ist er mit der 65-jährigen Witwe eines Großindustriellen aus Rüsselsheim zusammen. Die *Scheintote*, so nannte er die Witwe, frisst ihm aus der Hand. Sie ist überglücklich, wenn sie ihm Geschenke machen kann, behauptet Marius."

„Was für ein Lump", schimpfte Klaus.

„Ist ja nichts Illegales und ich spiele mit dem Gedanken, es ihm gleichzutun."

„Alten Damen Liebe vorzuheucheln, um an ihr Geld zu kommen?"

„Warum nicht? Mit unserem Gehalt können wir uns keinen Porsche Panamera leisten."

„Du bist ein viel zu netter Kerl, um Frauen auszunutzen."

„Ich fürchte, du hast recht. Marius behauptet übrigens, bald zu kündigen, um Unternehmer zu werden."

„Ich werde ihn nicht aufhalten", sagte Klaus grinsend.

Nachdem Peter gegangen war, stand er auf und brühte sich einen frischen Tee auf. Mit der Tasse stellte er sich vor das Fenster, das zum Polizeihof zeigte. Wie wohl die DNA-Ergebnisse aus L.A. ausfallen würden? Klaus trank einen Schluck, setzte sich an seinen Schreibtisch und öffnete den Ordner *USA*. Die Leiche der Frau war extrem entstellt. Es sah so aus, als hätten sie es mit einem gefährlichen Psychopathen zu tun. Vor vielen Jahren hatte Klaus in Frankfurt solch einen Irren zur Strecke gebracht. Der Mörder hatte ein perfektes Doppelleben geführt, zwei Gesichter gehabt. In der Öffentlichkeit war er der nette Nachbar gewesen, der kleine Kinder auf den Schoß nahm und alten Menschen die Einkaufstasche trug. Und manchmal ist er zum brutalen Mörder geworden. Hatte auch Kapitän Bachmann zwei Gesichter?

44

Frankfurt, 16. Juni

„Es wird spät werden, ich denke, dass ich gegen sieben wieder da bin. Soll ich auf dem Rückweg fürs Abendessen einkaufen?“, fragte Hanna.

„Das wäre super von dir, Darling. Ich habe noch viel zu tun für die Firma. Frisches Gemüse reicht. Den Rest hab ich hier.“ Jens gab ihr einen Kuss auf die Stirn.

„Ciao Liebling.“ Hanna eilte davon. Jens schloss die Tür hinter ihr.

*

Als Nächstes musste die fette Brigitte einkassiert werden. Igor wählte ihre Nummer. Sie hatte gestern auf seine E-Mail geantwortet, war natürlich scharf auf die 300 Euro.

„Hier spricht Dr. Pohl“, sagte er. „Vielen Dank für Ihre Zustimmung, Frau Richter-Meyer. Es wird auch ganz schnell gehen. Das Geld bringe ich mit. Um 15 Uhr bin ich bei Ihnen.“

Zum Glück hatte Igor schon vieles vorbereitet, trotzdem gab es noch einiges zu tun.

Gegen Mittag waren die Gitterelemente für den Käfig zusammengeschraubt. Das Andreaskreuz aus den schweren Holzbohlen hatte Igor bereits auf das Metallgestell gebaut. Über eine Spindelwinde mit Drehkurbel konnte das Kreuz von der Waagerechten in eine fast senkrechte Position gebracht werden. Die Wanne unter dem Gestell war für Exkremente, Blut und anderes gedacht. Neben dem Foltertisch stand ein Krankenbett. Auch hier hatte Igor Lederriemen zum Festzurren angebracht. Auf dem Tisch lagen neben den Werkzeugen die nötigen medizinischen Geräte für die Transfusion bereit.

Es wurde Zeit für den Besuch bei Frau Brigitte Richter-Meyer. Igor verstaute zwei Perücken, eine mit halblangem blondem Haar, die andere mit schwarzem, und zwei große Brillen im Rucksack. Auch den Ausweis, den er längst gedruckt hatte, legte er dazu. Dr. Pohl, DRC, stand darauf. Das Emblem des Research Centers gab dem Ausweis einen glaubhaften Charakter. Der Sackkarren mit den zwei großen Gummirädern und die Aluminiumkiste hatte er schon in seinem Wagen verstaut. Die Rücksitze waren umgeklappt und die Kiste in der Größe eines Sarges passte gerade so in den Kombi.

Er parkte den Wagen etwa zwei Fußminuten von dem Hochhaus entfernt, stülpte die Perücke über, fügte die hellgrauen Kontaktlinsen ein und setzte die große Brille auf. Als Dr. Pohl schulterte er den Rucksack und klingelte kurz darauf bei Frau Richter-Meyer. Die Eingangstür öffnete sich, mit dem Aufzug fuhr er hoch ins elfte Stockwerk. Die fette Kuh begrüßte ihn lächelnd in der geöffneten Wohnungstür. Dr. Pohl nickte freundlich und trat ein.

„Kommen Sie mit ins Wohnzimmer. Möchten Sie etwas trinken?"

„Nein Danke. Wohnen Sie etwa alleine?", fragte Dr. Pohl und tat überrascht. Er kannte die Antwort, wollte sich aber zusätzlich vergewissern.

„Schon lange. Ist meine bevorzugte Lebensweise."

Als sie an ihm vorbeilief, donnerte Dr. Pohl seinen Ellbogen auf ihre Schläfe. Sie sackte zusammen, er packte zu und ließ den fetten Körper langsam zu Boden gleiten. Sie sollte sich schließlich nicht verletzten. Vorsorglich schaute Igor in allen Zimmern nach, ob doch jemand hier war. Wie zu erwarten, war die Wohnung leer. Er träufelte der Blutspenderin K. O.-Tropfen, verdünnt mit Wasser in ihren Mund. Für die nächsten Stunden würde die liebe Brigitte nichts merken. Zusätzlich fesselte und knebelte er sie. Er steckte den Wohnungsschlüssel in die Tasche und eilte nach unten. Igor wechselte Perücke, Brille und Hemd, zog die dünne Jacke mit dem Logo einer

Umzugsfirma über. Seinen Wagen fuhr er näher ans Hochhaus und parkte dort. Die Alukiste, aufrecht auf dem Sackkarren stehend, verzurrte er mit Spanngurten. Wenige Minuten später war er zurück in der Wohnung. Der Körper passte gerade so in die Kiste. Igor hatte einige Löcher reingebohrt, damit sie nicht ersticken konnte. Im Bad suchte und fand er ihre Medikamente gegen Diabetes.

Einige Zeit später öffnete Igor in seinem geheimen und schalldichten Musikzimmer die Kiste und legte Brigitte Richter-Meyer in ihr neues Zuhause.

45

Campinas in Brasilien, 20./21. Juni 2014

„Der Penner hat uns vergessen."

Mit verschränkten Armen stand Dirk vor dem Terminal und sah verärgert aus. Sie warteten auf den Crewbus, der sie nach Campinas Stadt bringen sollte.

Ein Mitarbeiter der Firma hatte sie durch die Einreiseabfertigung bis hierher begleitet und telefonierte nun mit dem Fahrer.

Dirk nörgelte weiter: „Wir sind schon vor einer Stunde gelandet. Wie bescheuert muss man sein, wenn man in dieser Zeit keinen Crewtransport organisieren kann?"

Jens ging der ewig unzufriedene Copilot auf die Nerven.

„Wir sind vor 30 Minuten gelandet und der Bus wird schon noch kommen."

Am 17. Juni waren sie von Frankfurt gestartet. Dakar, Buenos Aires. Heute waren sie über Rio de Janeiro hierher geflogen. Sie hatten drei freie Tage in Campinas, würden erst am 23. früh morgens nach Santiago de Chile fliegen.

Jens zog seine Uniformjacke aus und legte sie über den Koffer. Auf der Südhalbkugel war nun Winter. Obwohl es schon dunkel war, herrschten angenehme 20 Grad. Perfektes Wetter für die Fußballweltmeisterschaft, die zurzeit im Land ausgetragen wurde.

„Ich hol Geld", sagte Jens und ging zu einem der Bankautomaten, die vor dem Terminal standen. Mit einem dicken Bündel brasilianischer Real kam er wenige Minuten später zurück zu Dirk. Der Kleinbus war inzwischen eingetroffen.

Zum Glück befanden sich die Crewhotels von Worldcargo fast immer in den Innenstädten, selten am Airport. Doch das bedeutete auch, dass die Fahrten länger dauerten. Jens machte es sich bequem auf seinem Sitz und beobachtete das Treiben auf der Straße. Das grün-gelb-blaue Symbol der brasilianischen Nationalmannschaft war nicht zu übersehen. Es zierte Flaggen, T-Shirts, Hüte, Plakate. Die brasilianische Lebensfreude pulsierte überall in der Stadt.

„Beschissenes Timing für den Trip. Wir sollten jetzt nicht in Brasilien sein", meinte Dirk.

„Warum nicht?"

„Siehste das nicht? Alles dreht sich nur um Fußball. Verstopfte Straßen, verrückte Fans, grölende und besoffene Hohlköpfe. Wir werden länger als eine Stunde brauchen, bis wir im Hotel sind."

„Warum hast du keinen anderen Trip angefordert?"

Dirk schaute Jens für einen Augenblick irritiert an und zuckte mit den Schultern. „Deadline verpasst."

Jens schloss die Augen. Er hatte keine Lust, sich das Gejammer noch länger anzuhören. Er dachte an Hanna. Von dem Besuch der Kripo hatte er ihr nichts erzählt. Sie vertraute ihm und war heftig in ihn verliebt. Gut so. Nachher im Hotel würde er ihr eine E-Mail schicken. Für ein Telefongespräch war es zu spät. In Deutschland war es fünf Stunden weiter und schon nach Mitternacht.

„Waren die Bullen auch bei dir gewesen?", fragte Dirk und riss Jens aus seinen Gedanken.

„Du meinst die Kripo?" Jens wurde sofort hellhörig, hielt die Augen aber noch geschlossen.

„Sind ja auch Bullen, oder nicht?"

„Ja, waren sie", bestätigte Jens. „Als wir beide im Mai in L.A. waren, ist anscheinend eine Frau ermordet worden. Ein Pilot könnte es gewesen sein."

„Und?“, fragte Dirk.

„Und was?“

„Bist du der Mörder?“

Nun öffnete Jens die Augen und schaute in Dirks grinsendes Gesicht.

„Ja. Bin ich. Nimm dich also in acht.“

„Wusste doch, dass mit dir was nicht stimmt.“ Dirk kicherte.

„Welche Fragen haben sie dir gestellt?“, fragte Jens.

„Wollten wissen, wo ich war in L.A., was ich getan hab, so’n Zeug.“

„Mir haben sie auch solche Fragen gestellt.“

„Das ist echt ’n Hammer. Da wird ne Frau abgemurkst …“, Dirk fuhr sich mit den Fingern am Hals entlang, „und es könnte ein Pilot aus Deutschland gewesen sein. Ist schon ne clevere Sache. Als Pilot kommste überall hin, schlachtest in deinen freien Tagen jemanden ab und fliegst wieder nach Hause. Da kriegt doch keine Sau was mit.“

„Und du glaubst, das ist so einfach?“

„Klar. Niemand wird auf die Idee kommen, dass ein Pilot ein Mörder ist.“

„Wieso nicht?“

„Ganz einfach. Es gibt drei typische Täterprofile. Meistens kommt der Mörder aus dem Umfeld des Opfers. Ne Beziehungstat also. Schließt den Piloten aus dem fremden Kontinent schon mal aus. Dann könnte noch ein Auftragsmörder dahinter stecken. Doch der würde kein Pilot sein.“

„Nein?“

„Natürlich nicht. Die Ausbildung zum Piloten ist zu aufwendig und zeitintensiv. Du musst jahrelang im Geschäft sein, bis du mit nem Langstreckenjet um die Welt düsen darfst. Da bleibt keine Zeit für Auftragsmorde.“

„Und das dritte Täterprofil?“

„Ein Psychopath, der aus Lust tötet. Doch das schließt schon wieder einen Piloten aus. Wir müssen ja vor der Einstellung nen psychologischen Test machen, und alle fünf Jahre gibt’s ne Zuverlässigkeitsüberprüfung. Wenn wir irgendwo negativ auffallen, ist es vorbei mit der Lizenz. Das wissen natürlich auch die Bullen."

„Trotzdem wird in der L.A.-Sache ein Pilot als Mörder in Betracht gezogen."

„Ja, verwunderlich. Wenn der Mörder tatsächlich ein Pilot ist, dann hat er sich bescheuert angestellt."

Jens zuckte mit den Schultern. „Jedenfalls werden sie die DNA aller infrage kommenden Piloten vergleichen."

„Vielleicht ist das Ergebnis schon bekannt und die Kripo freut sich darauf, Kapitän Bachmann zu verhaften."

Dirks dämliches Grinsen ging Jens inzwischen mächtig auf den Geist. Am liebsten hätte er seinem Copiloten die Faust aufs Maul gedonnert.

„Ich bin müde", sagte Jens und schloss wieder die Augen. Er hatte genug von dem Geschwätz. Die restliche Fahrt verbrachten sie schweigend.

Beim *Check-in* im Hotel *Royal Palm Tower* bekamen sie wie üblich jeweils einen Coupon für einen Caipirinha.

„Hier." Jens reichte Dirk seinen Coupon. „Ich mag das Zeug nicht. Du hast bestimmt dafür Verwendung."

„Mit Sicherheit." Lächelnd nahm Dirk den Coupon an.

Sie fuhren mit dem Aufzug nach oben zu ihren Zimmern. Dirk stieg zwei Stockwerke früher aus.

„Morgen Abend werd ich nicht zum Essen rausgehen. Der Fußballschwachsinn ist mir zu blöd", sagte Dirk.

„Dann sehen wir uns spätestens in drei Tagen für den Flug nach Santiago."

„So isses."

*

Am nächsten Morgen ging Jens in die Stadt. Er hatte noch einige Besorgungen zu machen. Doch vorher besuchte er einen Friseursalon. Er ließ sich Haare, Fingernägel und Fußnägel kurz schneiden.

Als er am Nachmittag wieder im Hotel war, zog er die Vorhänge in seinem Zimmer zu und legte sich, ohne sich auszuziehen, aufs Bett. Er schloss die Augen und schlief ein.

46

Campinas, 21. Juni 2016

Die schrillen Frauenstimmen von der Straße klangen bis hoch ins neunte Stockwerk und weckten ihn auf. Es musste später Nachmittag sein. Igor hielt die Augen noch geschlossen. Er lag ohne Zudecke auf dem Hotelbett, atmete flach und stellte sich vor, wie er die keifenden Frauen abschlachten würde.

Mehr als zwei Menschen hatte er bisher noch nicht auf einmal erledigt.

Eine Massenfolter wäre bestimmt eine geile Sache. Vielleicht sollte er demnächst drei oder vier Frauen entführen und in ein abgelegenes Versteck bringen? Schon die Planung und Organisation würden aufregend sein. Vielleicht sollte Igor Ton- oder Videoaufzeichnungen machen. Der Gedanke war sehr reizvoll.

Obwohl das Erlebnis in Singapur noch frisch war, wurde sein Verlangen schlimmer, war nur mit Mühe zu unterdrücken. Die Nonne feuerte seine Begierde an. Doch zum Glück musste er nicht mehr lange warten. Er war ein Gott und heute Nacht würde er sich wieder ein Opfer holen. Das *Wann* und *Wie* war schon geklärt, es ging nur noch um das *Wer*. Kontrolle war ihm wichtig, doch er liebte auch die für ihn unbekannte Variable. Die meisten Menschen würden von Zufall sprechen, in Wirklichkeit waren es aber kosmische Gesetze, die ihre Hände im Spiel hatten. Und der Kosmos war auf Igors Seite.

Wer wohl die Glückliche sein würde? Hier in Campinas gab es genug geeignete Opfer. Die Beute musste nur groß und dürr sein wie die Nonne.

Igor öffnete die Augen, stand auf und streckte sich. Die Vorfreude machte Entspannung unmöglich. Er öffnete seinen roten Rucksack. Behutsam, als seien es heilige Objekte, holte er die Gegenstände einzeln heraus und legte sie sorgsam aufs Bett. Gestern hatte er die Werkzeuge in der Stadt gekauft. Er konnte nicht widerstehen, musste jedes Einzelne zärtlich anfassen, liebkosen, abschlecken. Seine Zunge glitt über die scharfe Schneide der Astschere, die angeblich vier Zentimeter dicke Äste durchschneiden konnte. Igor hörte in seiner Vorstellungskraft krachende und splitternde Knochen. Geräusche, die schöner waren als klassische Musik. Er griff nach dem Teppichmesser, schob die scharfe Klinge aus dem Griff. Der ratschende Ton jagte einen Schauer des Verlangens über seinen Rücken. Auch über diese Klinge glitt seine Zunge. Ganz vorsichtig, noch sollte ja kein Blut fließen. Das Teppichmesser legte er wie einen wertvollen Schatz neben die Schere. Es folgten eine Packung mit Ersatzklingen, der 300 Gramm schwere Hammer, der große Schraubendreher, die Kombizange, das Schlachtermesser, reißfestes Klebeband, Stofftaschentücher und Draht. Nachdem er sich lange genug an den Folterinstrumenten ergötzt hatte, wusch er sie gründlich ab. Keine Fingerabdrücke und keine DNA vom Schleim seiner Zunge sollten im Opferfleisch gefunden werden.

Inzwischen war es 20.30 Uhr. Igor öffnete den Laptop, seine Finger flogen über die Tasten. Am Vorabend hatte er sich schon in das Sicherheitssystem des Hotels gehackt. Nun gab er die Passwörter ein und sah die Videoaufnahmen der Überwachungskameras. Wie Igor vermutet hatte, saß Dirk Schilling mit einem Caipirinha an der Hotelbar. Der Idiot unterhielt sich mit einem der anderen Hotelgäste. Igor klappte den Laptop zu und ging seine mentale Checkliste durch.

- Werkzeug vollzählig
- Handschuhe
- Neopren
- Geldbündel in der Hosentasche

Er zog die neuen Schuhe an, die er am Vormittag gekauft hatte. Sie würden nach der Tat zusammen mit den Werkzeugen und dem Neopren im Fluss *Rio Capivari* verschwinden. In dem stark verdreckten Gewässer würde ein bisschen mehr Müll nicht auffallen.

Den Rucksack lässig über die Schulter gehängt, verließ Igor zu Fuß das Hotel. Sein Ziel war der Taxistand drei Häuserblöcke entfernt.

„Green Lion“, sagte er zum Fahrer, als er einstieg.

Nach einer Viertelstunde war Igor am Ziel. Livemusik drang aus dem Schuppen nach draußen. Ein paar Männer und Frauen lungerten vor der Bar und starrten den *Gringo* interessiert an. Auch hier waren die Farben der brasilianischen Fußballnationalmannschaft zu sehen. Das *Green Lion* war Tanzschuppen und Bar zugleich. Hier trieben sich hauptsächlich Brasilianer herum. Gelegentlich verirrten sich auch Europäer oder Amerikaner hierher, begehrte Beute für die Frauen. Erregung setzte ein. Das Jagdfieber entfaltete sich mit seiner ganzen Herrlichkeit. Ein Gefühl der Macht und Stärke durchströmte Körper und Geist. Igor öffnete die Tür.

Der Lärm der Musik drang nun ungefiltert zu ihm durch. Es roch nach Ausdünstung und ausgeschüttetem Bier. Seine Augen brauchten einen Augenblick, um sich an das schummrige Licht in der Bar zu gewöhnen. In diesem Schuppen fand man billigen Alkohol, schlechte Livemusik und noch schlechteres Essen. Der Nachtclub, groß genug für etwa 200 Gäste, war gut besucht. Einige Fernsehbildschirme hingen an den Wänden. Ausschnitte der WM-Spiele des heutigen Tages wurden ausgestrahlt. Der Erzrivale Argentinien hatte am Nachmittag in Belo Horizonte gegen Iran 1:0 gewonnen. Auch Deutschland hatte heute gespielt und in Fortaleza gegen Ghana nur ein mageres 2:2 erreicht. Die Fußballstimmung in der Bar war gedämpft, eine brasilianische Band bemühte sich, die Stimmung aufzulockern. Einige Frauen tanzten auf der kleinen Tanzfläche. Sie zeigten viel Fleisch. Die meisten Männer glotzten mit einer Flasche Bier in der Hand auf einen der Bildschirme.

Igor stellte sich an den langen Tresen und orderte eine Cola. Er spürte die Blicke der Weiber. Den Rucksack stellte er an der Bar neben sich auf den Boden. Eine Dunkelhäutige mit riesigen Titten setzte sich neben ihn auf den Barhocker. Unter ihrem bauchfreien Top quoll das Fleisch schlapp über den Hosenbund. Sie war ein typisches Beispiel für den erfolglosen und idiotischen Versuch, mit dem fettgefressenen Körper einer tragenden Muttersau attraktiv und sexy zu wirken. Die Schlampe bewegte sich dabei weit in den Bereich der Lächerlichkeit hinein.

„Ola Gringo, einsam?“, fragte sie auf Englisch.

„Verpiss dich“, herrschte Igor sie an.

Mit einem beleidigten Blick schwirrte sie davon. Lässig lehnte Igor mit dem Rücken am Tresen, hatte seine Ellbogen aufgestützt. Eine vierköpfige Frauengruppe saß an einem Tisch in seiner Nähe. Sie schauten immer wieder zu ihm, tuschelten. Er nickte ihnen lächelnd zu. Eine von ihnen flirtete sofort mit ihm. Sie war groß und dürr, genau wie die Nonne.

Igor prostete ihr zu und signalisierte ihr mit einer Kopfbewegung, zu ihm zu kommen. Sie ließ sich nicht zweimal auffordern und bewegte sich mit neckischem Hüftschwung auf ihn zu. Sie hatte gewellte schwarze Haare, eine gebräunte Haut und wulstige Lippen, die in ihrem schlanken Gesicht besonders stark zur Geltung kamen. Sollte Igor die Lippen nachher mit dem Teppichmesser abschneiden? Vielleicht sollte er sie auch essen, zumindest aber davon kosten. Ihm gefiel die Idee.

„Boa noite, estranho, Como voce esta?“, sagte sie. Er schüttelte den Kopf und antwortete in Englisch.

„Tut mir leid, hübsche Frau. Ich spreche nur Englisch und Deutsch.“

„Wie heißt du?“, fragte sie auf Englisch.

„Jürgen. Und du?“

„Luana. Von wo bist du?“

„Hallo Luana. Ich komme aus Deutschland und bin für ein paar Tage hier.“

„Aha. Wegen Fußball, stimmt‘s? Deutschland heute gespielt. Du bestimmt gesehen hast.“

„Nein. Ich bin geschäftlich hier. Hat nichts mit Fußball zu tun.“

„Olla! Businessman aus Deutschland. Seehr gut.“

Sie flirtete heftig mit ihm, berührte ihn immer wieder am Arm und am Oberkörper. Igor orderte einen Caipirinha für Luana und zog beim Bezahlen das dicke Geldbündel aus der

Hosentasche. Sie quatschte belangloses Zeug, er heuchelte Begeisterung und machte Komplimente. Luana strahlte ihn an.

„Ein Kollege von mir hat seine Frau hier in Campinas kennengelernt. Ich glaube sogar in dieser Bar. Sie sind nun glücklich verheiratet."

„Wirklich? Leben hier in Brasilien?"

„Nein, er hat sie mit nach Deutschland genommen."

„Wie schön. Mit mir aber nicht machbar so gut."

„Nein?"

„Habe kleines Mädchen. Angela-Vittoria."

„Ich mag Kinder." Igor lächelte. Es lief bestens.

Luana kramte ein Foto heraus. Es zeigte sie mit ihrer kleinen Göre.

„Ihr seht bezaubernd aus. Lebt ihr alleine?"

„Ja. Angela-Vittoria und ich gutes Team."

„Ist sie etwa jetzt alleine zu Hause?"

„Ja, ja. Kein Problem. Hat meine Nummer, hat keine Angst."

„Du musst bestimmt morgen arbeiten, um dein Mädchen zu versorgen."

„Gar nicht muss arbeiten. Ich bin da für mein Mädchen jeden Tag. Kann ausschlafen."

Nach einiger Zeit hatte Igor genug vom Flirten. Sein Körper bebte vor Verlangen. Zudem spürte er, dass Luana bereit war.

„Ich habe keine Lust, noch länger hierzubleiben." Er schaute ihr dabei tief in die Augen. „Meinst du, wir können irgendwo ungestört sein? Zu dir nach Hause können wir leider nicht. Angela-Vittoria ist ja da."

„Ja schon da, aber kein Problem. Schläft immer tief. Komm mit."

So wie in Singapur hatte Igor ein Hotelzimmer gebucht. Doch wenn Luana ihn mit zu sich nach Hause nehmen wollte, war das umso besser. Die kleine Angela-Vittoria war natürlich nicht eingeplant, aber Igor hatte nichts gegen ein wenig zusätzlichen Spaß. Beifang, so wie in Australien.

Jennifer aus L.A., Harshada aus Singapur und nun Luana mit ihrer süßen kleinen Tochter Angela-Vittoria waren auch so etwas wie ein Warm-up. Eine Vorbereitung für das große Finale mit der Nonne. Es war geil, ein Gott zu sein.

„Wie alt ist Angela-Vittoria?", fragte Igor auf dem Weg zum Taxi.

Stolz zeigte Luana fünf Finger in die Höhe.

„Nächste Woche Geburtstag, wird große Feier."

Er nickte mit dem Wissen, dass es diese große Feier nie geben würde.

„Warum du hast Rucksack?", fragte sie auf der Fahrt.

Igor lächelte. „Ich zeige es dir nachher. Lass dich überraschen." Den Neoprenanzug würde er kurz vor der Behandlung anziehen.

Nach kurzer Fahrt stiegen sie vor einem der zahllosen Hochhäuser aus.

Der Aufzug brachte sie in die siebte Etage. Leise öffnete Luana die Tür und zog Igor in die Wohnung.

„Pssst. Will sehn, ob kleine Prinzessin schläft."

Sanft bugsierte sie ihn in das kleine Wohnzimmer, während sie nach ihrer Tochter sah.

Igor schaute sich um. Die Wohnung war klein und unaufgeräumt. Neben der mickrigen Küche gab es nur das Wohnzimmer, ein Schlafzimmer und das Kinderzimmer. Überall lagen Spielsachen. Dreckwäsche häufte sich in einer Ecke, in der Küche stapelte sich das Geschirr. Es stank nach saurer Milch.

„Schläft tief, wie immer", flüsterte Luana.

Für immer, dachte Igor.

„Kann ich einen Blick auf deinen Liebling werfen?"

„Ah, du magst Kinder. Klar, nur kurz, ja?"

Sie öffnete die Tür zum Kinderzimmer. Er sog den Gestank der kleinen Ratte ein.

Schlaf süß, kleine Prinzessin. Gleich holt dich der Teufel.

Luana drückte ihn sanft zurück, zog leise die Tür wieder zu. „Komm, setz dich, zieh Shirt aus. Ich massiere Rücken."

„Ich habe eine bessere Idee. Setz dich rittlings auf den Stuhl, mit dem Rücken zu mir."

Igor beugte sich zu ihr, streichelte ihren Rücken, ihren Nacken. Der Rucksack stand neben ihm auf den Boden.

„Schließ deine Augen, Darling. Genieße mich."

Die Kuh kicherte. Igor versuchte mit aller Gewalt, seinen Atem ruhig zu halten. Er öffnete den Reißverschluss des Rucksacks, fühlte den harten Stahl des Hammers. Der dumpfe Schlag beendete ihr Kichern abrupt. Der Schlag war wohl dosiert, würde nur für kurze Bewusstlosigkeit sorgen. Nun kamen die Taschentücher, das Klebeband und der Draht zum Einsatz. Luana stöhnte. Sie würde gleich wieder aufwachen. Leise öffnete Igor die Tür zum Kinderzimmer.

47

Campinas, 23. Juni 2014/ Nowosibirsk

Igor musste aufs Klo. Noch war es dunkel draußen. In knapp zwei Stunden würde das Telefon klingeln. Der Wake-Up-Call für den Flug.

Müde, aber zufrieden legte Igor sich wieder ins Bett. Der Doppelmord war eine geile Sache gewesen. Die Behandlung der Kleinen vor Mama's Augen war brillant. Die panische Luana hatte mitangesehen, wie er den Körper ihrer süßen Angela-Vittoria zerstörte. Immer wieder hatte Igor während der Behandlung das Foto der Nonne betrachtet und sich vorgestellt, wie sie unter seinem Messer liegen würde. Einmal spritzte sogar Blut aufs Foto. Das war ein freundlicher Wink des Universums. Ein Zeichen, dass Igor auf dem richtigen Weg war.

So wie Brot in Soße getunkt wird, hatte er Luanas Lippen in den aufgebrochenen Leib der Kleinen gedrückt, mit Blut und halb Verdautem eingeschmiert. Die glitschigen Lippen waren zäh gewesen. Igor musste sie erst mit der Astschere in kleine Stücke schneiden, bevor er sie schlucken konnte. Ohne Lippen sah Luana wunderbar aus. Die offenliegenden Zahnreihen dominierten das Gesicht und die aufgerissenen Augen gaben ihr eine besondere Note. Es war eine Herausforderung gewesen, den Knebel mit den Taschentüchern so zu verlegen, dass die

Lippen frei lagen und Luana trotzdem nicht laut schreien konnte.

Igor drehte sich auf die Seite, wollte noch ein wenig schlafen, als der Sog sich bemerkbar machte. Igor wehrte sich nicht dagegen. Der Sog wurde stärker, bestimmt würden gleich die Schmerzen kommen. Sein Herzschlag beschleunigte, ein gelbliches Flimmern erschien vor den geschlossenen Augen. Der Sog packte seine Seele, riss sie aus dem Körper und spuckte sie in die schwarze Unendlichkeit des Universums. Die Heimat der Seele war geprägt von Sicherheit, Ruhe, Glückseligkeit. Es war ein wunderbarer Ort, den die Seele nicht verlassen wollte. Doch die Zufriedenheit dauerte nicht lange, die Seele prallte wieder in einen Körper. Das Gefühl, gleich kotzen zu müssen, war ein Zeichen dafür. Igor erwartete, wieder in Bamberg vor 400 Jahren zu sein. Doch es kam anders.

Brennender Schmerz auf der Wange. Er öffnete die Augen, sah seine verhassten Eltern. Die Seele hatte diesmal nur eine kleine Reise unternommen, nur ein paar Jahrzehnte zurück nach Nowosibirsk.

„Du Idiot", schrie sein Vater auf Russisch und holte zum nächsten Schlag aus. Der sechsjährige Igor hob schützend die Arme vor den Kopf. Zwecklos. Die Faust donnerte trotzdem in sein Gesicht. Die Nase knirschte, Igor stürzte, sein Kopf knallte auf den Küchenboden. Neben ihm lag in einer Milchpfütze der zerbrochene Keramikkrug. Igor hatte aus dem Krug trinken wollen, doch er war aus seinen Händen gerutscht. Blut sickerte nun aus Igors Nase, tropfte in die Milchlache. Er weinte, schaute zu seiner Mutter hoch. Mit den Händen in den Hüften gestützt stand sie da, starrte auf ihn hinunter und schüttelte den Kopf. Hier unten auf dem Boden kamen ihm seine Eltern vor wie fürchterliche Riesen.

„Wie kann ein Kind nur so blöd sein?"

Vater holte zu einem Tritt aus, als der Sog wieder einsetzte. Dunkelheit, Geborgenheit, Frieden. Doch viel zu schnell kam die Magnetkraft, holte die Seele wieder ab: 1984. Zehn Jahre nach dem Milchunfall.

„Was sagst du dazu?", fragte der alte Juri Nikolajew stolz. Igor, nun 16, saß auf dem harten Holzstuhl neben dem Hausmeister der Mietskaserne. Als Russlanddeutsche waren Igor und seine Eltern vor einigen Jahren nach Köln gekommen. Er hatte keine Freunde, selbst die Tiere gingen ihm aus dem Weg. Nur Juri gab sich mit ihm ab.

„Ein Amstrad-Schneider CPC 464, hat mich über 2000 Mark gekostet", sagte Juri.

„Mach an. Mach an." Igor war begeistert. Der Audio Dial Up legte los, das elektromechanische Rattern einer Wählscheibe war zu hören, gefolgt von einem metallischen Piepsen und Klackern, das von einem Rauschen begleitet wurde. Das Geräuschgewitter beim Verbindungsaufbau mit dem Internet faszinierte Igor.

„Hört sich geil an", sagte er.

Juri nickte. „Es ist das akustische Zeichen einer neuen Weltordnung."

Der Bildschirm des Monitors flackerte auf. Als stecke Magie dahinter, erschienen in hoher Geschwindigkeit grüne Schriftzeichen, die eine Zeile nach der anderen füllten.

„Die Datenspeicherung läuft über ein integriertes Kassettenlaufwerk", erklärte Juri.

„Welches Betriebssystem?"

„MS-DOS 2.11."

„Geil. Ist das ein Neun-Nadel-Drucker?" Igor schaute auf den Kasten neben dem Monitor.

„Klar. Nur das Beste vom Besten."

Juri öffnete ein leeres Word-Dokument, die Tasten klackerten, er hob den Zeigefinger und ließ ihn theatralisch langsam auf die *Print*-Taste fallen.

Der Drucker kreischte los, das Endlospapier wurde ruckartig durch die Maschine gezogen. Juri riss das Blatt ab, gab es Igor.

Du bist fast so klug wie ich, stand darauf.

Sie lachten, doch Igor wurde traurig.

„Ich hasse die Welt", sagte er. „Mag nur dich und das da." Er zeigte auf den Bildschirm.

Juri nickte. „Der Computer ist dein ehrlichster Freund. Er beleidigt dich nie, gibt dir Bestätigung und Erfolg, wenn du keine Fehler machst. Egal, wie du denkst, egal, was du tust, der Computer akzeptiert dich."

„Bring mir alles über Computer bei."

„Bin schon dabei."

Der Sog kam wieder, die Seele wanderte ins Universum. Unendliche Zufriedenheit, göttlich, vollkommen. Doch da kam wieder die Magnetkraft. Brechreiz, Autogeräusche, Hupen, laute Stimmen. Die Seele knallte wieder in Igors Körper.

Er lag im Hotelbett in Campinas. Die Stadt wachte auf, der Lärm der Straße wurde lauter und hatte seine Zeitreise gestört. Noch eine Stunde bis zum Wake-Up.

Igor verschränkte die Arme hinter dem Kopf. Der Sog kam nicht mehr, doch seine Gedanken wanderten zurück ins Jahr 1984 zu Juri. Von ihm hatte Igor viel gelernt, doch der Blödmann ging einige Monate, nachdem er den neuen Computer gekauft hatte, völlig unnötig drauf. Warum nur musste Juri auch diesen verdammten Straßenköter aus dem Tierheim retten? Igor hatte den stinkenden Köter mit Draht an der Wäschestange hochgezogen, um mit der Stoppuhr zu prüfen, wie lange er um sein Leben kämpfen konnte. Keine drei Minuten. Das Ergebnis war enttäuschend. Juri hatte daraufhin den Kontakt zu Igor abgebrochen. Eine Woche später war der Alte im Rhein ersoffen. Mord, stellten die klugen Bullen fest. Der Täter wurde nie gefunden.

Auch die beiden Toten im Computerclub wären nicht nötig gewesen. Sie hätten Igor eben nicht rausschmeißen dürfen. Und das nur, weil er für Chaos in den Betriebssystemen einiger Behörden gesorgt hatte.

Beim Gedanken an seine Eltern zog Brandgeruch in Igors Nase. Die Gasexplosion war eine geile Sache. Nur schade, dass sie so schnell den Abgang gemacht hatten. Zu gerne hätte er die Panik und das Entsetzen in ihren Augen gesehen. Aber er lernte schnell aus seinen Fehlern. Seine Eltern hatten ihm kaum Geld zurückgelassen. Der Waisenjunge hielt sich mit Diebstählen und Einbrüchen über Wasser. Als einige Jahre später immer mehr Firmen mit Computern und Internet arbeiteten, erschloss sich ihm eine Quelle grenzenlosen Reichtums. Die Start-up Firmen hatten andere Sorgen, als sich um Internetsicherheit zu kümmern. Der Virenschutz war marginal, die Firewall löchrig und es wurden keine Updates gemacht. Igor hatte sich kräftig bedient, die Geldbeträge auf eine seiner Offshore-Konten und von da zu weiteren Konten geleitet. Wenn die Fehlbeträge auffielen, was oft vorkam, konnte der Geldstrom nicht mehr nachverfolgt werden. Auch das Hacken von Kreditkarten war ein lukratives Geschäft und dazu noch ein Kinderspiel. Innerhalb eines Jahres hatte Igor die erste Million gemacht. Geld spielte von da an keine Rolle mehr, es stand uneingeschränkt zur Verfügung. Er musste sich nur bedienen.

Als er 23 Jahre alt war, gründete er eine Firma, die auf IT-Sicherheit spezialisiert war. Somit hatte er noch besseren Zugriff auf Unternehmen. Er machte den Flugschein und kaufte sich eine sechssitzige Piper Cheyenne. Mit der zweimotorigen Maschine flog er zu den europäischen Kunden, was sein Ansehen als IT-Experte weiter steigerte.

Seinen Drang, Lebewesen zu quälen, konnte Igor bald nicht mehr mit Tieren befriedigen. Als er anfing, seine Neigung an Obdachlosen und Nutten auszuleben, legte sich Igor eine zweite Identität zu und begann mit seinem Doppelleben.

Im Jahr 2001 entdeckte er das Darknet für sich, verband sein Talent als Hacker mit seiner Sucht und wurde Auftragsmörder. Die Kombination erwies sich als genial. Und nun würde er bei der Nonne seine gesammelten Fähigkeiten einsetzen können.

Das Telefon klingelte. Der Wake-Up-Call für den Flug.

48
Campinas, 23. Juni 2014

„Sie sind tot! Haben Sie mich verstanden? Tot sind sie. Tot! Oh mein Gott! Der Teufel hat sie geholt."

Hysterisch, offensichtlich am Rande eines Nervenzusammenbruchs, schrie die Frau ins Telefon. Es dauerte einige Minuten, bis der Polizeibeamte die völlig verstörte Frau soweit beruhigt hatte, dass sie verwertbare Informationen angeben konnte.

Eine halbe Stunde später wimmelte es vor dem Hochhaus von Polizei- und Rettungsfahrzeugen, die auf der Straße parkten. Rote, blaue und gelbe Warnlichter blinkten um die Wette. Polizisten eilten umher, sprachen in Funkgeräte, gaben Befehle oder empfingen sie.

Die Spurensicherung sperrte in der siebten Etage den Tatort ab. Ernst blickende Forensiker wuselten durch die Zimmer, ein Fotograf schoss Fotos.

Kurze Zeit darauf betrat der leitende Kriminalbeamte Rafael Fendela mit seinem Kollegen den Ort des Verbrechens.

Sie sahen eine übliche Hochhauswohnung. Die Zimmer waren schmal, die Wände dünn und Fenster gab es nur zur Straßenseite hin.

Starke Halogenscheinwerfer leuchteten nun die Wohnung aus. Eine breite Blutspur zog sich vom Schlafzimmer ins Bad. Blutspritzer fanden sich auf den beigen Plastikpolstern und auf dem Wohnzimmertisch. Die in weißen Schutzanzügen gekleideten Forensiker hatten viele kleine Schilder zur Kennzeichnung möglicher Beweisstücke aufgestellt. Das Schlafzimmer war der letzte Raum, in dem noch die Spuren gesichert werden mussten, deswegen durften die Kriminalbeamten nur durch die offene Tür hineinschauen.

Sogar die Decke und das kleine Fenster waren mit Blutspritzern besprenkelt. Der Gedanke an ein Schlachthaus drängte sich auf. Doch das Blut war nicht das Schlimmste. Körperteile lagen wahllos verstreut in dem Zimmer und es wimmelte von

Fliegen, die durch das halb geöffnete Fenster gekommen waren.

Zwei Rechtsmediziner arbeiteten stumm an den beiden Leichen, die bis zur Unkenntlichkeit verstümmelt waren. Därme und Organe des Kleinkindes lagen auf dem Boden und auf dem Bett. Der Körper des Mädchens war völlig zerrissen und das Kind als solches kaum noch erkennbar. Der Kopf mit den langen dunklen Haaren lag abgetrennt auf dem Kopfkissen. Das kleine Mündchen war mit silbergrauem Klebeband zugeklebt, die entsetzten Augen schauten anklagend zur Decke.

Die Frau, wahrscheinlich die Mutter, lag gefesselt und geknebelt auf dem Bett. Auch ihre Bauchdecke war aufgeschlitzt. Die zum Teil aufgebrochenen Rippenbögen ragten mit zersplitterten Enden aus dem Torso. Das Herz lag neben ihr auf dem Bett, ihre Därme hingen halb aus der Bauchhöhle. Ihre Lippen waren abgeschnitten, ihren toten Augen starrten ins Leere.

„Wen hat die Frau in der Stunde ihres Todes gesehen?“, fragte Rafael, ohne irgendjemand besonders dabei anzusprechen.

„Den Teufel“, antwortete der Rechtsmediziner Luiz Gustavo.

„Kannst du schon sagen, zu welcher Zeit die Morde geschehen sind?“

„Die Opfer sind seit etwa 24 Stunden tot. Es muss gestern Nacht, also von Samstag auf Sonntag, passiert sein. Genauere Angaben kann ich später machen.“

Rafael drehte sich zu seinem Assistenten Jose Suárez. „Was wissen wir über die Leichen?“

Jose klappte seinen Notizblock auf.

„Luana da Silva, 32 Jahre alt, und ihre fünf Jahre alte Tochter, Angela-Vittoria. Die Mutter war ledig, der Vater des Kindes ist kurz nach der Geburt verschwunden. Frau da Silva war arbeitslos, hielt sich mit Gelegenheitsjobs über Wasser. Sie hatte ein schweres Leben, konnte sich jedoch auf die Unterstützung ihrer Tante verlassen, sagt der Pförtner vom Haupteingang.“

„Wer hat die Leichen entdeckt?“

„Die Tante. Sie versuchte heute früh, ihre Nichte telefonisch zu erreichen. Sie hatte gestern nichts von ihr gehört und fand das ungewöhnlich. Als Luana da Silva nicht ans Telefon ging, kam die Tante hierher, um nachzusehen, was los ist."

„Und gesehen hat sie die Hölle."

Jose nickte stumm.

„Wie kam die Tante hier rein?", fragte Rafael weiter.

„Sie hat einen Schlüssel."

„Wo ist sie jetzt?"

„Im Krankenhaus. Sie hat einen Schock und ist nicht vernehmungsfähig. Ein Psychologe kümmert sich um sie."

Mit verbissenem Gesicht klappte Jose sein Notizbuch zu. Rafael wusste, dass er zwei kleine Töchter hatte. Vier und fünf Jahre alt. Jose versuchte, eine harte und gleichgültige Miene aufzusetzen, aber der Versuch misslang. Rafael sah Tränen in seinen Augen.

„Was ist mit dem Pförtner?", fragte Rafael.

„Er ist im Moment unser bester Anhaltspunkt. Er hat Frau da Silva vorletzte Nacht mit einem Mann nach Hause kommen sehen. Ein *Gringo*, meinte er."

„Hat der Wärter das Gesicht gesehen?"

„Nur undeutlich."

„Wie lange war der Gringo oben?"

„Um 05.40 Uhr gestern früh ist er gegangen."

Neue Tränen liefen Jose über die Wangen. „Scheiß Fußballweltmeisterschaft. Sie lockt Bestien in unser Land und hier sehen wir das Ergebnis."

Rafael klopfte ihm auf die Schulter und nickte verständnisvoll.

„Wir werden herausfinden, ob die Morde mit der Weltmeisterschaft zusammenhängen, und wir werden den Mörder finden, Jose."

„Kein Mensch kann so eine Tat vollbracht haben. Sollten wir den Täter erwischen, dann dürfen wir ihn auch nicht wie einen Menschen behandeln." Die Stimme von Jose Suárez war kurz davor, sich zu überschlagen. Er drehte sich um und eilte aus dem Appartement.

Der Leiter der Spurensicherung kam auf Rafael zu. In der Hand hielt er zwei Plastikbeutel.

„Wir könnten eine Spur haben."

„Was hast du?"

„Ein Kartenhalter mit Karte und einigen Geldscheinen. Euros."

„Steht ein Name auf der Karte?"

„Nur eine Nummer. Es scheint so etwas wie eine Mitgliedskarte zu sein. Irgendetwas mit dem Zusatz *Cockpit* steht darauf. Im Labor werden wir uns das genauer ansehen."

49

Frankfurt, 24. Juni 2014

Die Zeit des Handelns war gekommen.

Nachdem Klaus die E-Mail gelesen hatte, atmete er tief durch und führte zwei Telefongespräche. Das Erste mit dem Staatsanwalt, das Zweite mit Peter. Nachdem Klaus den Hörer aufgelegt hatte, stand er ächzend auf und hängte das Schild *NICHT STÖREN* vor die Bürotür.

Der Druck auf der Brust war wieder da. Er legte sich auf das Sofa in der Ecke seines Bürozimmers. Das Fußende war mit einer Gummimatte überzogen, deswegen konnte er seine Schuhe anlassen. Wie im Gebet faltete Klaus die Hände über dem mächtigen Leib zusammen und schloss die Augen. Die liegende Position war wohltuend. Das Engegefühl in der Brust war weg, das Herz entlastet. Nun konnte er entspannt das weitere Vorgehen planen.

Die E-Mail war von den Kollegen aus Los Angeles gekommen. Es gab eine Übereinstimmung der DNA und der Fingerabdrücke, und damit gab es einen Beschuldigten.

Nach wenigen Minuten öffnete Klaus die Augen, stand auf, nahm das Schild von der Tür und begann zu telefonieren.

Es klopfte und die Tür wurde schwungvoll aufgestoßen.

„Ich hatte natürlich fucking recht." Energisch kam Marius ins Büro gewatschelt. „Mister Bachmann ist ein brutaler Mörder und hätte sofort verhaftet werden müssen."

Klaus ärgerte sich. Er hatte versäumt, Marius aus dem Verteiler zu nehmen.

„Ich habe dich von dem Fall abgezogen. Du hast nichts mehr damit zu tun."

„Mein Pflichtgefühl befiehlt mir, dass ich einschreiten muss."

„Dein Pflichtgefühl? Ich wusste nicht, dass du so etwas hast. Du bist raus aus dem Fall und jetzt will ich nichts mehr davon hören."

„Du hast den schlimmen Fehler von damals wiederholt."

„Pass auf, was du sagst!"

„Durch dein Zögern ist vor zehn Jahren ein junges Mädchen umgebracht worden. Killed. Bestimmt hat auch Bachmann inzwischen wieder zugeschlagen."

„Raus!"

„Na gut. Dann werde ich eben eine Beschwerde schreiben. No kidding."

„Raus, sonst vergesse ich mich. No kidding."

Erhobenen Hauptes watschelte Marius aus dem Büro und knallte dir Tür hinter sich zu.

Klaus stöhnte. Schmerzen in der Brust. Er schluckte, hielt für einen Moment die Luft an. Die Schmerzen gingen weg. Mit dem Taschentuch wischte er kalten Schweiß von Stirn und Kopf.

Eine Beschwerde von Marius störte Klaus nicht. Kriminalrat Wolfgang Hoffmann würde darüber nur lachen. Was störte, war die Anwesenheit des inkompetenten Lackaffen. Es wurde höchste Zeit, etwas dagegen zu unternehmen. Wolfgang war seit heute aus dem Urlaub zurück. Klaus wählte seine Nummer, wollte Marius mit sofortiger Wirkung als Stellvertreter absetzen.

„Tut mir leid", sagte die Sekretärin. „Der Herr Kriminalrat hat eine Besprechung nach der anderen. Er wird erst morgen wieder erreichbar sein."

Klaus legte auf und machte sich eine Notiz für den morgigen Tag: *Stellvertreter absetzen.*

Der Druck im Brustbereich nahm zu, Klaus atmete tief durch. Marius hatte ihn an seiner wunden Stelle getroffen. Das Mädchen, das vor Jahren ermordet worden war, weil er nicht rechtzeitig eingegriffen hatte, würde Klaus nie vergessen. Noch einmal durfte so etwas nicht passieren. Und es würde auch nicht passieren, denn Bachmanns Verhaftung wurde in die Wege geleitet.

Es klopfte wieder und Peter kam herein. Klaus hatte ihm den Auftrag gegeben, den Aufenthaltsort des Piloten herauszufinden.

„Setz dich."

„Ich hab mit dem Flugbetriebsleiter von Worldcargo gesprochen. Bachmann ist gestern von Campinas nach Santiago de Chile geflogen, war im Hotel und dürfte jetzt auf dem Weg zum Airport sein. Er wird morgen früh um 6.00 Uhr in Frankfurt landen."

„Wir werden ihn noch am Flugzeug verhaften."

„Ich frage mich, warum Bachmann ohne zu zögern den DNA- und Fingerproben zugestimmt hat. Er musste doch wissen, dass seine Spuren gefunden werden würden."

„Es gab kaum Spuren. Nur auf dem Küchenmesser gab es einen halb verwischten Fingerabdruck von ihm. Kaum DNA, nur ein Haar, das im Siphon des Waschbeckens gefunden wurde, einige Hautschuppen auf dem Bettlaken und in der Matratze. Er scheint ein Meister darin zu sein, Spuren zu vermeiden. Noch nie in meinen fast 40 Berufsjahren habe ich erlebt, dass ein Täter so wenig Spuren zurücklässt."

„Bachmann scheint sich seiner Sache sehr sicher gewesen zu sein."

„Ja. Zu sicher, wenn er der Täter ist. Ach übrigens, es gibt noch einen Bericht aus L.A. Die Videoüberwachung im Hotel der Piloten von *Worldcargo* ist für mehrere Stunden ausgefallen."

Peter pfiff leise durch die Zähne. „Lass mich raten: genau zur wahrscheinlichen Tatzeit, richtig?"

„Richtig. Ein Defekt in der Überwachungssoftware."
„Was für ein sonderbarer Zufall."
„Und wir wissen beide, dass es sonderbare Zufälle nicht gibt", sagte Klaus. „Es ist noch ein neues Indiz aufgetaucht. Am Tatort wurde ein blauer Seidenschal gefunden. Dem Opfer waren damit wahrscheinlich die Augen verbunden worden. Der Schal wurde in einer Firma in Nordhessen hergestellt und ein Haar von Bachmann hing daran."
„Ich fress nen Besen, wenn der Kapitän nicht der Täter ist. Der Mörder hat angeblich Narben auf der Brust und ist Veganer. Das lässt sich doch einfach überprüfen."
„Genau", sagte Klaus. „Wir werden herausfinden, ob das für Bachmann zutrifft."
Das Telefon klingelte. Klaus hob ab, hörte zu und legte zufrieden auf.
„Grünes Licht für den Haftbefehl. Morgen nach der Landung holen wir ihn uns. Jetzt brauchen wir nur noch die Genehmigung für die Hausdurchsuchung."
Am Nachmittag klingelte das Telefon. Peter war dran. „Neuigkeiten aus Singapur. Mord mit Verstümmelung. Kapitän Bachmann war vom achten bis zehnten Juni in Singapur. Der Mord wurde am neunten Juni ausgeführt."
Klaus ahnte Schlimmes. Wenn Bachmann dahinter steckte, hätte Marius recht gehabt: Schon wieder wäre ein Mensch gestorben, weil Klaus zu spät gehandelt hatte. Der Druck auf der Brust wurde zu einem Stechen im Herzen.
„Gib mir Details", sagte Klaus trocken.
„Die Prostituierte Harshada Singh, 41 Jahre alt, wurde am zehnten Juni in einem Hotelzimmer im Golden Shake Hotel im Geylang Distrikt gefunden. Ihr Körper war verstümmelt, sie wurde in der Nacht vom neunten auf den zehnten Juni zu Tode gefoltert. Todesursache: Organversagen durch Blutverlust."
„Danke, Peter."
Klaus legte auf und atmete ein paarmal tief durch. Der stechende Schmerz strahlte bis zum Hals hoch. Er schluckte eine der Pillen und legte sich auf sein Sofa. Sollte er doch diese verdammte Herzkatheteruntersuchung machen lassen?

Nach wenigen Minuten begann die Pille zu wirken. Klaus setzte sich wieder an den Schreibtisch und loggte sich in seinen Computer ein. In Singapur war es jetzt schon Abend, doch er versuchte trotzdem, mit dem Criminal Investigation Department, CID, in Singapur Kontakt aufzunehmen. Nachdem Klaus mehrmals weitergeleitet worden war, sprach er mit dem Offizier der Nachtschicht. Es war ein kurzes und informatives Gespräch. Nachdem Klaus aufgelegt hatte, sah er die neue E-Mail vom Staatsanwalt. Die richterliche Genehmigung für Bachmanns Hausdurchsuchung war im Anhang.

Klaus rief bei Peter an, gab Anweisung, wer mitkommen sollte. Insgesamt waren sie zu fünft. Zwei Männer der Spurensicherung waren dabei, Peter, Klaus und ein weiterer Mitarbeiter des K11. Eine Streife und ein neutraler Zeuge, der immer bei einer Hausdurchsuchung dabei sein musste, würden in Bad Orb zu ihnen stoßen. Mit zwei Fahrzeugen fuhren sie los. Peter lenkte den Wagen, Klaus saß auf dem Beifahrersitz.

„Ich habe weitere Informationen aus Singapur“, sagte er. „Es gibt mehrere Überwachungskameras in dem Stundenhotel, in dem die Prostituierte umgebracht wurde. Allerdings gab es aus unerklärlichen Gründen ein Problem mit der Software.“

„Kommt mir bekannt vor.“

„Genau. Der Mörder scheint ein IT-Talent zu sein.“

Als sie in Bad Orb ankamen, warteten am vereinbarten Treffpunkt bereits die Streife, der Schlüsseldienst und der Zeuge. Gemeinsam fuhren sie in der Sackgasse zu dem umgebauten Bauernhaus, das idyllisch außerhalb des Ortes am Waldrand lag. Der Mann vom Schlüsseldienst knackte das Türschloss. Mit gezogenen Waffen gingen die Polizisten hinein. Nach wenigen Minuten war klar, dass niemand zu Hause war.

„Er scheint ne Freundin zu haben“, meinte Peter, nachdem sie das Haus durchsucht hatten. „Frauenunterwäsche, Kosmetik- und Toilettenartikel für eine Frau.“

„Muss ne schlanke Frau sein“, stellte Klaus fest.

„Und hier ist eine Visitenkarte.“ Peter zeigte Klaus die Karte. „Hanna Engels, Journalistin.“

50

Santiago de Chile, 24. Juni 2014

Das Leben war cool und schon bald würden sich die Dinge sehr zu seinem Vorteil ändern. Gut gelaunt tippte Dirk den Flugplan in den Computer. Er musste aufpassen, durfte keine Fehler machen, denn das maximale Startgewicht von 447,694 Kilogramm war bis zum letzten Kilogramm ausgereizt. Eine zu geringe Schubeinstellung könnte schlimme Folgen haben.

Jens stand hinten in der Galley und sprach mit den beiden Kollegen. Sie machten Scherze, lachten. Das Gequatsche störte. Dirk beeilte sich mit dem Cockpit-Setup. Er wollte auch mitlachen. Außerdem konnte er die Neuigkeiten nicht mehr für sich behalten. Er musste es einfach loswerden. Nachher würde vielleicht keine Gelegenheit mehr dazu sein. Zu blöd, dass es der Job des Copiloten war, den Bordcomputer mit den Daten zu füttern.

Wegen der langen Flugzeit von 14 Stunden wurde mit Doppelcrew geflogen. Die zweite Crew, Kapitän Dietmar Heller und Copilot Hans Lender, würden nach dem Take-Off in die beiden Kojen verschwinden. Nach fünf Stunden Flugzeit würden sie das Cockpit übernehmen, Jens und Dirk die Kojen. Dirk freute sich schon jetzt auf die kuschelige Koje. Besonders liebte er es, wenn die Matratze noch warm war vom Vorgänger. Dirk schlief immer gut im Flugzeug. Die leichten Vibrationen und das monotone Summen des Luftstroms wirkten einschläfernd. Zwei Stunden vor der Landung würden er und Jens wieder ins Cockpit steigen und den Jumbo in Frankfurt landen.

Dirk konnte nicht mehr ruhig sitzen bleiben. Ungeduldig schmiss er das Klemmbrett mit dem Flugplan auf die Mittelkonsole. Die wichtigsten Daten waren nun einprogrammiert, den Rest konnte er während des Fluges nachholen. Er stieg aus dem Pilotensitz und ging zu den Kollegen.

„Hey Dirk, bist ja richtig schnell mit der Flugvorbereitung?“, stellte Hans fest.

„Kinderspiel. Aber ich werd den Bordcomputer nicht mehr lange für den Take-Off programmieren.“

„Wie meinst du das?"

„Ich werd bald in die Kapitänsausbildung gehen."

„Nicht dein Ernst. Gibt's wieder Upgrades?", fragte Hans.

„Eins mit Sicherheit."

„Woher weißt du das?" Hans war auf der Senioritätsliste fünf Positionen hinter Dirk. Jede Beförderung brachte ihn einen Platz nach vorne.

Dirk zuckte mit den Schultern. Er musste jetzt aufpassen, nicht zu viel zu erzählen. „Ist noch nicht offiziell, kann aber sein, dass dieser Flug mein letzter als Copilot ist."

„Ich drück dir die Daumen", sagte Dieter. Der arrogante Jens sagte nichts.

Kurz vor 10 Uhr war die Beladung abgeschlossen und der Jumbo wurde mit dem Pushback-Truck aus der Parkposition zurückgestoßen. 40 Minuten später erreichten sie Flugfläche 290, ihre Reiseflughöhe. Das waren etwa 8500 Meter über dem Meeresspiegel. Wegen des Gewichts konnten sie vorerst nicht höher steigen. Die Anden, in dieser Gegend über 6000 Meter hoch, lagen zum Greifen nah unter ihnen.

Dirk war *Pilot Flying*. Das war geil, da hatte man am wenigsten zu tun. Der Autopilot übernahm das Steuern, Jens als *Pilot Monitoring* führte das Flightlog und quatschte gelegentlich über Funk mit den Fluglotsen. Nach vier Flugstunden, sie waren immer noch auf Flugfläche 290, sah Dirk auf dem Display, dass Flugfläche 330 nun die optimale Flughöhe war. „Frag mal nach Flugfläche 330", forderte Dirk.

„Zu früh", antworte Jens.

„Ach ja? Guck mal." Dirk zeigte auf den Bildschirm in der Mittelkonsole.

OPT ALT FL 330 stand auf dem Display: optimale Flughöhe in Flugfläche 330.

„Wir fliegen zu tief, verbraten zu viel Sprit."

„Der Flugplan gibt an, dass wir erst in zwei Stunden steigen sollen."

„Dann täuscht sich der Plan eben."

„Der Flugplan ist korrekt. Hier unten haben wir viel stärkeren Rückenwind. Und genau das hat der Flugplan berücksichtigt."

Was für ein arroganter Klugscheißer. Dirk wurde wütend. „Auch der Computer berücksichtigt Rückenwind."

„Stimmt. Und zwar genau den, der einprogrammiert wird."

„Willst du damit sagen, dass ich die Daten falsch eingegeben hab?"

„Ja."

„Während du dich mit den Kollegen amüsiert hast, hab ich den scheiß Flugplan ins Bordsystem getippt. Und ich hab alles richtig gemacht."

„Lass es uns überprüfen", sagte Jens lapidar.

„Ich bin *Pilot Flying*. Ich bestimme, wie geflogen wird."

Dirk fühlte rebellischen Mut. Genau so musste ein zukünftiger Kapitän auftreten. Und es schien zu wirken. Jens schaute Dirk verblüfft an. Mit so einem starken Auftreten seines Copiloten hatte das Arschloch wohl nicht gerechnet.

„Hast du nen Knall?", fragte Jens plötzlich.

Dirk atmete tief durch. Es wurde höchste Zeit, sich gegen diesen arroganten Großkotz durchzusetzen. „Du wirst den Fluglotsen nach Flugfläche 330 fragen. Jetzt. Oder ich übernehme den Funk."

Jens starrte ihn für einen Augenblick an, nickte dann.

„Ich zeige dir mal was."

Vom Flugplan las Jens einige Daten ab und gab sie in den Computer ein. Dirk begann zu schwitzen. Hoffentlich hatte dieses Arschloch nicht schon wieder recht.

„Ich habe den richtigen Wind eingegeben. Und nun ..."

Jens wartete einen Augenblick, Dirk starrte auf das Display. „Siehst du", sagte der Klugscheißer. „Wenn wir jetzt schon auf Flugfläche 330 steigen, haben wir nur noch 7,3 Tonnen Sprit bei der Landung. Für unseren Ausweichflughafen Köln/Bonn sind aber mindestens 9,8 Tonnen nötig. Fliegen wir aber das Höhenprofil vom Flugplan ab, haben wir zur Landung in Frankfurt noch 11,3 Tonnen. Und genau deswegen werden wir vorerst auf Flugfläche 290 bleiben."

Dirk kochte vor Wut. Es ging nicht mehr um taktische Flugplanung sondern darum, sich durchzusetzen. „Deine Arroganz geht mir auf den Sack. Ich bin der *Pilot Flying* und sage, dass wir jetzt steigen.“

„Und ich bin der Kapitän und ich sage, dass wir vorerst auf dieser Flughöhe bleiben.“

„Ich bin ...“

„Du bist der Copilot und ich der Kapitän.“ Ungewöhnlich scharf kamen Jens’ Worte. „Wir machen es so, wie ich es sage, und du hältst jetzt die Klappe!“

Dirk atmete tief durch. Zum Glück würde es der letzte Flug mit diesem Klugscheißer sein. Das Training zur Kapitänsausbildung wartete. So zumindest hatte der Fremde es gesagt und der hatte bisher immer recht.

51

Frankfurt, 24. Juni 2014

Hanna schenkte sich einen Kaffee ein und setzte sich am Küchentisch vor ihren Laptop. Für den neuen Artikel musste sie noch die Informationen und Interviews sortieren, die sie im Frauenhaus gesammelt hatte. Es ging um Karin. Die junge Frau war immer wieder von ihrem Lebenspartner brutal geschlagen worden. Ihr Gesicht war entstellt, ihr linkes Auge zerquetscht, mehrere Zähne ausgeschlagen. Erst im Frauenhaus hatte Karin Schutz gefunden. Als Hanna die Geschichte von ihr hörte, wollte sie die Polizei einschalten, doch Karin war dagegen gewesen. Sie fürchtete sich vor weiterer Misshandlung. Am liebsten hätte Hanna mit ein paar schlagkräftigen Jungs im Schlepptau diesen Verbrecher selbst aufgesucht. Auge um Auge, Zahn um Zahn. Dieses Arschloch sollte am eigenen Leib erfahren, was es bedeutete, der Schwächere zu sein. Hanna seufzte. Natürlich würde sie das nicht tun. War es ihr Rechtsverständnis, das sie davon abhielt? Oder die Angst vor dem Gesetz?

Hanna schrieb an dem Artikel über Karin, doch nach einer halben Stunde erkannte sie, dass sie viel zu emotional drauf war. Zu groß ihre Wut auf Männer, die Frauen misshandelten.

Sie lehnte sich zurück, dachte an Jens' zärtliche Berührungen. Er war das genaue Gegenteil. Niemals würde er einer Frau Gewalt antun. Wo er wohl gerade war? Bestimmt hatte er schon die Reiseflughöhe erreicht und näherte sich Frankfurt mit 900 Stundenkilometern. Gleich nach der Landung morgen früh würde er zu ihr kommen. Noch nie hatte sie solch einen rücksichtsvollen und wunderbaren Menschen kennengelernt. Obwohl sie erst seit drei Monaten ein Paar waren, hatte sie das Gefühl, ihn schon viel länger zu kennen. Auch er hatte mehrmals gesagt, dass er genauso fühlt.

Das lange Wochenende vor Kurzem musste sie für ihren Job in Den Haag opfern. Doch das mit den zwei Wochen Urlaub hatte geklappt. Nichts und niemand würde sie diesmal von ihrer gemeinsamen Zeit abhalten können. Zwei Wochen kein Chefredakteur und keine Arbeit. Nur sie und Jens, wunderbar.

Hanna klappte den Laptop zu. Es war 16.20 Uhr, die Kripo würde bald kommen. Der Hauptkommissar hatte um ein Gespräch gebeten. Was die Kripo wohl von ihr wollte?

Plötzlich nahm Hanna aus den Augenwinkeln eine Bewegung wahr. Die grünen Ungeheuer vor dem Fenster wiegten sich wieder hämisch winkend. Wenn starker Wind durch den Garten pfiff, erwachten diese immergrünen Monster zum Leben. Hanna hatte den absurden Eindruck, dass von den Büschen eine Gefahr ausging. Ihr war klar, dass es nur Einbildung war. Vor Pflanzen brauchte man schließlich keine Angst zu haben. Doch auch in Nigeria hatte sie kurz vor dem Überfall dieses Gefühl der Bedrohung erlebt, und damals war es keine Einbildung gewesen. Sie liebte es, bei offenem Fenster zu schlafen. Aber wenn es windig war, ließ sie seit einiger Zeit aus Angst vor den Büschen das Rollo herunter und bei Sturm benutzte sie Ohrstöpsel zum Einschlafen.

Es klingelte, Hanna öffnete die Tür.

„Guten Tag, Frau Engels. Wir hatten vorhin miteinander telefoniert. Ich bin Kriminalhauptkommissar Schulz, das ist mein

Kollege, Kriminaloberkommissar Gessner." Sie zeigten ihre Dienstausweise.

„Kommen Sie rein."

Hanna betrachtete die beiden. Gessner wirkte drahtig, war von mittlerer Größe, ähnlich gebaut wie Jens. Schulz war ein übergewichtiger, leicht schwitzender Opa-Typ. Hanna hatte den Eindruck, dass er in rotem Nikolaus-Kostüm mit weißem Bart einen perfekten Weihnachtsmann abgeben würde.

Sie setzten sich am Küchentisch gegenüber.

„Kaffee? Wasser?", bot sie ihnen an.

Beide lehnten ab.

Herr Schulz fragte nach ihren Personalien, ließ sich ihren Ausweis zeigen. Er machte einen ruhigen und entspannten Eindruck.

„Frau Engels, wie gut kennen Sie Herrn Jens Bachmann?"

„Woher wissen Sie, dass ich ihn kenne?"

Der Kriminalhauptkommissar zuckte mit den Schultern, lächelte sie verschmitzt an. „Wir sind von der Polizei."

Hanna fand ihn sympathisch. „Ich kenne Jens Bachmann sehr gut. Wir sind ein Paar."

„In Los Angeles ist eine Frau ermordet worden und ein Pilot aus Deutschland könnte es gewesen sein." Sein Lächeln war verschwunden.

„Und Sie glauben, Jens ist der Mörder?", frage Hanna ungläubig.

„Es geht nicht darum, was ich glaube. Ich bin hier, um die Wahrheit herauszufinden."

„Ich nehme an, viele deutsche Piloten waren zur Tatzeit in Los Angeles."

„Acht insgesamt. Wir haben sie alle überprüft, auch Herrn Bachmann."

„Dann haben Sie bestimmt festgestellt, dass Jens mit der Sache nichts zu tun hat. Er könnte keiner Fliege etwas zuleide tun."

„Herr Bachmann ist Tatverdächtiger."

Hanna war für einen Moment irritiert und schüttelte fassungslos den Kopf. Der Kriminalhauptkommissar schaute sie mit ausdruckslosem Gesicht an. Die anfängliche Sympathie für ihn war verschwunden.

„Das … das meinen Sie doch wohl nicht ernst?“

„Es gibt Beweise, die ihn belasten.“

Hanna konnte ein nervöses Lachen nicht unterdrücken.

„Beweise? Herr Schulz, sehen Sie mir bitte nach, dass ich lache. Doch Beweise lügen oft.“

„Sie haben recht. Aber vieles spricht gegen ihn.“

„Blödsinn! Jens ein Mörder? Herr Hauptkommissar, Sie verfolgen eine falsche Fährte. Jens ist definitiv kein gewalttätiger Mensch und schon gar kein Mörder.“

Die Kriminalpolizisten sahen sie stumm an. Es wurde plötzlich unerträglich heiß. Hanna fing an zu zittern, strich sich eine Haarsträhne hinters Ohr. Täuschte sie sich, oder winkten ihr die verdammten Monsterbüsche vor dem Fenster?

„Sie meinen … Sie meinen das ernst, nicht wahr?“ Hannas Stimme krächzte.

Schulz nickte. Gessner saß nach wie vor mit ausdruckslosem Gesicht da.

„Wie kommen Sie auf die absurde Idee, dass Jens ein Mörder sein könnte?“

„DNA und Fingerabdrücke von Herrn Bachmann wurden am Tatort gefunden.“

Hanna schluckte, versuchte, ruhig zu bleiben. Sie spürte die aufkommende Panik. „Nein, also … Das muss ein Irrtum sein. Ich bin mir sicher.“

Hämmernde Kopfschmerzen. Konzentration! Gedanken sammeln. Sie spürte Wut aufkommen. Niemand durfte ihrem Jens so etwas Wahnwitziges wie einen Mord andichten.

„Verdammt nochmal!“ Hanna schlug mit der Faust auf den Tisch, dass die Kaffeetasse in der Untertasse klirrte. „Ich weiß, dass Sie falsch liegen.“

„Vielleicht helfen Sie uns, genau das herauszufinden.“

Hanna stand auf, ging zur Küchenzeile, lehnte sich mit den Rücken an und verschränkte die Arme.

„Kennt sich Herr Bachmann gut mit dem PC aus?“

Sie starrte die Beamten an, wollte nicht mehr mit diesen Typen reden, sie am liebsten rausschmeißen. Doch würde das Jens schaden?

„Nicht besonders gut“, sagte sie schließlich. „Er ist jedenfalls kein Computerspezialist, wenn Sie das meinen.“ Entlastete das Jens?

Herr Schulz nickte und machte sich Notizen. Hanna atmete auf. Der Mörder war bestimmt ein Computerfreak, Jens war es definitiv nicht.

„Isst Herr Bachmann seine Steaks gerne halb roh?“

„Aber nein. Ganz und gar nicht. Er ist Veganer.“ Wusste sie es doch. Die Kripo irrte sich. Hanna spürte, dass es sich um ein Missverständnis handeln musste.

Herr Schulz nickte wieder. „Sie wissen bestimmt, ob er einen vernarbten Rücken hat.“

„O ja. Und ob ich das weiß. Er hat keine Narben auf dem Rücken, nur auf der Brust.“ Hanna atmete erleichtert aus. Die Polizei war auf der falschen Fährte.

„Sehen Sie, Herr Schulz, Sie verdächtigen den falschen Mann.“

„Vielleicht haben Sie recht.“

Die anfängliche Angst war gewichen, Hanna konnte nun wieder klar denken. Sie setze sich zurück an den Tisch, suchte nach einer Erklärung.

„Vielleicht wurde die Akte mit dem falschen Namen versehen, vielleicht gab es eine Verwechslung bei der DNA-Analyse, vielleicht wurden die Spuren gefälscht, vielleicht ...?“ Hanna kam ins Stocken. Sie wusste nicht, welche Gründe sie noch für Jens’ Unschuld vorbringen konnte. Doch es gab mit Sicherheit genügend.

„Vielleicht, Frau Engels. Vielleicht. Hat Herr Bachmann einen dunkelblauen Seidenschal?“

Hannas Magen zog sich zusammen. Oh Gott. Das konnte nicht sein.

„Nein, nein. Jedenfalls habe ich noch nie einen bei ihm gesehen. Wie kommen Sie darauf?“

„Am Tatort wurde ein Schal gefunden, der in einer Firma in Nordhessen hergestellt wurde."

„Das ist kein Beweis." Hanna ertappte sich dabei, dass sie fast schrie.

Sie schauten sich an, keiner sprach ein Wort. Hanna hörte das Ticken der Küchenuhr. Ein Auto fuhr vor dem Haus vorbei, Kinder lachten auf der Straße. Warum war es nur so verdammt heiß?

„Wie ... wie wurde die Frau ermordet?" Hanna zögerte mit der Frage, aber sie wollte es wissen.

„Allem Anschein nach ließ sich die Frau freiwillig fesseln und knebeln. Dann wurde sie zu Tode gefoltert. Sie hatte dem Täter wohl blind vertraut."

Hanna erwischte sich dabei, wie sie nun mit beiden Händen die kurzen Haare hinter ihre Ohren wischte. Verdammt, wohin mit ihren Händen? Sie fühlten sich an wie Fremdkörper, legte sie auf den Tisch.

„Frau Engels, ist es in Ihrem Interesse, die Wahrheit über Herrn Bachmann zu kennen?"

„Natürlich ist es in meinem Interesse. Aber ich kenne die Wahrheit bereits. Jens hat mit der Sache nichts zu tun."

„Dann helfen Sie uns bitte, seine Unschuld zu beweisen. Nur so werden Sie frei von Zweifeln sein."

Hanna nickte. Das hörte sich plausibel an. „Ich helfe Ihnen. Wie geht es nun weiter?", fragte sie leise.

„Zunächst werden wir uns noch einmal mit Herrn Bachmann unterhalten."

„Er ist beruflich unterwegs."

Der Kriminalpolizist nickte. Hannas Kopf dröhnte wieder, ihr war schwindelig. Schulz legte seine Visitenkarte auf den Tisch, die beiden Polizisten standen auf. „Rufen Sie mich bitte an, wenn Ihnen noch etwas einfällt, was uns vielleicht helfen könnte", sagte Schulz.

Ohne ein weiteres Wort des Abschieds verließen sie die Wohnung.

*

Hanna fühlte sich schwach und ausgelaugt. Ob es ihr Interesse war, die Wahrheit zu erfahren, hatte der Idiot gefragt. Natürlich wollte sie die Wahrheit wissen. Aber wollte sie das auch, wenn Jens doch … Den Gedanken konnte sie nicht zu Ende denken.

Sie nahm das Telefon, wählte Jens' Nummer. Teilnehmer nicht erreichbar. Natürlich. Er war ja im Flugzeug auf dem Weg nach Frankfurt.

Als Hanna sich eine neue Tasse Kaffee einschenkte, zitterten ihre Hände. Jens ein Mörder? Unmöglich.

Das Opfer hatte dem Täter blind vertraut.

Sie umfasste das Amulett, das um ihren Nacken hing. Ein Geschenk von Jens. Der Phönix aus der Asche. Es war ein Symbol ihrer Liebe.

Nein! Verdammt noch mal. Jens war mit Sicherheit keine dieser feigen Bestien, die sie so sehr verabscheute.

Hanna stand auf, lief ans Fenster, starrte in den Garten. Die verfluchten Büsche winkten ihr wieder zu. Schon vor einiger Zeit hatte Hanna das Gefühl gehabt, dass Jens etwas vor ihr verbarg. Die Geschichte mit seiner Mutter, der Konzertpianistin, der angebliche Flugzeugabsturz, bei dem die Eltern ums Leben gekommen sein sollten. Sie hatte ihn zur Rede gestellt und er hatte zugegeben, sie angelogen zu haben.

Der verdammte Busch winkte immer noch. Sollte sie morgen eine Holzsäge im Baumarkt kaufen?

Der Seidenschal! Hanna hatte Jens den dunkelblauen Schal passend zu seiner Uniform geschenkt. Hergestellt in einer hessischen Firma. Jens wollte den Schal immer dann mitnehmen, wenn es kalt wurde. In Südamerika war es nicht kalt. Nicht dort, wo er sich auf diesem Flugumlauf aufhielt. Der Schal musste noch bei Jens zu Hause auf der Hutablage der Garderobe liegen. Das wäre ein Beweis, der ihn entlasten würde.

Hanna hatte zwar keinen Schlüssel, doch sie wusste, wie sie in sein Haus kommen konnte. Mit quietschenden Reifen fuhr sie los. Eine Stunde später stand sie vor seiner Eingangstür. Ein amtlich aussehendes Stück Papier mit Stempel war in einer

Klarsichtfolie an die Tür geklebt. Hanna faltete das Schreiben auf.

Die Kripo war hier gewesen, Hausdurchsuchung. Sie hatten das Schloss ausgetauscht. Bei der Polizeidienststelle in Bad Orb konnte gegen Vorlage eines Ausweises der Schlüssel zu dem neuen Schließzylinder abgeholt werden.

War die Beweislage so stark, dass sie eine Hausdurchsuchung rechtfertigte?

Hanna steckte das Schreiben zurück in die Klarsichtfolie und ging zum Nebengebäude, suchte die Backsteinwand nach dem Versteck ab. Nach einigen Versuchen hatte sie den richtigen Stein gefunden. Vorsichtig rüttelte sie daran. Der Stein löste sich aus der Mauer. Wie erwartet, fand sie den Kellerschlüssel.

Hanna stieg die Treppe hinab, schloss die schwere Kellertür auf. Es war eine Sicherheitsverriegelung, wie sie wusste. Quietschend öffnete sich die Tür.

Sie drückte auf den Lichtschalter, schwaches Deckenlicht leuchtete auf. Hanna ging hinein.

Es roch modrig. Zwei Türen rechts, zwei links. Sie war neugierig, wollte wissen, was in seinem Keller war. Hanna öffnete die erste Tür. Der Heizungsraum. Im zweiten Kellerraum standen mehrere Fahrräder, Ersatzteile fürs Motorrad lagen herum.

In einem weiteren Raum lagerten alte Möbel, Gerümpel, Werkzeuge. Der letzte Kellerraum war der Vorratskeller. Einmachgläser, Weinflaschen und lang haltbare Lebensmittel waren ordentlich im Regal aufgereiht. Das Bauernhaus war alt. Hanna wusste, dass die Kellerräume früher klein gebaut waren. Teilunterkellert, hatte Jens gesagt. Aber ein halber Keller war immer noch besser als gar keiner.

Sie stieg die Treppe hoch. Die Tür zum Wohnraum war zum Glück nicht verschlossen. Als sie im Flur stand, schaute sie nach oben auf die Hutablage der Garderobe. Gott sei Dank. Die Schachtel mit dem Schal war noch da. Hanna fühlte Erleichterung.

Der Schal liegt da drin. Ich bin mir sicher.

Sie streckte sich, griff nach der Schachtel, erreichte sie aber nicht. Hanna holte einen Stuhl aus der Küche. Sie spürte ihr Herz schlagen, eine Hitzewelle durchströmte ihren Körper.

Was, wenn der Schal nicht in der Schachtel liegt?

Sie zog die Schuhe aus und stieg auf den Stuhl. Ihre Beine fühlten sich schwer wie Blei an. Hanna schaute auf den Boden, spürte den Schweiß auf ihrer Stirn.

Ganz langsam, wie in Zeitlupe, hob sie den Kopf. Ihr Blick glitt über den Spiegel, sie sah sich darin in ihrer Jeanshose, ihrer weißen Bluse. Nun konnte sie auf die Holzablage direkt vor ihrer Nase blicken. Es musste mal Staub gewischt werden.

Die wunderschöne, rot-schwarz gemusterte Schachtel lag friedvoll da.

Hannas Hände zitterten. Der Schal musste in der Schachtel liegen. Sie beugte sich ein Stück nach vorne, hielt sich mit den Händen an der Hutablage fest. Sie roch das geölte Holz der Ablage direkt vor ihrer Nase und schloss die Augen.

Der Schal ist da. Schau in die Schachtel. Der Schal ist da.

Warum zur Hölle hatte sie solche Angst?

Sie atmete ein letztes Mal tief durch, öffnete die Augen, griff nach der Schachtel und klappte sie auf.

Ihre Knie wurden weich. Sie stolperte von dem Stuhl, schleppte sich zurück in die Küche, setze sich. Hanna hatte keine Kraft mehr, klar zu denken, hatte keine Kraft mehr für gar nichts. Tränen kullerten über ihre Wangen. Sie legte ihre Arme auf den Tisch, den Kopf darauf. Ein sonderbares Geräusch kam aus ihrem Mund. Ähnlich einem Heulen oder Jaulen.

Als sie schniefend den Kopf hob, war es dunkel draußen. Ihre Schwäche verwandelte sich in Wut. Sie sprang auf, der Stuhl kippte um. Mit beiden Fäusten trommelte sie auf den Tisch.

„SO EINE VERDAMMTE SCHEISSE!“

Ihr Atem ging pumpend. Rotz tropfte aus der Nase, sie wischte ihn mit dem Handrücken ab. Der Wutausbruch hatte gut getan.

War alles nur ein Missverständnis? Bestimmt gab es eine einfache Erklärung.

Sie stellte den Stuhl wieder auf, zog die Schuhe an, ging durch den Keller nach draußen, wollte losfahren. Stattdessen heulte sie laut los. Als sie sich wieder beruhigt hatte, klappte sie die Sonnenblende herunter und schaute in den Spiegel. Ihre Augen waren gerötet. Sie nahm ein Papiertuch, wischte sich den Schweiß und die Tränen aus dem Gesicht und schnäuzte geräuschvoll in das Tuch. Sie startete den Motor und fuhr langsam los. Kopfschmerzen, ein lautes Summen hing in ihren Ohren.

Eine Hupe ertönte. Hanna zuckte zusammen. Sie stand in Bad Orb an einer Ampel. Es war grün. Sie wollte losfahren, würgte den Motor ab. Kurze Zeit später war sie auf der Autobahn. Sie schaffte es wieder, klare Gedanken zu fassen. Vielleicht war es doch kalt, wo Jens hingeflogen war? Immerhin herrschte Winter auf der Südhalbkugel. War Jens nicht auch in Buenos Aires gewesen? Dort konnte man bestimmt einen Schal gebrauchen. Und bis vor einigen Stunden war er in Santiago de Chile gewesen. Welche Temperatur dort herrschte, wusste sie nicht zu sagen. Während der Fahrt tippte Hanna in ihrem Handy die Abfrage für das Wetter ein. Das Ergebnis war ernüchternd. 13 Grad in Buenos Aires, 15 Grad in Santiago de Chile. Da brauchte man keinen verdammten Schal.

52

Frankfurt, 24. Juni 2014

„Das war klasse, wie du die Sache mit dem halbrohen Steak und den Rückennarben angebracht hast“, sagte Peter bewundernd auf dem Weg zum Besprechungsraum im K11.

Klaus lächelte.

Im Besprechungsraum warteten bereits fünf Kriminalbeamte und sieben Männer vom SEK. Das Team, das Bachmann verhaften sollte. Klaus begrüßte die Anwesenden, erklärte den Sachverhalt, sprach über die Hintergründe und Peter übernahm zusammen mit dem SEK-Leiter das Briefing für den morgigen Einsatz. Sie verteilten Schnellhefter mit den Informationen und Fotos von Bachmann und den anderen Piloten auf dem Jumbo.

„Hier ist der Lageplan." Peter bediente den Beamer.

„Und hier wird der Jumbo parken." Mit einem Laserpointer zeigte Peter die Stelle auf dem Plan.

„Gibt es eine genaue Landezeit?", fragte Kriminaloberkommissar Wiesner.

„6.15 Uhr", antwortete Peter. „Morgen früh um fünf Uhr werden wir am Tor 23 abgeholt. Somit haben wir genug Zeit, vor Ort unsere Einsatzpositionen festzulegen."

Klaus übernahm wieder das Wort. „Noch Fragen?" Kopfschütteln. „Wir treffen uns morgen früh um zwanzig nach vier hier im Dezernat."

Klaus stand auf, um die Einsatzbesprechung zu beenden, als die Tür aufging und seine Sekretärin hereinkam.

„Chef, gerade eben kam die Antwort aus Singapur."

Klaus nahm den dünnen Schnellhefter entgegen und las den Text. Die anderen Mitarbeiter saßen stumm und gespannt da.

„Bachmanns DNA wurde bei der Prostituierten in Singapur gefunden. Wenig zwar, aber nachweisbar."

Kopfnicken in der Runde. Allen war klar, was das zu bedeuten hatte.

„Morgen schnappen wir ihn uns", sagte Kleinhenz, einer der SEK-Männer.

Klaus schnaufte frustriert aus. „Feierabend. Wir sehen uns morgen früh."

Die Schmerzen im Brustkorb waren wieder da. Klaus schleppte sich mit gequältem Lächeln in sein Büro, um die Unterlagen abzulegen. Wenige Minuten später saß er in seinem Wagen und fuhr nach Hause.

Hätte ich den Mord in Singapur verhindern können? Hätte ich Bachmann schon früher festnehmen müssen?

Der Gedanke, am Tod einer unschuldigen Person eine Mitverantwortung zu tragen, war abstoßend. Er kannte das Gefühl nur zu gut. Klaus hatte damals Monate gebraucht, bis er die Sache verkraftet hatte. War es nun, kurz vor der Pensionierung, wieder passiert? Zu viele Gedanken, zu spätes Handeln? War ein unschuldiger Mensch deswegen gestorben?

Verdammte Hitze. Schweiß tropfte von seinem Gesicht. Die Klimaanlage mochte Klaus nicht einschalten. Schon mehrmals hatte er deswegen eine Erkältung bekommen. Er drückte auf den Knopf und die Seitenscheibe glitt herunter. Mit der offenen Hand leitete er den Fahrtwind auf seine verschwitze Stirn, doch dann steckte er im Berufsverkehr fest. Klaus seufzte. Es fühlte sich an, als stände ein Elefant auf seiner Brust. Sein Herz hämmerte. Hoffentlich würden die Schmerzen in fünf Minuten wieder weg sein, wie in den Tagen zuvor. Klaus atmete ein paarmal tief durch. So stark wie diesmal war der Schmerz noch nie gewesen.

Er hatte Mühe, sich auf den Verkehr zu konzentrieren und versuchte, nicht an den Fall zu denken, nicht an Bachmann, nicht an die Opfer. Hiltrud hatte bestimmt ein leckeres Abendessen vorbereitet.

Nach wenigen Minuten ließen der Druck und der Schmerz auf der Brust nach.

Das Telefon klingelte. Klaus antwortete über die Freisprechanlage.

„Hallo Peter. Solltest du nicht auf dem Weg nach Hause sein?"

„Gleich, Chef. Ich habe nur noch ein paar Details mit dem SEK-Leiter durchgesprochen."

„Warum rufst du an?"

„Nachricht von Interpol. Neues aus Brasilien."

Klaus ahnte Schlimmes. „Schieß los."

„Doppelmord in Campinas. Bachmann und Schilling waren zur Tatzeit auch dort. Eine junge Frau und ihre fünfjährige Tochter wurden auf brutale Weise verstümmelt. Die Körper waren kaum noch zu erkennen. Die gleiche Handschrift wie in L.A. und in Singapur."

Klaus sog scharf die Luft ein. Ein stechender Schmerz raste durch seinen Brustkorb. Diesmal strahlte er bis in die Schulter. Luft!

Er wollte durchatmen, doch der Hals war wie zugeschnürt. Mit letzter Kraft schaffte er es, die Parkbremse zu setzen und das Warnblinklicht einzuschalten.

„Chef? Alles klar?“

„Ja, ja. Es ist nur … die Hitze. Aber ich bin ja … bin ja …“

„Chef? Du hörst dich …“

Sein Kopf sackte auf das Lenkrad. Die Hupe dröhnte, doch der Lärm wurde schwächer. Alles war schwarz.

53

Frankfurt, 24.-25. Juni 2014

Überrascht öffnete Marius die Tür.

„Hallo Schatz. Was verschafft mir die Ehre?“

Charlotte war noch nie unangemeldet bei ihm aufgetaucht. Sie lächelte nicht, blickte ihn düster an.

„Ich bin nicht mehr dein Schatz.“

„Was?“

„Wir sind kein Paar mehr. Unsere Beziehung ist beendet.“

„Aber Charlotte, was ist passiert? Ich liebe dich doch von ganzem Herzen. Du kannst doch nicht einfach …“

„Du liebst mich von ganzem Herzen? Willst du mich verarschen?“

„Aber nein.“ Marius war entsetzt. Was war geschehen? Wie konnte er die Kuh noch umstimmen? „Meine Gefühle für dich sind aufrichtig. Komm rein, lass uns reden. Da liegt bestimmt ein Missverständnis vor.“

Er fasste sie an der Hand, wollte sie in die Wohnung ziehen. Wenn er zärtlich zu ihr war, würde sie bestimmt ihre Meinung ändern. Er würde sie massieren, ihre Fotze lecken, ihren stinkenden Leib ficken. Alles, was sie liebte, mit ihr machen.

Wo sind die Tabletten?

Marius musste schnell eine Viagra schlucken. Die fette Kuh war bisher immer weich geworden, wenn sie seine harte Latte spürte. Er war bereit, alles zu tun, um Charlotte noch einen Tag hinzuhalten. Nur noch einen verdammten Tag.

Sie riss ihre Hand weg. „Du elender Heuchler. Ich hatte deinen Worten von Liebe geglaubt."

„Ich liebe dich doch auch. Von ganzem Herzen."

„Kennst du Ingrid Reichert-Schönborn?"

Eine Hitzewelle strömte durch seinen Körper. „Ich … na ja."

„Wir sind uns im Golfclub begegnet. Hatten ein sehr interessantes Gespräch. Auch ihr hattest du tiefe Liebe vorgegaukelt. Das gleiche Gerede, die gleiche Masche wie bei mir. Sie fühlte sich ausgenutzt und gab dir kein Geld mehr, worauf du dich ganz schnell aus dem Staub gemacht hast."

„Das ist ein Missverständnis. Es war ganz …"

„Herrgott! Wie konnte ich nur so dämlich sein!"

Sie drehte sich um, lief zurück zum Aufzug.

„Warte Charlotte! Was ist mit *A.C.I.?* Wir haben doch morgen den Notartermin für die Überschreibung der Firma."

Sie drehte sich zu ihm um, schüttelte den Kopf. „Nein Marius. Wir haben gar nichts mehr."

Charlotte stieg in den Aufzug, blickte nicht mehr zurück. Ihr fetter Arsch war das Letzte, was er sah. Die Schiebetür glitt zu, der Aufzug verschwand, und damit die Hoffnung vom großen Reichtum.

Völlig niedergeschlagen öffnete Marius ein Bier und plumpste ins Sofa. Eine profitable Firma, über 200 Mitarbeiter, ein fucking Millionengeschäft, und nun ging alles den Bach runter.

Er hatte sie massiert, ihr Sex gegeben. Was wollte sie denn noch? What? Er hatte doch alles getan, um sie bei Laune zu halten. Und als Dank verweigerte sie ihm nun die Überschreibung der Firma. Das Dreckstück hatte ihn verarscht und ihm nun, kurz vor dem Notartermin, mit einer billigen Ausrede den Laufpass gegeben. Keine Liebe? So ein Blödsinn. Die Welt war fucking ungerecht.

Marius trank einen tiefen Schluck aus der Flasche und schaute sich in seiner Wohnung um. Das Appartement war bei Weitem nicht genug Kompensation für seinen bedingungslosen Einsatz. Der Porsche auch nicht.

Er knallte die Flasche auf den Wohnzimmertisch. Bier schäumte über, durchnässte das Kündigungsschreiben. Marius hatte es geschrieben, nachdem der fette Klaus ihn bei der Befragung von Bachmann so erniedrigt hatte. Morgen, gleich nach dem Notartermin, wollte Marius seinem Chef die Kündigung in die Hände drücken.

Frustriert zerriss Marius das Schreiben in kleine Stücke. Die Kripo hatte Glück. Er würde wohl noch eine Zeit lang dort arbeiten.

Marius trank einen weiteren Schluck aus der Flasche, lehnte sich zurück, rülpste und strich sich verzweifelt durch die Haare.

Okay. Planänderung. Ich muss mich nun mit dem bescheuerten Klaus arrangieren.

Marius dachte an die bittere Erniedrigung bei dem arroganten Kapitän. Am liebsten hätte er bei der Befragung seine Waffe gezogen, um in zwei Köpfe Löcher zu stanzen. Niemals würde Marius diese Schmach vergessen und vor allem: niemals verzeihen. Weder seinem Chef noch dem fucking Piloten.

Wenn Klaus doch nur verrecken würde. Schlaganfall, Herzinfarkt oder so ein Scheiß. Dann könnte Marius sich um Bachmann kümmern und die Sache so zu Ende bringen, wie es sich gehörte. Doch das war nur fucking Wunschdenken. Marius saß in der Patsche und womöglich kam es bald noch schlimmer. Im K11 ging das Gerücht um, dass Klaus ihn von seinem Stellvertreterposten absetzen wollte.

So ein Mist.

Das Telefon klingelte. Marius rülpste, schielte auf das Display. War das nicht die Nummer des Kriminalrats? Er setzte sich aufrecht hin, räusperte sich und hob ab.

„Guten Abend, Herr Fischler." Kriminalrat Hoffmanns tiefe Stimme. Der Leiter der Kriminalinspektion fuhr fort. „Ich hoffe, ich störe Sie nicht."

„Überhaupt nicht, Herr Hoffmann. Sie können zu jeder Tages- und Nachtzeit bei mir anrufen."

„Schulz ist auf der Intensivstation. Herzinfarkt."

Yes!

Marius musste seine Hand für einen Augenblick vor dem Mund drücken, um einen Triumphschrei zu unterdrücken.

„Um Gottes willen“, sagte er stattdessen. „Hoffentlich ist es nicht allzu schlimm.“

„Das wissen wir noch nicht. Ich möchte, dass Sie morgen früh die Festnahme des Piloten leiten.“

„Natürlich, Herr Hoffmann. Ich werde mich darum kümmern.“

„Es gibt einen gewissen politischen Druck. Aus Singapur und aus den USA wurden bereits Auslieferungsanträge gestellt. Die Presse hat leider Wind von der Sache bekommen. Alle Augen werden nun auf Sie gerichtet sein. Vermasseln Sie es also nicht!“

„Sie können sich wie immer auf mich verlassen, Herr Hoffmann.“

„Nichts anderes werde ich tun. Melden Sie mir nach der Festnahme, wie es gelaufen ist.“

„Mach ich. Ich hoffe nur, dass der arme Klaus die Sache gut übersteht.“

„Das hoffen wir alle. Gute Nacht, Herr Fischler.“

Nachdem Marius aufgelegt hatte, stieß er die Faust in die Luft. „Yes. Yes. Du fetter, alter Sack“, brüllte er voller Genugtuung. „Fuck. Jetzt hast du, was du verdienst.“

Wie schnell sich doch das Schicksal ändern konnte.

Aus dem Gespräch mit Hoffmann schloss Marius, dass man in der Kriminalinspektion nicht wusste, dass Klaus ihn vom Fall Bachmann abgezogen hatte und auch nicht, dass Klaus vorhatte, ihn als Stellvertreter abzusägen.

Nun brauchte Marius Informationen über den Einsatz. Es war schon nach 21 Uhr, doch das war egal. Er rief bei Kriminaloberkommissar Müller an.

„Kleine Änderung“, sagte Marius und erklärte die Situation. Wenige Minuten später wusste er, was ihn am Flughafen erwarten würde, und legte auf. Zufrieden trank er die Flasche leer.

Auch in Singapur hatte der Kapitän zugeschlagen, was Marius längst vermutet hatte. Er war eben der geborene Kriminalpolizist.

Marius rieb sich die Hände. Eine tiefe Befriedigung durchströmte seine Seele. Manchmal war das Leben doch gerecht. Bachmann war so gut wie erledigt, Klaus sowieso. Sie bekamen beide, was sie verdienten.

Ob er nun zum Leiter des K11 befördert werden würde? Nach der Enttäuschung mit Charlotte wäre das ein schöner Trost. Der Posten musste schnell neu besetzt werden, wenn Klaus bald den Abgang machte. Es war naheliegend, dass der Stellvertreter die Beförderung bekommen würde.

Marius holte seinen Schwanz raus und fing an zu wichsen. Er dachte an seinen künftigen Posten als Leiter des K11, an die Macht, an den Status. Es dauerte keine Minute, bis er abspritzte.

*

Am nächsten Morgen traf Marius das Team im Meetingraum. Die meisten Gesichter wirkten erstaunt, als er auftauchte.

„Wie einige von euch vielleicht schon wissen, ist Klaus im Krankenhaus. Ich wurde von Kriminalrat Hoffmann beauftragt, K11 und den Fall *Bachmann* zu leiten."

„Aber der Chef hat dich aus dem Fall rausgenommen", sagte Kurt, einer der Oberkommissare.

„Und der Kriminalrat hat mich als leitender Ermittler wieder auf den Fall angesetzt. Ober sticht Unter."

„Aber ..."

„Kein Aber. Und keine Zeit für Diskussionen. Ich leite den Fall. Basta!"

Kurt zuckte mit den Schultern. „Mir kann es ja egal sein."

„Genauso ist es. Und nun, Peter, möchte ich Details wissen."

Peter bewegte sich nicht.

„Hörst du schlecht? Wir haben keine Zeit. Also mach. Now."

Zögernd stand Peter auf. Während er die Einzelheiten erklärte, schaute Marius sich um. Er befehligte nun eine beachtliche Gruppe von Polizisten. Das Leben konnte großartig sein.

54

Im geheimen Musikkeller, 25. Juni 2014

Die blöden Kopfschmerzen gingen einfach nicht weg, doch Brigitte Richter-Meyer hatte sich fast schon daran gewöhnt. Das Denken war mühsamer, tat sogar weh. Alles wirkte, als wäre es in Watte gepackt. Ein bisschen, als sei sie beschwipst. Doch hier gab es keinen Alkohol.

Brigitte hatte Angst. Natürlich. Sie wusste nicht, warum sie entführt wurde. Noch nie hatte sich jemand um sie gekümmert und nun betrieben die Entführer so einen Aufwand. Wie viel Lösegeld sie wohl verlangten? Und warum? Zum ersten Mal in ihrem Leben fühlte Brigitte sich wichtig. Bis vor Kurzem hatte sie sich nicht vorstellen können, dass es Menschen gab, die Geld für sie bezahlen würden. Nutzlos sei sie, keinen Cent wert, hatte ihr Ex-Mann immer gesagt. Wie unrecht er doch hatte. Oder ging es gar nicht um eine Entführung?

Sie wusste nicht, wie sie hierhergekommen war. Erinnerte sich nur an den netten Doktor, der von Forschung und Geld gesprochen hatte. So schnell hatte Brigitte noch nie 300 Euro verdient. Zehn Minuten würde es dauern, hatte der Doktor gesagt. Das ergab einen unverschämt guten Stundenlohn für einen kleinen Pikser und ein bisschen Blut. Doch dann war da der Schlag auf den Kopf und erst hier war sie wieder aufgewacht.

Brigitte schlug die Decke zurück und richtete sich ächzend auf. Langsam. Die Kopfschmerzen wurden schlimmer, wenn sie sich bewegte. Wie ein Tier hielt man sie gefangen. In einem Käfig, etwa zwei mal drei Meter groß.

Das schwache Rotlicht brannte und sie hatte keine Ahnung, welche Tageszeit gerade war. In dem Käfig lag eine Matratze auf dem Boden, ein Plastikklo stand in der Ecke. Es stank nach Fäkalien und nach Chemie. Der Auffangbehälter war etwa zu einem Viertel voll. Mehrere Wasserkanister mit Hahn waren an der Gitterwand befestigt. Brigitte musste den Mund darunter halten, um zu trinken. Es war mühsam. Sie schätzte, dass ein

Kanister 15 Liter fasste. Der Erste von insgesamt Sechs war inzwischen zu Dreiviertel leer. In der einen Ecke des Käfigs standen drei Kästen mit Colaflaschen. Jeweils 12 Mal ein Liter. Vier Flaschen hatte sie bereits getrunken, doch wegen der Kalorien wollte sie sich zurückhalten. Zum Glück hatte sie ihre Tabletten gegen Diabetes dabei.

In einer anderen Ecke lagerte das Essen: Knäckebrot, Schokoriegel, Streichwurst, Nüsse, Äpfel, Birnen, Gläser mit Marmelade, geräucherte Würste, Möhren, Mandeln, Haferflocken, Müsliriegel, Zuckerrübensirup, Datteln.

Außerhalb des Käfigs konnte sie in dem schwachen Licht den fensterlosen Raum erkennen, der etwa so groß war wie ihre gesamte 60 Quadratmeter Wohnung. Kein Mensch hatte sich bisher blicken lassen. In der ersten Zeit hatte sie immer wieder gerufen und geschrien, bis sie heiser wurde. Niemand schien sie zu hören. Ob das an den genoppten Wänden und der genoppten Decke lag? Das Zeug schien aus Schaumstoff zu sein.

Zwei hohe Kästen, vielleicht Lautsprecher, und irgendwelches technische Zeugs standen in der hintersten Ecke des Raumes. In der Mitte erkannte sie ein sonderbares Metallgestell. Ein Andreaskreuz aus Holz lag auf dem Gestell, mehrere Riemen hingen herunter. Ob damit ein Mensch festgezurrt werden sollte? Vielleicht sogar sie? Ein schrecklicher Gedanke. Ein Krankenbett stand daneben. Auch daran Riemen. Auf dem Tisch neben dem Andreaskreuz lagen Werkzeuge. Einige davon sahen aus wie Messer oder so was Ähnliches. Brigitte erkannte auch Spritzen, Manschetten, Schläuche und Kanülen. Die meisten Dinge kannte sie vom Blutspenden beim Roten Kreuz.

55

Frankfurt, 25. Juni 2014

Mit den roten Signalstäben winkte der Einweiser das Flugzeug zu sich. Als die Boeing 747-400/8 in Schleichgeschwindigkeit ihre Parkposition erreicht hatte, kreuzte er die Stäbe über seinem Kopf. Jens stoppte den Jumbo. Der Einweiser zeigte die erhobene Faust, das Zeichen, die Parkbremse zu setzen.

„Geschafft", sagte Jens. Er freute sich darauf, Hanna wieder zu sehen. Sie hatten zwei gemeinsame Wochen vor sich und er hatte Wunderbares mit ihr vor.

Das Bodenpersonal legte die Bremsklötze unter und rollte die Treppe ans Flugzeug. Dirk schaltete das *Anti-collision light aus,* Jens löste die Parkbremse und schrieb den letzten Eintrag ins technische Logbuch.

„Zeit, nach Hause zu gehen." Dirk fuhr seinen elektrischen Sitz zurück und stand auf.

„Die Checkliste ist noch nicht gelesen", sagte Jens.

Dirk verdrehte die Augen. „Cool bleiben, Jens. Ich hab die Checkliste mental abgearbeitet."

Jens schnaufte tief durch. *Der Typ kotzt mich an.*

„Shut down checklist", forderte er mit harter Stimme.

Seufzend ließ sich Dirk wieder auf seinen Sitz fallen, öffnete die elektronische Checkliste und las die einzelnen Punkte durch.

„Siehste, war alles in Ordnung, wie ich gesagt hab." Dirk klang genervt.

Jens wunderte sich. Es schien immer schlimmer zu werden mit dem unprofessionellen Verhalten seines Copiloten.

Auf einem der Bildschirme konnte Jens sehen, dass nur die Eingangstür 1L auf dem Hauptdeck geöffnet worden war. Alle anderen Türen und Beladeöffnungen blieben noch zu. Sonderbar. Hier in Frankfurt arbeitete das Bodenpersonal normalerweise sehr schnell. Jens schaute aus dem Cockpitfenster. Wo waren sie? Kein Tanklaster stand da, kein Servicefahrzeug, keine Zugfahrzeuge mit den Anhängern, um die Paletten in die

Frachthalle zu bringen. Nur ein VW-Bus der Technik. Hatte Dispatch gepennt?

Dietmar und Hans, die beiden anderen Piloten, standen in der Galley und erzählten sich lautstark Witze. Dirk sprang auf, stürmte fast fluchtartig nach hinten in die Galley, wollte wohl mitlachen.

Der Mechaniker kam ins Cockpit, erkundigte sich nach dem technischen Zustand des Flugzeuges und wollte wieder verschwinden.

„Willst du nicht den Computer auslesen?“, fragte Jens.

„Gleich, Kapitän. Ich habe was vergessen. Komm gleich wieder.“

Eilig verschwand der Mechaniker. Was war nur los heute? Und wo war das Reinigungspersonal? Das Servicepersonal?

Jens hatte eine Ahnung.

Die vier Piloten zogen ihre Uniformjacken an, nahmen ihre Taschen und stiegen die steile Treppe hinab ins Hauptdeck.

„Pennen die heute?“, frage Dirk. „Unsere Koffer sind immer noch festgezurrt.“

„Dann schleppen wir sie eben selbst die Treppe runter“, sagte Hans, der sich schon am Spanngurt zu schaffen machte.

„Auf keinen Fall“, protestierte Dirk. „Dafür wird das Personal bezahlt. Ich unterstütze keine Faulheit.“

„Der Crewbus ist nicht da“, sagte Dietmar, der durch die Tür nach draußen schaute.

„Ich ruf bei Dispatch an.“ Jens schaltete den Flugmodus an seinem Smartphone aus und rief an.

„Sorry, Kapitän Bachmann. Computercrash. Sie werden gleich abgeholt.“

Jens packte seinen Koffer und schleppte ihn zur Treppe. Dietmar und Hans taten es ihm gleich. Nur Dirk stand mit verschränkten Armen da und schien zu überlegen, was zu tun war.

„Los, Dirk“, sagte Hans. „Trag deinen Koffer selbst. Dann kommen wir alle schneller nach Hause.“

Widerwillig folgte Dirk.

Als sie am Boden neben der Treppe standen, zeigte Hans in die Ferne zum Hangar. „Da scheint der Transport zu kommen."

„Und sogar mit Eskorte", erkannte Dietmar.

„Sonderservice. Vier Fahrzeuge. Heute kriegt jeder von uns seinen eigenen Crewtransport", witzelte Hans.

„Sieh mal", sagte Dietmar. „Die Scheiben sind abgeklebt."

Der Konvoi stoppte, aus dem ersten Fahrzeug stieg ein Mann, den Jens nicht kannte. Er trug die Servicejacke von Worldcargo.

„Kapitän Bachmann?"

„Ja."

Der Mann stand plötzlich zwischen Jens und seinen Kollegen. Gleichzeitig wurden die Schiebetüren der anderen Fahrzeuge aufgestoßen und mehrere Männer in Gesichtsmasken, Helmen und Gewehren im Anschlag stürmten auf die Piloten zu.

Jens erkannte, dass es Polizisten vom Spezialeinsatzkommando waren. Sie hatten die große Artillerie aufgefahren und sie hatten ihn erwischt.

„Polizei! Hände über den Kopf!", brüllte einer der Männer.

Jens war gemeint, doch auch seine Kollegen streckten ihre Arme hoch. Inzwischen hatten sich weitere Polizisten zwischen ihn und die anderen drei Piloten gestellt. Geschickt hatten sie ihn von seinen Kollegen getrennt.

Zwei Polizisten zerrten ihn auf den Boden, seine Arme wurden auf den Rücken gedrückt. Jens wehrte sich nicht, es wäre sinnlos gewesen. Er spürte das harte Metall der Handschellen. Mehrere Männer knieten neben oder auf ihm. Sein Hals wurde brutal mit etwas Hartem auf den Asphalt des Vorfeldes gepresst. Er hasste es, wehrlos zu sein. Jens war mit dem Kopf zur Seite gedreht, sah in die entsetzten Gesichter seiner Kollegen.

Die Polizisten rissen ihn an den Armen hoch. Kriminaloberkommissar Fischler stand plötzlich vor ihm.

„Tja Bachmann. Scheiße gelaufen, was? Wärst mal lieber in Südamerika geblieben."

„Was soll der Quatsch?“

Fischler drehte sich zu den anderen Piloten. „Keine Sorge, meine Herren. Steigen Sie bitte in den Bus ein.“ Er zeigte auf einen der vier Kleinbusse. Die Piloten luden ihre Koffer ein, blickten immer wieder entsetzt zu Jens. Aus den Augenwinkeln konnte er in Dirks Gesicht nicht nur Entsetzen erkennen. Da war noch etwas anderes, das aussah wie ein angedeutetes Lächeln. Der Bus fuhr davon.

„Jens Bachmann, ich verhafte Sie wegen mehrfachen Mordes.“ Fischler betete ihm seine Rechte vor, schien die Situation auszukosten.

„Wo ist Hauptkommissar Schulz?“, fragte Jens.

Fischler lächelte widerlich. „Der verehrte Herr Kriminalhauptkommissar liegt auf der Intensivstation.“

Fischler kam ganz nah an Jens’ Ohr, flüsterte nun so leise, dass außer Jens niemand ihn hören konnte. „Er hat zu viel gefressen und jetzt zahlt er die fucking Rechnung dafür. Ich hoffe, er ist schon krepiert. Und jetzt, Arschloch, mach ich dich fertig. I’m destroying you.“

Epilog

Frankfurt, 25. Juni 2014

Wo bleibt er nur? Es war inzwischen Nachmittag. Hanna machte sich ernsthaft Sorgen. Jens musste längst in Frankfurt sein. Er hob nicht ab, antwortete nicht auf ihre Textmeldungen. Sofort nach der Landung wollte er sich doch melden.

Gab es Probleme? Doch auch wenn sie aus irgendwelchen Gründen zum Ausweichflughafen fliegen mussten, hätte er sich längst gemeldet. Eine Verspätung aus Santiago de Chile schloss Hanna aus. Jens hätte ihr Bescheid gesagt. Sie rief unter der Nummer an, die Jens ihr gegeben hatte. Bei Crewcontrol fragte sie nach ihm.

„Äh … Moment. Ich verbinde Sie mit dem Flottenchef." Die Frau wirkte nervös.

Sonderbar. Wieso wurde Hanna mit Jens' Vorgesetztem verbunden?

„Lehmann", sagte die Männerstimme. Hanna stellte sich als Jens' Freundin vor.

„Kapitän Bachmann wurde verhaftet."

„Was?"

„Tut mir leid, Frau Engels. Das SEK hat ihn sofort nach der Landung verhaftet."

Hanna fiel der Hörer aus der Hand. Schwindel, Übelkeit. Sie setzte sich auf einen Stuhl.

Oh Gott! Waren die Beweise so eindeutig?

Hanna hatte gehofft, von Jens eine plausible Erklärung zu bekommen. Der Schal, die Anschuldigungen, die Spuren … Hanna war sich sicher gewesen, dass es um ein großes Missverständnis ging.

Aber ohne dringenden Tatverdacht würde die Kripo niemanden verhaften.

Das SEK. Das SEK! Die Spezialeinheit wurde doch nur gerufen, wenn es um besonders gefährliche Verbrecher ging.

Allmählich wurde ihr die Bedeutung der Ereignisse bewusst. Das Opfer hatte dem Mörder blind vertraut, hatte der Kriminalhauptkommissar gesagt. Auch Hanna hatte Jens blind vertraut. Sie weinte. Wie konnte sie sich nur so getäuscht haben?

Ich habe einen Mörder geliebt. Einen Mann, der eine Frau gefoltert und ermordet hat. Eine Bestie in Menschengestalt.

Auszug aus dem nächsten Buch des Zweiteilers:

Frankfurt, 26. Juni 2014

Mit brachialer Gewalt knallte die Seele zurück in Igors Leib. Schwindel, Übelkeit, Luftnot. Sein Brustkorb hob und senkte sich heftig, doch allmählich kam er wieder zu Atem. Die Folterschmerzen in Schultern, Hals und im Gedärm wurden schwächer, nur der Geruch nach verbranntem Fleisch hing noch in Igors Nase. Entsetzt öffnete er die Augen und richtete sich auf. Die Zeitreise hatte ihm die grausame Antwort gebracht. Sein Leib zitterte im hilflosen Hass, als ihm mit unerträglicher Gewissheit die Endlichkeit seines Tuns bewusst wurde.

Das Problem war der Tod. Der verfluchte, erlösende Tod! Mit Entsetzen erkannte Igor den Tod als seinen mächtigen Gegenspieler.

So wie Johannes' Seele durch den körperlichen Tod der Folter entwischt war, würde auch Hanna Engels entkommen. Sie würde den gleichen Notausgang ins Paradies nehmen. Einfach nur sterben, und schon war sie gerettet. Wohlbehütet im unendlichen Universum, in der Heimat aller Seelen. Unerreichbar für Igor. Er erkannte, dass er die Kontrolle über ihren Körper nur für eine geringe Zeit haben würde. Ein Wimpernschlag im Angesicht der Ewigkeit. Das kosmische ‚Vergessen' im Seelenreich löschte die Erinnerungen aus, machte die Schmerzen ungeschehen. Die verhasste Nonne würde am Ende triumphieren.

Das Wissen um die Unmöglichkeit, ihre Seele nach dem körperlichen Tod beherrschen zu können, machte Igor rasend. Ein aggressives Summen, als würde er unter einer Hochspannungsleitung stehen, klang in seinen Ohren. Pulsierende Hitze strömte durch seinen Körper.

Der Wahnsinn griff nach seinem Geist ...

Nachwort

Um bei dir, lieber Leser, Herzschlag zu erzeugen, versuchte ich Emotionen und Empfindungen wie etwa Liebe, Hass, Wut, Angst oder Verzweiflung möglichst gefühlsecht über das geschriebene Wort zu transportieren. Ich konnte aus eigner Erfahrung schreiben ... oder ich habe mein Herz zu Wort kommen lassen... oder meine Fantasie. Oder alles zusammen.
Zur Recherche: Bei den Sequenzen, in denen es um das Thema *Fliegen* ging, war es ein Heimspiel. Ich musste nur in der Kiste mit meinen langjährigen Erfahrungen als Frachtpilot stöbern. Aus den Fundstücken, gepaart mit meiner Vorstellungskraft, entstanden die pilotenrelevanten Texte.
In *Herzschlag des Bösen* habe ich mich auch auf neues Terrain gewagt. Kriminalistische Aspekte spielen eine Rolle, genauso wie die Welt der Computer-Hacker. Ohne kompetente Hilfe wäre es eine andere Geschichte geworden. Weniger realitätsnah, weniger authentisch und dadurch weniger glaubhaft und weniger überzeugend.
Die Expertise der Fachleute war zwingend erforderlich. Ich bin ihnen zutiefst zum Dank verpflichtet.

Danksagung

An die Kriminalexperten:
Dr. Manfred Lukaschewski ist Diplomkriminalist, Physiker und langjähriger Leiter der Morduntersuchungskommission Berlin. Sein Wissen diente mir als Basis für die Krimianteile in meinem Thriller.
Manfred ist selbst Autor und hat viele Sachbücher aus dem Bereich Kriminalistik/forensische Medizin veröffentlicht. Zum Beispiel: *Morden für Anfänger*, oder *Morden für Fortgeschrittene.* Ich habe seine Bücher gelesen. Legt euch also besser nicht mit mir an. Lieber Manfred, du bist klasse!
Michael Achtert, Pressesprecher des hessischen Ministeriums der Justiz, hat mir wertvolle Informationen über Hintergründe des Justiz- und Kriminalwesens gegeben und die wichtigen Kontakte zum Innenministerium und zum Polizeipräsidium Frankfurt am Main hergestellt. Herr Achtert, meinen aufrichtigen Dank für Ihre Unterstützung.
Mein Dank geht auch an das Polizeipräsidium Frankfurt am Main, Presse- und Öffentlichkeit. Die Mitarbeiter haben meine Fragen geduldig, schnell und kompetent beantwortet.

Und nun zu den **Hacker-Experten:**
Sebastian Schreiber ist Geschäftsführer der SySS GMBH. Die Firma ist spezialisiert auf die Abwehr von Hacker-Angriffen und bietet Penetration-Tests an, um Schwachstellen aufzudecken. Herr Schreiber hat mir wertvolle Tipps rund ums Thema *Hacken* gegeben. Lieber Herr Schreiber, vielen Dank für Ihre Hilfe.
Andreas Heideck von SySS GMBH ist Experte für Social Engineering. Von ihm lernte ich, wie Hacker mit bösen Absichten geschickt den Menschen als Schwachstelle ausnutzen, um sich Zugang zu Firmencomputern zu verschaffen. Herr Heideck, für diese unglaublichen Einblicke bin ich Ihnen sehr verbunden.
Daniel Kressig ist Experte in Cyberdefense. Daniel hat mir nicht nur hilfreiche Tipps im Bereich IT-Sicherheit gegeben, sondern zum Teil auch meine Texte überprüft und den ‚Realitätscheck' durchgeführt. Daniel, klasse gemacht.
Und vielen Dank auch an den Hacker, dessen Namen ich nicht nennen darf. Er hat mir erstaunliche Einblicke in das Leben eines Hackers gegeben.

Ich soll euch Hacker-Spezialisten auch ein herzliches Dankeschön von meinem Antagonisten Igor ausrichten. Er konnte eure Ideen, Anregungen und Kompetenzen wunderbar für seine Morde missbrauchen.

Weitere Unterstützer

Um detailgetreu die Szenen im Littmannsaal in Bad Kissingen beschreiben zu können, gab mir **Tobias Hohenstein** die nötigen Insiderinformationen.
Vielen Dank, Tobias.

Dr. Günter Wimschneider stand mir für die medizinischen und psychologischen Fragen zur Seite. Liebe Günter, herzlichen Dank dafür.
Andreas Osel und **Claudia Requard** waren hervorragende Berater, Motivatoren, Kritiker und Ideengeber. Ihr seid wunderbar. Danke für eure wertvolle Unterstützung.

Bisher vom Autor erschienen

Witternd steckten die Hyänen ihre Nasen in den Wind. Sein Blut weckte ihren Jagdinstinkt. Gehetzt suchte er nach einer Fluchtmöglichkeit.

ISBN 978-3-00-050876-9 – 410 Seiten – 13,90 € – auch als E-Book erhältlich